中公文庫

夢の上

夜を統《す》べる王と六つの輝晶《きしょう》1

多崎　礼

中央公論新社

目次

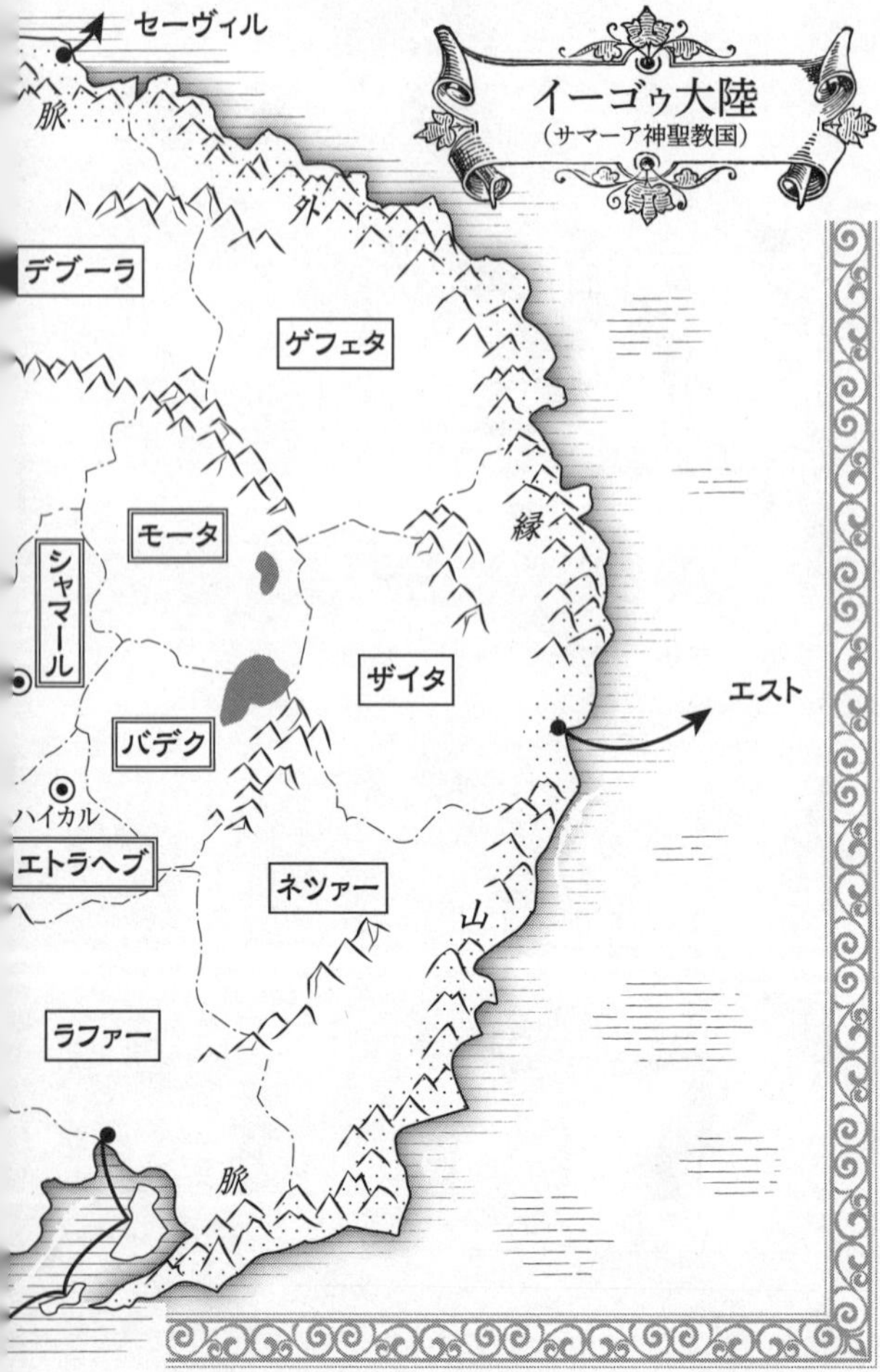
イーゴゥ大陸
（サマーア神聖教国）
セーヴィル
脈
外
デブーラ
ゲフェタ
モータ
縁
シャマール
ザイタ
エスト
バデク
ハイカル
エトラヘブ
ネツァー
山
ラファー
脈

聖教会直轄領
十諸侯領
山
縁
外
シャノバト半島
イーラン
ラヒーク
シェリエ
ファウルカ
外
バル
悪霊の森
ナフラ
ネアバ山脈
ディラ
内海ネキイア
縁
トゥーラ
ケナファ
コーダ
ナハシャ山脈
アルニール
N
モアド平原
サウガ
ナダル
山
ツァピール
エダム
脈
マブーア川
ジャヌウブ諸島

夢の上　夜を統《す》べる王と六つの輝《き》晶《しょう》1

金銀の光で織りあげて
刺繡を施した天上の布があれば、
夜と、光と、薄明りで作った
青と、薄墨いろと、黒いろの布があれば、
その布をあなたの足もとに広げたろうが。
だが貧しい私には夢しかない。
私はあなたの足もとに夢を広げた。
そっと歩いてくれ、私の夢の上を歩くのだから。

W・B・イェイツ「彼は天の布を求める」

序幕

広間には夜が満ちていた。

石床の上に点々と青白い光が見える。あれは光木灯《こうぼくとう》――輪切りにしたラルゴの幹に光《ひかり》茸《だけ》を植えつけた明かりだ。

光木灯の淡い光の中、石造りの柱と古びた石壁が浮かび上がる。壁に食い込んだ矢尻。床に残る刀跡。これは戦の名残《なごり》だ。かつて繰り広げられた戦いの記憶だ。

だが、それも今は静寂に包まれている。

怒りも憤《いきどお》りも、胸を切り裂く慟哭《どうこく》もない。

すべては泡沫《うたかた》であったかのように、広間は闇に微睡《まどろ》んでいる。

「――顔を上げよ」

静けさを破って、声が響いた。

石の床に両膝をつき、頭《こうべ》を垂れていた男は、その命令に従い顔を上げた。

精緻《せいち》な銀の細工で飾られた玉座。そこに座した人物は黒い繻子《しゅす》の下衣に、銀糸の刺繡《ししゅう》が入った長衣を重ねていた。頭に戴《いただ》いた銀の冠からは黒い薄衣《うすぎぬ》が垂れ下がり、その顔を隠している。わずかに見えるのは、ほっそりとした白い顎と薄紅色の唇。静寂と闇を従えたその姿は、夜を統《す》べる王と呼ぶに相応《ふさわ》しい。

跪《ひざまず》いた男は目を伏せると、右手を胸に当てた。

「御拝謁《ごはいえつ》の機会を得ましたこと、大変光栄に存じ――」

「堅苦しい挨拶は無用」

夜の王が遮《さえぎ》った。

「お前は何者だ?」

単刀直入なその問いに、男は薄く笑った。

「私は『夢売り』にございます」

「夢売り?」

「はい」

男は頷き、王を見上げる。

「貴方様は『夢利《ゆめき》き』をご存じでしょうか?」

記憶を探るようにしばし黙り込み、やがて王は首を横に振った。

「いや、聞き覚えはない」

「『夢利き』とは、『彩輝晶《さいきしょう》』に秘められし、人の夢を利く嗜《たしな》みのことでございます」

「……人の夢を、利く?」

「いかにも」

夢売りは恭《うやうや》しく一礼する。

「『彩輝晶』は叶《かな》うことのなかった夢の結晶。その輝きは秘められし夢の輝き。だからこそ『彩輝晶』は鮮やかに美しく、人の心を引きつけるのでございます」

言いながら、側に置いた革袋を引き寄せる。

「『彩輝晶』に封じられし夢を、己が見た夢として再現するのが『夢利き』。そしてその手伝いをさせていただくのがこの私、『夢売り』でございます」

男は革袋の口紐を緩め、白い毛皮の包みを取り出す。

現れた宝玉は六つ。

硬質な表面に刻まれた鱗状《うろこじょう》の模様。睡蓮《すいれん》の蕾《つぼみ》にも似た形状。それは時空晶《じくうしょう》の中でも、特に神秘的と謳《うた》い称される彩輝晶だった。氷のように透き通った蕾は、鼓動するかのごとく明滅を繰り返す。仄《ほの》かな光が灯るたび、薄闇に淡やかな色彩が生まれる。


一つめは、若草萌《も》ゆる春の野原のような翠輝晶《すいきしょう》。

二つめは、深い海のように暗く凍てついた蒼輝晶《そうきしょう》。

三つめは、炎のように激しく燦《きら》めく紅輝晶《こうきしょう》。

四つめは、蠟燭《ろうそく》の光のように仄かに揺れる黄輝晶《おうきしょう》。

五つめは、真昼の太陽のように目映《まばゆ》く輝く光輝晶《こうきしょう》。

そして最後には、暗夜を凝縮したような闇輝晶《あんきしょう》。


「こちらが貴方様の御為《おんため》にご用意いたしました『彩輝晶』でございます」

そう言って、夢売りは慇懃《いんぎん》に頭を垂れた。

「今宵はこれらが見せる夢を、お楽しみいただきたく存じます」

王は気怠《けだる》げに右手を持ち上げた。

すらりとした白い指で、夢売りを指さす。

「それでお前は、見返りに何を求めようというのだ？」

顔を伏せたまま、夢売りは笑った。

嘲笑に近い、冷え冷えとした笑みだった。

「『夜明け』を所望いたします」

「夜明け？」

「はい」

「ならば……見せて貰おう」

夜の王は玉座に深く体を沈め、ため息のように囁《ささや》いた。

「その『夢利き』とやらを」

「承知いたしました」

夢売りは足を組み替え、石床の上に胡座《あぐら》をかいた。両手を両膝の上に置き、背筋を伸ばす。目を閉じて深呼吸をする。充分に時をかけ、息を整えてから、再び瞼《まぶた》を開く。

「人が生まれ落ちてから死ぬまでの間、専有し続ける時間と空間。その二つを合わせたものを『時空』と呼ぶ」

朗々とした口上。微睡んでいる王城を揺り起こすような夢売りの声。その不作法を咎《とが》め立てすることもなく、夜の王は黙ってそれを聞いている。

「刻々と移りゆく現在を挟み、過ぎ去るのが過去、やって来るが未来。過去は可塑性《かそせい》を失って記憶となり、未来はその自由を以《もっ》て可能性と称される。この記憶と可能性が『時空』。すなわち人を形作るもの。だが形だけでは器と同じ。『時空』だけでは虚無と同じ。そこに夢が宿ってこそ、人は初めて人間となる」

夢売りは石床に視線を落とした。そこには六色の彩輝晶が一列に並べられている。

「彩輝晶に込められた想い。それは誰にも知られず消えゆく運命《さだめ》。忘却の淵《ふち》に沈みゆく運命《さだめ》。書にも残らず埋もれる運命《さだめ》。そのどれもが失われ、もう二度と、彼《か》の元には戻らない」

夢売りは左端の彩輝晶を手に取った。それが発する淡い若緑色の光が、薄闇にぼんやりと浮かび上がる。

「これは結晶化した女の『夢のような人生』」

そう言うと、両の掌《てのひら》で包んだ翠輝晶に、ふうっと息を吹きかけた。祈るように捧げ持った後、両手をぴたりと合わせたまま前へと突き出す。

「それでは『夢利き』、始めさせていただきます」

両の手が、そっと開かれる。

掌の上の翠輝晶。固く結ばれていたその蕾が、ほろりと緩んだ。薄く鋭い花片《はなびら》が一枚一枚、ゆっくりとほどけていく。夢売りの手の上に、輝晶で出来た睡蓮の花が咲く。

その中心が淡い緑の光を放った。

土と若草の香りがふわりと漂う。

草原を駆け抜ける爽やかな風が吹く——

第一章　翠輝晶

幼い頃は、よく夢見たものです。

外縁山脈を越えて外つ国に行ってみたいとか。

『青空』に浮かぶ『太陽』を見てみたいとか。

誰でも一度は考える、
あどけない夢でございましょう？

外《と》つ国《くに》のことはマハル老に教わりました。

外縁《がいえん》山脈の向こうには内海ネキイアがあって、それを越えると、このサマーア神聖教国とは別の国があるのだそうです。外つ国の上には青空がどこまでも広がり、白い雲が流れ、太陽の光が燦々《さんさん》と降り注いでいるのだとか。

ああ、誤解しておられる方も多いのですけれどもね。ナダルでも、太陽は見られないのでございますよ。

私の故郷ナダル地方はツァピール領の北西部、まさしく外縁山脈の麓《ふもと》に位置しております。が、このイーゴゥ大陸の全土を覆うあの時空晶《じくうしょう》は、外縁山脈の山頂を越えた先まで続いておりますの。ですからナダルでもここと同じ。天に見えるのは灰色の巨大な時空晶だけなのでございます。

サマーア聖教会の司教様は、あの巨大な時空晶のことを『光神サマーア』とお呼びになります。

「光神サマーアは常に私達を見守っておられる。私達が信仰を忘れて堕落《だらく》したならば、光神サマーアはこの地に落ちてきて、我らを滅ぼす」

そう司教様は仰《おっしゃ》います。

けれど私は子供の頃から、そのお話を信じてはおりませんでした。

ナダル地方は山脈に挟まれておりますので、雨も少なく、土地も痩せておりました。ナダルの先達《せんだつ》は唯一の水源となるマブーア川の上流に堰《せき》を設け、長い年月をかけて灌漑《かんがい》施設を整えて参りました。

ですがナダルで穫《と》れるのはトゥーバの実だけ。それさえも不作となった年は、それは悲惨なものでございました。父はなけなしの時空晶や備蓄食料を放出して領民達を救おうとなさいましたが、飢えた領民のすべてを救うことは出来ませんでした。小さな赤ん坊が母の胸に抱かれたまま死んでいくのを、私は幾度も見守って参りました。

でも、そんな風に飢え苦しむ領民達からも、サマーア聖教会は容赦なく税を取り立てていきます。

幼心に私は思いました。もし光神サマーアが常に私達を見守っていてくれるのなら、どうして貧しい領民達を助けて下さらないのでしょう。どうして光神サマーアに奉仕する者達だけが富を独占するのでしょう。これが神の御業《みわざ》なのだとしたら、光神サマーアは、なんて依怙贔屓《えこひいき》な神様なのでしょう。

とはいえ、それを口に出したりはいたしませんでした。サマーア教の司教様に聞かれでもしたら、こっぴどく叱られることはわかっておりましたから。

そんな私ではございますが、一度だけ光神サマーアへの信仰を取り戻そうと思ったことがございます。

それはオープ様と、そのご家族に初めて出会った時のことでございました。

私の父カシート・ナダルは、ナダルの小領主を務めておりました。けれど領民達の苦労を鑑《かんが》みて、税をぎりぎりまで減らしておりましたので、小領主と言えど贅沢《ぜいたく》は許されませんでした。貴族達が催すお茶会や晩餐会《ばんさんかい》に参加するなど夢のまた夢。食事は日に二回。それも雑穀を煮込んだシュールルバと決まっておりました。

いいえ、それを不満に思ったことなどございません。朝夕の食事にありつけただけでも、私は恵まれておりました。私を育んでくれた父とナダルの領民達には、今でも感謝しております。

そのようにつつましやかな暮らしをしておりましたから、十諸侯であるツァピール侯から縁談をいただきました時には、何かの間違いだろうと思いました。ですが父が見せてくれた書状には「カシート・ナダルの一人娘アイナを、嫡男《ちゃくなん》オープの伴侶《はんりょ》として当家に迎え入れたい」と確かに記してございました。

当時、私は十五歳。花も恥じらう乙女でございます。当然、生涯の伴侶となる殿方や将来の家庭には、ささやかな夢を抱いておりました。

私はナダルの地を愛しておりましたし、一人娘でもありましたから、家を出るつもりはございませんでした。ですからナダルに住む健康で働き者の若者と結ばれ、ともに領地を守りながら毎日畑の手入れをし、真っ赤に色づいたトゥーバの実を収穫する。それが私の理想でございました。

やがては二人か三人の子を儲《もう》け、彼らを立派に育て上げましょう。彼らに家督を譲った後は、夫と二人、のんびりと外縁山脈を眺めましょう。晴れた日には窓辺に椅子を並べ、私が淹《い》れたエブ茶を飲みながら、思い出話をするのもよいでしょう。そのようにしてささやかな幸せを噛みしめながら、いつまでも仲むつまじく、穏やかに年を重ねていく。

それが私の夢でした。

けれどお話をいただきましたオープ様は、サマーア神聖教国の誉《ほま》れ高き十諸侯のひとつ、ツァピール家の嫡男でいらっしゃいます。ゆくゆくはツァピール領主の家督をお継ぎになる方です。私よりも二つ年上の十七歳ですが、すでにツァピール騎士団に所属し、日夜剣の腕を磨いていらっしゃるご立派な方だと聞き及んでおりました。

降って湧いたこの縁談を、父は手放しで喜びました。ですが私はただただ怖ろしくて、喜ぶどころではございませんでした。私にとってオープ様は光神王にも等しい雲上人《うんじょうびと》です。ツァピール家に嫁げば、私が夢見ていたような暮らしなど望むべくもありません。

なぜ私のような田舎娘にこのような縁談が降ってきたのでしょう。これはきっと何かの冗談に違いありません。そんな疑惑がぐるぐると頭の中を回りました。

それでも小領主の娘がツァピール侯からの縁談を反故《ほご》にすることなど出来るはずもございま

せん。とんとん拍子に準備は整い、ついに門出の日がやってきてしまいました。

母の墓に挨拶をし、涙ながらに父に別れを告げ、私は馬車に乗りました。二頭のラクシャ馬に繋がれた立派な白馬車。それはわずかな蓄えをはたいて、父が仕立ててくれたものでした。

名残惜しそうに手を振る父と領民達に見送られながら、私は故郷の地ナダルを離れました。供をしてくれたのは、私が生まれた時からずっと面倒を見てくれている乳母のミーマルだけでした。

私とミーマルを乗せた馬車の後ろには、花嫁道具を積んだ荷馬車が一台続きます。十諸侯である名門ツァピール家に向かうには貧弱すぎる花嫁行列でしたが、ナダルの小領主にはこれが精一杯なのでした。

列の前後を守るのは「花嫁の護衛に」と、ツァピール侯が差し向けて下さった騎馬隊です。銀色の甲冑《かっちゅう》には雄山羊の紋章が輝いています。山岳機動において並ぶ者なしと謳《うた》われるツァピール騎士団の紋章です。

「お嬢様、元気を出して下さい」

道中、ミーマルは繰り返し私に言いました。

「ツァピール家の若様に見初《みそ》められるなんて、お嬢様にとってこれほど幸運なことはないのでございますよ。もっと花嫁らしく、喜びに満ちあふれたお顔をなさいませ」

返答に困って、私は馬車の外に目を向けました。

天を覆う灰色の時空晶。正午近い時刻のせいか、それは時折、キラキラと白い光を反射します。その下に広がるのは赤茶けた土地。ナダルのトゥーバ畑はもう見えません。寂しくて、心細くて、胸がきゅんと痛みます。

「素晴らしいお天気ですわね」

そんな私の胸中を察することなく、ミーマルは額《ひたい》に二本指を当て、光神サマーアの印を切りました。

「光神サマーアも、お嬢様の輿入《こしい》れを祝福して下さってるのでしょう」

私は灰色の時空晶を見上げました。

人々がその信仰を失った時、落ちてきて国を滅ぼすと言われる光神サマーア。そんな怖ろしい神様が、私のような不信心者を祝福してくれるはずがございません。暗澹《あんたん》とした気分のまま、私はそっとため息をつきました。


故郷を離れて三日後《ヤウム》、私とミーマルを乗せた馬車はエダムに到着しました。エダムはツァピール領で一番大きな町でございます。

そのエダムにあるツァピール侯のお屋敷は、私の生家の十倍はありそうな見事な石造りの建物でした。私達を出迎えに並んだ使用人の数も三十は下りません。想像以上の出来事に、私はすっかり緊張してしまいました。

「大丈夫です。お嬢様には光神サマーアがついておられます」

私を激励するミーマルの声も緊張に震えています。

ですがそれを聞いて、逆に肝《きも》が据わりました。貴族と名乗るのも憚《はばか》られるほど貧しい小領主ではありましたが、それでも私はナダルの娘です。私の恥はナダルの恥。臆している場合ではございません。

御者が馬車の扉を開き、踏み台を用意します。私は御者の手を借りて馬車から降りました。

地面に降り立つと両手でドレスをつまんで、出来る限り優雅に一礼しました。

「はじめまして、皆さま。カシート・ナダルの娘、アイナと申しま——」

「いやあ！　よくおいで下さった！」

最後まで言い終わらないうちに、一人の殿方が駆け寄ってきました。逃げる間もなく、私の視界を青い衣が覆います。金糸銀糸で縫い取られた男物の上着です。父以外の殿方に、このように抱きしめられたことなどございません。ので、私は頭の中が真っ白になりました。

「な、何するんですかッ！」

気づいた時には思い切り、その殿方を突き飛ばしておりました。地面に倒れた彼は、何をされたのかわからないというように、きょとんと私を見つめています。

「あなた、アイナ様に失礼ですよ」

そんな声とともに、一人の女性が現れました。年の頃は三十ぐらいでしょうか。長い黒髪を優雅に結い上げた、美しい淑女でございました。

「アイナ様、ようこそおいで下さいました」

彼女は微笑みながら膝を折り、雅《みやび》やかに挨拶をなさいました。

「私はハナナ。そこで惚《ほう》けているラータ・ツァピールの妻でございます」

「あ……！」

私は自分がしでかした失態に気づきました。今、私が突き飛ばした殿方こそ、十諸侯ツァピール侯ラータ・ツァピールその人だったのです！

ああ、なんということでしょう。ツァピール侯の怒りを買えば、私が追い返されるだけではすみません。故郷の父にもナダルの領民にも被害が及びます。

「も、申し訳ございません！」

私はその場に平伏しました。

「とんでもない無礼を働き、何とお詫び申し上げたらよいのか……」

「まあ、およし下さい！」貴婦人が私の腕を掴んで立たせようとします。「アイナ様が謝ることなんて、何もございませんのよ」

「でも……」

半泣きの私を見て、彼女は鋭い眼差《まなざ》しをツァピール侯に向けました。

「あなた！　淑女にいきなり抱きつくなんて、無礼にもほどがあります！」

「す、すまん。う……嬉しくて、つい」

「つい、じゃありません。今すぐアイナ様にお謝りになって下さい！」

ツァピール侯はがっくりと肩を落とし、私に向かって深々と頭を下げました。

「すまなかった。驚かせるつもりはなかったのだ。どうか許して欲しい」

私はひたすら恐縮し、顔を上げることさえ出来ませんでした。そんな私の肩に手を置いて、貴婦人は私の顔を覗き込みます。

「この人は本当に単純な人なの。貴方が来てくれたことが嬉しくて、それでいきなり抱きついてしまったの。悪気はなかったの。許してあげて下さいね」

「お、お許しを請わねばならないのは、わ、私の方でございます」つっかえながら、私は答えました。「どうか……どうかお許し下さい！」

「アイナ様、そんなに怖がらないで下さいな」

貴婦人は私の頬《ほお》を両手でそっと包みました。

優しく温かい手。優しい眼差し。幼い頃に亡くした母が思い出されて、私はまた泣きそうになってしまいました。

「故郷を離れて知らない土地にやってくるのは、さぞ不安だったことでしょうね？」

そう言って私を見つめる奥様も、涙ぐんでいらっしゃるようでした。ふっくらとした優しげな顔立ち。その焦茶色の瞳には深い愛情が溢れています。

「抱きしめてもよろしいかしら？」

私は子供のように頷きました。奥様は私の体に手を回し、そっと抱きしめて下さいました。

「寂しいでしょうけれど、心配なさらないで下さいね。これからは私のことを母だと思って、何でも相談して下さると嬉しいわ。私達には息子しかいなかったから、ずっと娘が欲しいと思っていたの」

「ありがとうございます、奥方様」

「お嫌でなければ、お義母《かあ》さんと呼んで下さいな」

「はい――」

私はもじもじと身じろぎし、それから囁《ささや》くような声で続けました。

「ありがとうございます。ハナナお義母様」

「まあ、嬉しい！」

お義母様の腕に一段と力がこもります。優しい抱擁《ほうよう》。懐かしい匂い。それは忘れかけていた母の温もりでございました。

「おい、ハナナ～」

ハナナお義母様の肩を、ツァピール侯が遠慮がちに叩きました。

「そろそろ私に譲っては貰えないだろうか～？」

「駄目です」

「うう、こうして反省しておるのだ。そんな邪険にせずともよいではないか～」

「駄目ったら駄目です」ハナナお義母様はツンと顎を反《そ》らします。「花嫁を抱きしめて良いのは、夫となる殿方だけですわ」

「そう言うな。私もアイナにお義父《とう》さんと呼ばれたい。呼んで貰いたいのだ～」

ツァピール侯はじたじたと両足を踏みならします。それはまるで幼い子供のようで、私はつい微笑んでしまいました。

「まったく――」ツァピール侯を横目で睨《にら》み、ハナナお義母様は仰います。「十諸侯たるもの、そのような情けない声をお出しになるものではございません」

「それとこれとは話が別なのだ」

「本当に仕方のない方ですこと」

ハナナお義母様は私の頰にキスをしてから、その腕をほどきました。お義母様から場所を譲られたツァピール侯は、今度はいきなり抱きしめたりせず、私の手をそっと握って下さいました。

「よくいらして下さった」

「ツァピール様……」

「いやいや、ここはひとつ遠慮なく、お義父さんと呼んで——」

その瞬間、ハナナお義母様が素早く動き、靴の踵《かかと》でツァピール侯のつま先を踏むのが見えました。

「うぐ」

ツァピール侯は変わらず微笑んでおられましたが、お可哀相に。かなり痛かったと思います。

「ああもちろん、ナダル伯はご存命であられるからして、図々しいお願いであることは承知している。だからこれは、気が向いたらでいいからお願いしますということなのだ」

私はツァピール侯を見上げました。寂しそうに微笑む彼を見て、とても温かい気持ちがしました。

「私は故郷の父のことを、こうして故郷を離れた今も愛しております。その上さらにもう一人、お義父様と呼べる人を得ることが出来るなんて、私は世界一の果報者でございます」

「おお！　なんと心優しい！」

ツァピール侯は私の手を握ったまま踊り出しました。まるで村祭りのダンスのような滅茶苦茶な振りつけです。私も一緒になって踊りました。風に煽《あお》られた木の葉のようにくるくると踊りました。呆れたようなミーマルの視線も気になりません。先程までの不安など、どこかに吹き飛んでしまいました。

「あなた、そのぐらいになさいまし」

ハナナお義母様が優しく窘《たしな》めます。

「そろそろ屋敷にご案内しませんと、オーブが緊張しすぎて倒れますわよ？」

ああ、そうでした。浮かれている場合ではないのでした。あの大きなお屋敷の中で、私の生涯の伴侶となる方が待っているのです。

貴族の結婚は家同士の繋がりを強めるためのもの。婚礼の儀の際に初めて相手の顔を見るというのも、そう珍しいことではありません。とはいえ、そこは十五歳の乙女のこと。オーブ様がどのような方なのか、気にならないはずがございません。もし——もしも二目と見られぬようなご容姿をなさっていたらどうしましょう？　はたして私は、彼を愛することが出来るでしょうか？

屋敷の中に通された私を出迎えてくれたのは、二人の若者でございました。

一人は背も高くがっしりとした体つきの青年で、腰には剣を佩《は》いています。緊張に強《こわ》ばった厳《いか》めしい顔は、ツァピール侯によく似ていらっしゃいました。

もう一人は幾分か背が低く、体つきもほっそりとした、まだ少年と呼べそうな若者でした。ハナナお義母様似の柔和な顔立ちに、甘く優しげな雰囲気を漂わせておられます。

「ようこそ、義姉上《あねうえ》」

少年は私の前に歩み寄ると、胸に手を当て、片足を折って貴族風の挨拶をしました。優雅な物腰と優しげな顔立ち。垢抜《あかぬ》けたそのお姿に、私はぽおっとなってしまいました。

「僕はエシトーファ。貴方の義弟《おとうと》です」

「あ……アイナです。はじめまして」

「はじめまして、アイナ様」

エシトーファ様は私の手を取り、手の甲に接吻《せっぷん》をしました。ますますのぼせあがる私の手を引いて、彼はもう一人の青年の前へと私を導きます。

目の前に立ってみると、とても背が高い方であることがわかりました。彼の顔を見るためには、顎を上げなければならないほどでした。

茶色の巻き毛、茶色がかった新緑色の目。濃い眉と四角い顎。十七歳という年齢よりもかなり老けて……いえ、落ち着いて見えます。ただ肌の色は白くて、そこはハナナお義母様に似ておられます。

私は両手でドレスをつまみ、ぎくしゃくと膝を折りました。

「はじめましてオープ様。アイナ・ナダルと申します」

けれどオープ様は私を見つめたまま、身じろぎもなさいません。右手を剣帯に、もう一方の手を体の脇に垂らしたまま、瞬《まばた》きもせずに私を見下ろしていらっしゃいます。厳つい容姿と相まって、まるで騎士の彫像のようです。

「兄上……」私の隣からエシトーファ様の囁く声が聞こえます。「兄上、アイナ様にご挨拶を」

それを合図に、まるで呪いが解けたように彫像が動き出しました。彼はその場に片膝をつくと、床に片手を置きました。

「結婚して下さい！」

「え……ええっ？」

いくら何でもいきなりすぎやしないでしょうか。それともこれが貴族の求婚というものなのでしょうか。

私は狼狽《うろた》え、助けを求めて周囲を見回しました。

私の隣ではエシトーファ様が右手を額に当てて天井を仰《あお》ぎ、その後ろではツァピール侯が肩を落として俯《うつむ》き、その右隣ではハナナお義母様が頭を横に振っておられます。

どうやら私は、また何か大失態を演じてしまったようです。あのような求婚にどうお答えしたらよいのか。誰も教えてはくれませんでした。きちんと礼儀作法を習っておかなかったことが、これほど悔やまれたことはございません。今度こそ本当に、私はナダルに追い返されるでしょう。

でも――仕方ありません。この縁談自体、私にとって不相応なお話だったのですから。

そう思うと悲しくはありましたが、気持ちが落ち着いて参りました。私は床に跪《ひざまず》くと、顔を伏せたままのオープ様に問いかけました。

「オープ様。どうか一つだけ、質問することをお許し下さい」

びくりと肩が震えました。けれど彼は是とも否とも言わず、お顔を上げようともなさいません。

「なぜ、私をお選び下さったのですか？」

「――」

「ご覧の通り、私は行儀作法も知らない田舎娘でございます。畑仕事で手も荒れておりますし、肌だって真っ黒です。こんなみっともない娘を、オープ様はどうして伴侶に望まれたのですか？」

答えはありませんでした。

私は悲しくなって、続けました。

「それともこれは悪ふざけだったのですか？　貧乏貴族の娘をからかうために――」

「違う！」

突然の大音声《だいおんじょう》が、私の言葉を遮《さえぎ》りました。

オープ様は顔を上げました。まるで熱病患者のように、お顔が真っ赤です。

「騎士団の任務でナダルを訪れた際、トゥーバ畑で働く貴女を見ました。領民達とともに汗をかき、笑顔で周囲の者達を励ましながら、労働に勤《いそ》しむ貴女を見たのです。私は農民の一人に『あれは誰か』と尋ねました。すると彼は『あれはナダル伯の一人娘アイナ様だ』と答えました。『アイナ様は働き者で器量よし。私ら領民のことにも心を砕いて下さる。ナダル領民ならみんな言う。トゥーバとアイナ様はナダルの宝だ』と言って、自慢そうに胸を張りました」

私は頰が熱くなってくるのを感じました。汗まみれになって働いている姿を見られたのかと思うと、それこそ顔から火が出そうでした。

「夕暮れ時、貴女は歌っておられた。農民達と一緒に帰路につきながら、子供達の手を引きながら、美しい声で歌っておられた。農民達はもちろんのこと、それを見守る騎士団の者達も、みんな貴女の声に聞き惚《ほ》れました。貴女の姿が遠ざかり、丘の向こうに消えていくまで、ずっと聞き惚れておりました。その時、私は思ったのです。私は……私は……この人を――」

ごほっ……とオープ様が咳き込みました。何とか言葉を続けようとなさるのですが、なかなか咳が止まりません。

「ああもう、なにやってるんですか、兄上！」

業《ごう》を煮やしたように、エシトーファ様が彼の背中をさすります。

私はというと……恥ずかしくて恥ずかしくて、出来ることならこの場から逃げ出したいと思っておりました。なのに頭の芯《しん》が痺《しび》れてしまい、身じろぎすることさえ出来ません。

「わわ私は――」

つかえながら、オープ様は仰いました。

「こここの人を妻にしたい、そそうお思いました」

オープ様はぶるぶると震えています。どこか具合がお悪いのかもしれません。私は自分のことよりも、彼の体の方が心配になってきました。

「あの、ご無理をなさいませんよう……」

「ご心配なく」兄君に代わりエシトーファ様がにっこりと笑いました。「兄上は極度のアガリ症なんです。普段は鬱陶《うっとう》しいくらいに健康なんですが、どうしてもこれだけは克服出来ないようで――」

「おおお見苦しいところをお見せして、もも申し訳ごございません」

オープ様は、がばりと頭をお下げになりました。

「け、権威を笠に着るようで心苦しかったのですが、この気持ちを、おお抑えることが出来ませんでした。ももしもし不愉快におお思われたのであれば、心からおおお詫び申し上げます。でですから、どうかどうか、わわ私の妻にななってはいいいただけませんでしょうかっ！」

言い切って、彼は顔を上げました。不安の上に恐れと怯《おび》えを塗り重ねたような表情をしておられます。その目からは、怖いくらいの真剣さが伝わってきます。

それを見て、この人は本当に実直な方なのだなと思いました。弟君のように垢抜けてもいないし、不器用だし、ちょっと老け顔ではいらっしゃるけれども、とても一生懸命で誠意のある方。

この人なら、私を生涯愛して下さるでしょう。一緒に穏やかに年を重ねて下さるでしょう。そしてそれこそが、私の望みでありました。

「承知いたしました」

私の言葉に、彼は目を見開きました。新緑色の瞳に明るい茶色が点々と散る様子は、まるで熟しかけたトゥーバの実のようでした。

「オーブ様、私の故郷になって下さいますか？」

「わ、私などで、よろしければ、よよろこんで」

「では、このような不作法者ではございますが、末永くよろしくお願いいたします」

私が頭を下げると、彼は私を引き寄せ、ぎゅっと抱きしめて下さいました。

繰り返すようですが、殿方に抱擁されることには不慣れでございました。ですから私の心臓は、すぐに暴れ馬のように嘶《いなな》きはじめました。それを知られるのが恥ずかしくて、息を止めるとますます苦しくて。きっと私の顔は、それこそトゥーバのように真っ赤になっていたことでしょう。

そして、その一カ月後《シャハル》――

オープ様と私の婚礼の儀が執《と》り行われました。

この日は朝から大わらわで、私も始終緊張しておりましたので、実のところ、よく覚えていないのでございます。ただ新緑色のお洋服をお召しになったオープ様がとてもご立派で、『この方の妻になるのだなぁ』と思うと、泣き出してしまいそうになるくらい胸が熱くなったことだけは、昨日のことのように覚えております。

エダムの中心にあるサマーア聖教会。その礼拝堂で執り行われました婚礼の儀には、父も駆けつけてきてくれました。盛大な儀式も終わりに近づいた頃、サマーア聖教会の司教様が威厳ある声でお尋ねになりました。

「カシート・ナダルの娘アイナよ。汝《なんじ》の宗教、汝の信仰、汝の信念をかけ、我らの主、我らの父、我らの守護者である光神サマーアに、オープ・ツァピールを生涯愛し続けることを誓うか？」

「誓います」

そう答えながら、私は心の中で光神サマーアに祈りました。誓いの接吻の最中も、感極まったオープ様が私を抱き上げて司教様にお叱りを受けている最中も、大勢の方々から祝福の言葉をいただいている最中でさえ、私は祈り続けておりました。

光神サマーア、どうか私をお許し下さい。

母を奪った貴方を、貧しいナダルの領民達を救って下さらなかった貴方を、ずっと怨んで参りました。けれど今日から心を入れ替えます。毎朝毎晩お祈りもします。六日《ヤウム》に一度の礼拝にも参ります。出来る限りの喜捨《きしゃ》もします。

ですから寛大な御心をもって、私の不信心をお許し下さい。

どうか私から、この幸せを奪わないで下さい。

婚礼の儀の後、弟君のエシトーファ様は王都ファウルカに戻られました。彼は王城にある文書館で、国の歴史について研究なさっておられるのだそうです。オープ様とは異なり、武芸にも政《まつりごと》にも興味を持っていないご様子でした。

十諸侯であるツァピール侯も領主院議会に参加するため、二カ月《シャハル》に一度は王都に赴《おもむ》かれます。王都とエダムを行ったり来たりで、半月《シャハル》近くは家を空けておられます。

そしてオープ様は、式の六日《ヤウム》後には騎士団の務めに戻られました。朝早くに館を出て、領内の見回りや鍛錬に励み、夜遅くなってから屋敷に戻られるという毎日でございました。時には地方に出かけ、数日間《ヤウム》戻られないこともございました。

ハナナお義母様は、「もっとアイナ様とともに過ごす時間を作りなさい」と仰って下さったのですが、そこは勤勉な彼のこと。勤めを怠《なま》けることなど、なさろうはずがございません。

ともに過ごす時間が短くとも、私は幸せでございました。ツァピール家に仕える方々はみなとても親切で、私もミーマルもすぐに馴染むことが出来ました。ツァピールの屋敷にはたくさんの書物もありました。私は様々な物語に胸ときめかせ、鮮やかな挿《さ》し絵《え》を飽くことなく眺め、美しい詩の数々を耽読《たんどく》いたしました。

ハナナお義母様と一緒にお茶をいただいたり、エダムの町を見物して廻るのも楽しゅうございました。エダム近郊に屋敷を持つ小領主のお茶会に招かれたり、音楽会に出かけたり。時には非番のオープ様と一緒に晩餐会に出かけたりもしました。毎日が楽しくて楽しくて、私一人がこんなにも幸福でいていいのかと、故郷の人々に申し訳なくなるほどでした。

そんな中、唯一気がかりだったのは、やはりオープ様のことでした。

オープ様の所属するツァピール騎士団は、ツァピール侯が召し抱えた騎士団でございます。その任務は領内の平和を守ること。犯罪や災害や病気などから領民達の生活を守ることにありました。もちろん有事の際にはサマーア神聖教国を統《す》べる光神王の御為《おんため》に戦うことを義務づけられておりましたが、ここ近年は隣国デュシス王国とも大規模な戦はなく、イーゴゥ大陸の最南にあるツァピールにまで召集がかかることは滅多にありませんでした。

しかし、だからといって、騎士団の任務は安穏としたものではございませんでした。ツァピール騎士団は、領の財源の中心である時空鉱山の警護に当たらなければならなかったからです。ご存じのように、イーゴゥ大陸には多くの時空鉱山がございます。そこで採掘される無色透明の時空晶は、サマーア神聖教国だけでなく外つ国でも、共通の通貨として使われております。

サマーア聖教会の司教様は、こう説かれます。

「まだこの世界が混沌《こんとん》に微睡《まどろ》んでいた頃。光王サマーアと闇王ズィールは世界の覇権《はけん》を懸けて戦った。果てしなく続く戦いに勝利したのは光王サマーアだった。深手を負った闇王ズィールは、深き地《トゥホーマ》の国に封印された。光王サマーアは自らを天に引き上げ、この世界を見守る光神サマーアとなられた。

戦いの最中に光王サマーアが流した尊い血、それが時空晶である。時空晶は光神サマーアが人にもたらした恩恵であり、その存在を示す証《あかし》でもある」

その神の恩恵を得ようと、時空晶の周囲には『堕《お》ちた魂』が群がります。光神サマーアを信じない者達は、死後『堕ちた魂』となって、この世を彷徨《さまよ》うのだそうです。

この『堕ちた魂』というのが『死影《しえい》』です。

死影はその名の通り、闇の中に潜む、影のような化け物でございます。

死影は人間が有する時間《グル》と空間を欲し、人間を襲います。人間に取り憑《つ》いてその魂を喰らいます。魂を喰われた者は鬼となり、新たな時空を欲して人間を襲うと言われております。ですから本来、時空鉱山の警護は『影断ちの剣』を持つ、神聖騎士団の役目なのでございます。

神聖騎士団は、サマーア聖教会を統べる六人の大主教達が有する六つの騎士団の総称でございます。このツァピール領にも聖教会直轄領エトラヘブの神聖騎士団が派遣されて来ておりました。

ですが神聖騎士団の騎士達は任務に勤勉ではありません。嫡男以外の貴族の子息や聖教会の聖職者の血を引く男子で構成されているためか、傍若無人《ぼうじゃくぶじん》な振る舞いをする者も少なくありませんでした。

とはいえ、彼らは光神サマーアのご威光を背負う神聖騎士団。十諸侯のツァピール侯といえど、時空鉱山の警護を命令することは出来ません。つまり時空鉱山での労働に勤しむ領民にとっては、ツァピール騎士団だけが頼りなのでした。

それは危険な任務でした。けれどオープ様はご自身の地位を盾《たて》に、それから逃げたりはなさいませんでした。彼はいつも「領民を守れない者に、領主たる資格はない」と仰っておられました。言うのは易《やす》いことでございますが、実行するのは難しいことです。そんな彼を私は誇りに思い、尊敬してもおりました。

それでも彼が時空鉱山での警護に当たり、屋敷を留守にする数日間《ヤウム》は、まるで地の国《トゥホーマ》にいるようでした。不安に押し潰され、食事も喉を通らず、ゆっくり眠ることも出来ません。ひたすら彼の身を案じながら、ただ待つことしか出来ない自分を、大変歯がゆく思ったものでございます。

そんな私をハナナお義母様は何かと気にかけ、元気づけて下さいました。

お義母様は私のために、流行のドレスを仕立てて下さいました。それを着て初めて赴いた社交の場――そこは私が知っている世界とは異なる別世界でございました。

美しく着飾った奥方様やお嬢様が上品に歓談しておられます。学のない私には到底理解出来ないような詩や音楽の話が飛び交います。テーブルの上には食べきれないほどのご馳走が並べられています。私はすっかり気後れして、ずっとハナナお義母様の陰に隠れておりました。お義母様は私を馴染ませようとして下さいましたが、上手く立ち回ることなど出来ようはずがございません。田舎から出てきたばかりの娘には荷が勝ちすぎます。集中する好奇の視線、コソコソと言い交わされる陰口に、場違いであることを痛感せずにいられませんでした。

このまま私が恥をかき続ければ、ツァピール家の威信が揺らいでしまいます。「ゆっくり覚えていけばいいのよ」とハナナお義母様は仰いますが、私の恥はオープ様の恥。ひいてはツァピール家の恥になるのです。

私は本を読み、詩を覚え、上流階級の暮らしに馴染もうと懸命に努力しました。そんな私に、ハナナお義母様は根気よくつき合って下さいました。お義母様は美しいだけではなく、知性と威厳を兼ね備えた真の貴婦人でいらっしゃいました。いずれオープ様がツァピール侯の家督を継がれた際には、その妻としての役割を私が譲り受けることになるのです。それを思うと、目の前が暗くなりました。ハナナお義母様のように優雅に振る舞うことなんて、私にはとても無理だと思われました。

「これは戦いですのよ」

折を見て、お義母様は仰いました。

「殿方は剣を振るい、政治の駆け引きを行って、領地をお守りになります。けれど私達もまた守られているばかりではないのです。私達も戦っているのですよ」

その言葉の本当の意味を知ったのは、私がツァピール家に入ってから、数カ月《シャハル》が経った時のことでした。

私はハナナお義母様とともにお茶会に招かれました。ツァピール家に最も近い血統を持つ、有力小領主ガリーダ家からのお招きでした。

ガリーダ様のお屋敷は、ともするとツァピール家よりも豪華絢爛《けんらん》でございました。同じ小領主といえど、ナダルとは雲泥《うんでい》の差がありました。手入れの行き届いた広い庭にテーブルが並べられ、お庭での会食が始まりました。あちこちに人の輪が出来、それぞれに会話が弾んでいるようです。

私はなるべく目立たないよう、木立の陰に立っていました。それでも周囲からは囁き声が聞こえてきます。

「サーレの詩をご存じないとは、驚きましたわ」

「茶器を両手で持つなんて野蛮ですこと！」

「オープ様は何故あのような田舎くさい娘を選ばれたのでしょうね？」

私は茶器を両手で持ったりしていませんし、サーレの詩もそらんじておりました。けれどそれを主張すれば、さらなる揶揄《やゆ》を受けることはわかっております。身分と血統を重んじる方々には、人間性など関係のないことなのです。田舎者は生涯田舎者として蔑《さげす》まれる。それが貴族の社会というものなのです。

「ナダルではトゥーバ作りに精を出していらしたというじゃありませんか？」

そう仰ったのはレリア・ガリーダ様、このお屋敷の主《あるじ》であるガリーダ小領主のご令嬢でございました。

彼女は意地悪く笑いながら、周囲の者に囁きます。

「どうりで泥臭いはずですわ。これからはアイナ様のことを『トゥーバ姫』とお呼びしましょうよ？」

私は垢抜けない田舎者でしたから、私自身が馬鹿にされるのは仕方がないことです。ですが、そのためにナダルまで馬鹿にされるのは我慢なりません。トゥーバはナダルの誇りです。毎日辛い労働に勤しむ領民達の血と汗の結晶です。だからこそナダルのトゥーバは光神王に献上されるほど美味《おい》しいのです。労働の辛さを知らない者に、彼らを『泥臭い』などと言う資格はございません。

私はレリア様に歩み寄りました。貴婦人とは言い難い、怖ろしい形相をしていたのでしょう。

レリア様はたじろぎ、扇子で顔を覆いました。

構わずに、私は言いました。

「レリア様、貴方が食する肉や野菜。それを作ってくれた者達のことを、貴方は考えたことがありますか。その者達がどんな過酷な日々を送っているか、貴方は知っていますか。彼らが流してきた血と汗と涙に、貴方は感謝したことがあるのですか？」

「感謝ですって？」

レリア様は怒りに頬を紅潮させて、パチンと扇子を閉じました。

「私は小領主の娘。尊き血を持つ者ですのよ。領民の上に立つのは当然の権利ですわ。感謝など、必要ありません」

「貴方は権利と義務を履き違えていらっしゃいます。領民を守るのは領主の義務です。その代償としてのみ、領主は領民から税を徴収することが許されるのです」

「まあ、いやらしい。そのようなことを憚りもなく仰るなんて、私にはとても我慢なりませんわ。アイナ様は農奴と一緒に働いていらしたから、庶民の卑しさが身に染みついてしまわれたんですわね」

軽蔑に細められる眼。嘲笑に歪《ゆが》んだ赤い口元。まるで悪臭を払うように、彼女はひらひらと手を振りました。

「いやですわ。なんだか肥やしの匂いがしませんこと？」

「労働は尊いものです。それを理解していない者に、人の上に立つ資格はございません」

私は怒りを押し殺して、続けました。

「オーブ様は騎士団の一員として時空鉱山に赴き、危険な任務についております。なぜなら彼は知っているからです。労働を尊ばない者に領主たる資格はないということを」

私の言葉に、レリア様の顔がさあっと白くなりました。扇子を摑んだ手がぶるぶると震えています。それを見て、余計に腹が立ってきました。この人は労働を知らないだけでなく、困窮した民の暮らしのことも知らないのです。自分が立つ場所が民の血と涙で出来ていることを、知らずに今まで生きてきたのです。

「レリア様、足下にお気をつけあそばせ」

さらに低い声音で、私は言いました。

「私達が立つこの場所は、民達の数多《あまた》の無念によって支えられているのです。無慈悲に踏みつけますれば、その無念は死影となって御身に襲いかかることでしょう」

「その通りです」

割って入ったのはハンナお義母様でした。お義母様はレリア様に向かい、にっこりとお笑いになりました。

「喧嘩を売る相手を間違われましたわね、レリア様？」

白かったレリア様の顔が、みるみる赤くなりました。目の縁にじわりと涙が湧き上がります。それが堰を切る前に、彼女は身を翻《ひるがえ》しました。そして振り返ることなく、その場から走り去ってしまいました。

その帰り道。馬車の中でハンナお義母様はいつになく上機嫌でいらっしゃいました。ですが私はかなり気まずい思いで俯いておりました。

レリア様に申し上げた言葉を撤回する気はございません。後悔もしておりません。でもガリーダ家はツァピール家に最も近い有力小領主。資産家ですし、領内に味方もたくさんいらっしゃいます。そんなガリーダ家といらぬ騒動を起こしてしまうとは、オープ様の妻として失格です。どうしてもう少し上手く立ち回れなかったかと、私は自分の不器用さを呪いました。

「ああ、すっとしました」

なのにハナナお義母様は清々《すがすが》しい顔で仰います。

「まったくレレリアは子供ね。周囲がちやほやと甘やかすから、幾つになってもああなのだわ」

「いいえ、ハナナお義母様」私は首を横に振りました。「大人げない真似をしたのは私も同じでございます」

「そんなことないわ。アイナ様は自分の誇りを守るために戦ったのですもの」

お義母様は手を伸ばし、私の手に重ねました。

「私がアイナ様の立場でしたら、同じことを言いましたわ」

「でも私はツァピール家の立場を悪くしてしまいました」

恐縮する私に、お義母様はにっこりと笑いかけました。私の手をぎゅっと握り、一言一言、諭《さと》すように仰います。

「うちのお館様ラータ・ツァピールは、人が良いというか、楽観主義というか、とにかくああいう性格でしょう？　それにつけ込んで、ガリーダ家はもうずいぶんと前からツァピール家を追い落として、十諸侯に成り代わろうと画策しているの。だからこそレリアはオープの妻の座を狙っていて、それが叶《かな》わなくなった今は弟のエシトーファを狙っているの」

私はびっくりして顔を上げました。ツァピール家とガリーダ家の不仲は薄々感じておりましたが、それほど剣呑《けんのん》な仲だとは思っておりませんでした。

「だから――」とお義母様は続けます。「オープがアイナ様のような方を伴侶に選んでくれて、本当に嬉しかった。アイナ様が我が家に来てくれて、本当に、本当に嬉しかったの」

お義母様は私を抱き寄せました。その手が優しく私の背を叩きます。

「どうかいつまでもオープの側にいて、あの子を支えて下さいね」

「はい、お義母様」

震える声で、私は答えました。

「私はいつまでも、オープ様のお側におります」

ハナナお義母様が「これは戦いですのよ」と仰った意味が、ようやくわかりました。

敵から家を守るのは殿方の役目。けれど家の名誉を守るのは奥方の役目なのです。それが私には、とても誇らしいことに思えました。

あの時、体の震えとともに胸に抱いたこの矜持《きょうじ》。

それは今でも私の体を熱くさせます。

今思えば――私の運命はこの時決まったと言っても過言ではないでしょう。

穏やかに月日は流れていきました。

あれは雨期が明けたばかりの四月《ニーサン》のことです。

私は自室で本を読んでおりました。すると、わいわいと騒ぐ人の声がしてきました。何だろうと思い、窓の外を覗いてみると、裏口に荷物が届いたところでした。馬車から荷物を下ろす使用人達に混じって、ハナナお義母様がいらっしゃいます。オープ様のお姿も見えます。オープ様は私に気づいたようで、こちらに向かって手を振りました。どうやら「出ておいで」と仰っているようです。私は本をテーブルに置くと、階下に降りて、裏口から外に出ました。

「ごらんあれ、アイナ殿」

オープ様は嬉しそうに両手を広げました。

彼の足下に置かれている黄土色の袋、そこから細い茎が伸びています。変色しかけた黄色い葉がついています。

ああ、間違いありません。

なんて懐かしい。これはトゥーバの苗です。

「どうして、トゥーバの苗を？」

「以前、アイナ殿は仰ったであろう？」

オープ様は照れたように頭を掻きました。

「トゥーバを育てるのは大変だけれど、それを収穫した時の喜びは何にも代え難いと。私も、その喜びを感じてみたいと思ったのだ」

確かに結婚したばかりの頃、故郷が懐かしくて、そんなことを申したこともございました。

「覚えていて下さったのですね」

「無論だとも！」

力強く答えてから、オープ様は恥ずかしそうに微笑みました。

「屋敷の中庭に空いている土地がある。そこにトゥーバの畑を作ろうと思う。アイナ殿、私にトゥーバの育て方を教えて下さらんか？」

もちろんです――と私は答えました。

「私にもお願いしますわ」

ハナナお義母様も仰います。

「ガリーダ家のお茶会でアイナ様は仰ったでしょう？　貴方が食する肉や野菜。それを作ってくれた者達のことを貴方は考えたことがありますか、と。あの言葉を聞いてから、ずっと思ってきましたの。私は労働というものを何も知らないのだなぁ……と」

お義母様はそっと微笑みました。まるで自嘲なさっているような寂しそうな微笑みでした。

すると、側にいた使用人のバヒールが言います。

「俺にもぜひお願いします」

「私達にも手伝わせて下さい」召使いの娘達も笑いかけてきます。「ナダルのトゥーバは本当に美味しいんですもの。私、大好きなんです」

「もちろん大歓迎です」私は彼らに頷きました。「たくさん収穫して、みんなで美味しいトゥーバをいただきましょう」

その日から、お屋敷の中庭で畑仕事が始まりました。土を耕したり、水をやったり、枯れた葉を取り除いたり、何かと手間がかかります。

使用人達も作業に加わってくれました。オープ様には騎士団でのお勤めがございましたので毎日というわけには参りませんでしたが、私とハナナお義母様は毎日かかさずに畑に向かいました。

ハナナお義母様は意外にも土いじりに夢中になられました。最初は蚯蚓が出て来るたびに悲鳴を上げていらしたのですが、私が「蚯蚓は土を耕してくれる益虫なのです」と教えてからは、それもなくなりました。そのうち蚯蚓にもすっかり馴染まれて、親しく声をおかけになられるほどでした。

「ホーテラさん、お久しぶりですね。ハウイさんもお元気そうでなによりです。皆さん、これからも畑を頼みましたわよ？」

どれがホーテラさんで、どれがハウイさんなのか、私にはさっぱりわかりません。

やはりハナナお義母様はすごいお方です。

みんなで力を合わせて世話をした甲斐あって、いつしか畑は広がり、トゥーバの苗はすくすくと育っていきました。オープ様も暇を見つけては畑にやって来て、害虫を取ったり、添え木を当てたりして下さいました。休みの日には「よい鍛錬になる」と仰って、力強く鋤《すき》を振るって下さいました。

作業を終えて、館に戻る前のほんのひととき。オープ様は畑の畦《あぜ》に座り込みます。そして暗くなるまでの間、うっとりとトゥーバ畑を眺めるのです。その隣に寄り添い、彼とともに畑を眺める。それは私にとって至福の時でございました。

大きく育ったトゥーバの若木。早いものは、もう小さな実をつけております。まだ固い緑色の実ではございましたが、あと一ヵ月もすれば赤く色づき、収穫の時を迎えることになるでしょう。

「葉が枯れかけているな」

黄色くなっている葉を見て、オープ様が心配そうに仰います。

「もっと水をやった方がよいのではないのか？」

「いえ、このままでよいのです。実をつけましたら、水は控えめにした方がよいのです。トゥーバは栄養のない枯れた土地で、厳しく育てた方が甘く美味しくなるのです」

「そうなのか……」

感じ入ったように、オープ様は呟きました。

「まるで貴女のようだな」

ドキンと心臓が高鳴りました。オープ様は口数の少ない方でしたが、時々こういうことを言って私を驚かせるのです。

「でも、私はいまだ実をつけることが出来ません」

婚礼の儀から一年《サナ》が経とうというのに、私達はいまだ子供に恵まれませんでした。この時の私は、あと三カ月《シャハル》で十六歳になろうとしておりました。それはハナナお義母様がオープ様を産んだ歳でございました。

「私達はまだ若い。そう急ぐこともないだろう」

オープ様は優しく笑って、私の肩に手を回します。

「それに吾子《あこ》が出来ては、貴女を吾子に取られてしまう。その前にあともう少しだけ、こうして貴女と二人きりで、幸せに浸っていたいのだ」

オープ様はそう言って下さいましたが、私は早く子供が欲しゅうございました。ツァピール侯やハナナお義母様に、早く跡継ぎの顔を見せて差し上げたかったのでございます。

それに出来ることならば、子供の一人には父の跡を継ぎ、ナダル領を治めて欲しい。そう思っておりました。

けれど――

その願いが叶うことはございませんでした。

あれは忘れもしない、私が十八歳になった年の、十月《テシュリーン》の六日のことでございます。

その夜、オープ様は騎士団のお仕事で館には戻られず、私は一人で床についておりました。

不安でなかなか寝つかれず、幾度も寝返りを繰り返しておりました。

遠くから、馬車の音が聞こえて参りました。

しかもそれは、どんどんと近づいて参ります。

嫌な予感に私の心臓は潰れそうになりました。暗闇の中でぎゅっと目を閉じ、二本の指で光神サマーアの印を切り、馬車がそのまま通り過ぎてくれるよう祈りました。

馬車の車輪が軋《きし》む音。馬の嘶き。それが屋敷の前で止まりました。何者かが玄関扉を叩きます。階下に入り乱れる足音を聞き、私は飛び起きました。

「お嬢様……!」

ミーマルが夜衣《よぎ》のまま、光木灯《こうぼくとう》を持って駆けつけてきました。

「こんな夜更けに何事でございましょう?」

私は答えず、夜衣の上からガウンを羽織りました。ミーマルから光木灯を受け取ると、制止しようとした彼女を振り切り、階下に向かいます。

深夜だというのに、玄関広間には幾つもの光木灯が置かれ、使用人達が右往左往しておりました。その中に銀色の甲冑を着けた人々が見えます。ツァピール騎士団の騎士達です。隊長らしき口髭《くちひげ》の騎士が深刻な表情でハナナお義母様とお話ししておられます。

私は、お義母様に声をかけようとしました。

その時です。

騎士達の間に白い担架が見えました。

そこに横たえられていたのはオープ様でした。

苦痛に歪んだ表情。白い顔はますます白く、固く目を閉じていらっしゃいます。その衣はどす黒く変色した血と泥で汚れています。

咄嗟《とっさ》に、お怪我をなさったのだと思いました。

ですがその直後、奇妙なことに気づきました。

彼の体は頑丈そうなロープで幾重にも担架に縛りつけられていたのです。

いったい一体、誰があんな真似を？

私は怒りに駆られ、彼に駆け寄ろうとしました。

「お待ち下さい、義姉上！」

誰かが私の腕を摑みました。それは休暇を得て館に戻られておりましたエシトーファ様でした。

「お放し下さい！」私は彼の手を振り払おうとしました。「お願い、放して！」

私の声が聞こえたかのように、オープ様が目を開きました。虚《うつ》ろな瞳が宙をさまよったかと思うと、突然、彼は暴れ始めました。うおう、うおおう、という叫び声。まるで飢えた獣のようです。騎士達が彼の名を呼びかけながら、必死にその体を押さえつけます。ですがオープ様は歯を剝《む》いて咆哮《ほうこう》し、狂ったように暴れ続けます。

私はその場に凍りついてしまいました。何が起こったのか、考えることを頭が拒否しておりました。目の前が暗くなり、足下がぐらぐらと揺らぎ始めます。手から光木灯が落ち、床に転がりました。

「義姉上……！」

エシトーファ様が私を支えてくれました。彼に引きずられるようにして壁際まで退《しりぞ》き、そこにある椅子によろよろと腰掛けました。

「大丈夫ですか？」

エシトーファ様が心配そうに私の顔を覗き込みます。

ですが私は、獣のように暴れ続けるオープ様から目を離すことが出来ませんでした。

「何が起こったのですか？」

老婆のように掠《かす》れた声が尋ねます。遠くから聞こえてくるその声は、どうやら私の声であるようでした。

「オープ様に、何があったのですか？」

その問いに、エシトーファ様は答えて下さいませんでした。彼は眉間《みけん》に皺を寄せ、下唇をぎゅっと噛みしめておられます。今まで見たこともない苦しそうな表情。でも私には、彼を気遣っている余裕はございませんでした。

「教えて！　何があったのです！」

私はエシトーファ様の腕を摑み、力任せに揺さぶりました。怖くて怖くて涙が止まりません。オープ様は無事だと言って欲しゅうございました。なのに彼は俯いたまま、何も答えては下さいませんでした。

「エシトーファ！」

鋭い声でハナナお義母様がお呼びになりました。

「今すぐ王都に向かいなさい。ラータ様を呼び戻して来るのです！」

「私が、ですか？」

エシトーファ様はハナナお義母様を見て、心配そうに私を見て、再びお義母様に目を戻しました。

「誰か他の者をやるわけにはいきませんか？」

「ラータ様は王城に赴かれていらっしゃるのですよ。詳しい話をすることなく城内に入ることが出来るのは貴方だけです」

エシトーファ様ははっと息を飲まれました。

たたみかけるようにお義母様は仰います。

「急ぎなさい。道中、なるべく人の目につかぬようにすることを忘れてはなりませんよ」

「わかりました」

唸《うな》るような声でエシトーファ様は仰いました。

彼は私の肩に手を置いて、低い声で囁きます。

「すぐに戻って参ります。義姉上、どうか気をしっかり持って……くれぐれも早まった真似はなさいませんように」

そして、彼は走り出しました。そのまま外へと駆け出します。閉じた扉の向こう側から、「馬を引け！」という声が聞こえます。

「皆さん、どうか落ち着かれますよう」

凜《りん》としたハナナお義母様の声に、騒然としていた玄関広間が静まりかえりました。聞こえるのはオープ様の呻《うめ》き声だけです。皆が指示を求めて、お義母様を見つめています。

「ラザフとシュハカは地下貯蔵庫に寝台を運びなさい。イータイとパルは鍋一杯にお湯を沸かして。アウレンは屋敷中から綺麗な布を集めなさい。バヒールはナーラー医師を呼んで来なさい」

矢継ぎ早に指示が飛びます。名を呼ばれた者達が弾かれたように動き出します。

お義母様は口髭の騎士に近づき、何かを囁かれました。それを聞いた騎士様の目が驚愕《きょうがく》に見開かれます。

「なんと……！」

「お願いします。クーバー隊長」

口髭の騎士は険しい表情でお義母様の指示を聞き、最後に大きく頷きました。

「承知しました。お任せ下さい」

クーバー隊長は、オープ様を取り押さえている四人の騎士達を振り返ると、低い声で命じました。

「準備が整ったらオープ様を地下に運べ。決して目を離すのではないぞ？」そこで声を抑えて、彼は続けます。「万が一の際にはいつも通りに。たとえ領主様のご子息であろうとも、迷うことは許されん」

騎士達は青ざめた顔で頷きました。クーバー隊長は胸に拳を当ててお義母様に敬礼し、屋敷から出て行きます。

そこへ、下男のラザフの声が響きました。

「準備が整いました！」

それを合図に騎士達が担架を担ぎ上げ、オープ様を地下の貯蔵庫へと運んでいきます。

私は見守ることしか出来ませんでした。オープ様に何が起こったのか。すでに察しておりました。でも確かめるのは怖かった。それを認めてしまうのが怖かったのです。

「アイナ様」

ハナナお義母様が私をお呼びになりました。彼女は私の前に膝をつき、私の膝に手を置いて、私を見上げました。

「大丈夫。オープは無事です。怪我をしていますが、命にかかわるような傷ではありません」

それは私が一番聞きたかった言葉でした。安堵《あんど》のあまり、全身の骨が柔らかな蠟になって、とろけてしまったように感じられました。

ですが、それも束の間のことでございました。

「オープを傷つけたのは死影です。今の彼には、死影が憑いています」

ああ、やっぱり。

やっぱりそうなのです。

あの形相。行動。叫び声。あれはオープ様ではなく、彼に取り憑いた死影だったのです。

死影――堕ちた魂。

厚みも熱も持たない影の化け物。

昔から嫌というほど聞かされてきた怖ろしい話が、耳の奥に蘇《よみがえ》ります。

死影に傷を負わされた者は死影に憑かれる。死影に憑かれた者は魂を喰われ、体を乗っ取られて鬼《グル》と化す。どんなに強い意志を持つ者であっても、それに抗《あらが》うことは出来ない。そして鬼《グル》に襲われた人は、同じく死影に憑かれて鬼《グル》となる。

ツァピール領の隣にあるケナファ領には、かつては仲間であり家族でもあった鬼《グル》に同情し、見逃してしまったことで、すべての住人が鬼《グル》となり、神聖騎士団に殲滅《せんめつ》された町があると聞いたことがあります。

しかし鬼《グル》と化す前に、司教様にお願いすれば死影を祓《はら》って貰える。そうも聞いておりました。

「し……司教様を呼んで下さい」

私はハナナお義母様に縋《すが》りつきました。

「早く、一刻も早く司教様をお呼び下さいませ！」

「――無駄です」

苦しそうにお義母様は首を横に振りました。

「領主家の者として、このような事態は今までにも幾度か目にしてきました。けれどサマーア聖教会の司教が死影を祓い、死影に憑かれた者を救ってくれたことは一度もありません。彼らは時空晶を巻き上げるだけで、何の治療も施してはくれないのです」

「そんな――」

あまりに衝撃が強すぎて、私は何も言えませんでした。嘆くことも、叫ぶことも出来ず、かといって気を失うことも出来ませんでした。彫像のように固まったまま、微動だに出来ません。少しでも動いたら、乾ききった枯れ葉のように、カサカサと砕けてしまいそうでした。

「ではオープ様は、鬼《グル》になってしまうのですか？」

「……いいえ！」ハナナお義母様は私を抱きしめました。「そんなことはさせません！」

その声もまた涙で掠れておりました。押し殺した嗚咽《おえつ》が聞こえてきます。あんなに凛として、どんな脅威にも決して揺らがないように見えたのに、お義母様の体はガタガタと震えていました。

お義母様も怖いのです。不安で仕方がないのです。

私はツァピール家に温かく迎えられ、今まで幸せな時を過ごして参りました。ですから今度は私が、彼らをお守りしなければならない。そう思いました。

オープ様は強い方です。彼が戦い続けている限り、私も戦い続けましょう。そしてもし、もしそれが必要となった時には、私がオープ様を殺し、ともに天の国《アッサマーア》へ参りましょう。

「ご安心下さい。お義母様――」

私はハナナお義母様に囁きました。

「私はいつまでも、オープ様のお側におります」

私はお義母様をそこに残し、地下貯蔵庫へと降りていきました。

小麦《ヘター》の袋や酒樽は片づけられ、空いた壁際には寝台が置かれております。そこに横たえられたオープ様の体は、ロープで寝台に縛りつけられておりました。

オープ様を運んできて下さったハクラ様という騎士が、その時の状況を私に話して下さいました。

死影が発生した坑内に、ハクラ様も居合わせたのだそうです。オープ様はハクラ様に、鉱夫達を守るよう命じました。そして彼自身は最後までその場に留まり、一人でも多くの鉱夫を逃がそうとしたのだそうです。

「私の力が至らないばっかりに――」

オープ様を守れなかったことに責任を感じ、ハクラ様は打ちひしがれていらっしゃいました。

「申し訳ございません」

彼は自分の非力を詫びながら、何度も何度も頭を下げました。

「ハクラ様が詫びることはありません」と私は言いました。「オープ様はツァピールの血を引く者として、その務めを果たされたのです」

嘘です。どんなに情けなくてもいい。領主の義務など放棄してもかまわない。誰よりも早く逃げて欲しかった。無事に戻ってきて欲しかった。ですがオープ様は命を懸けて、領主の矜持を守ったのです。その彼の前で、妻である私が、弱音を吐くわけには参りません。

「ハクラ様はハクラ様の務めを果たされたのです。詫びることはありません」

そう言うのが、精一杯でございました。

私は小さな木の椅子を見つけ、それを寝台の側まで運びました。椅子に腰掛け、毛布の端から覗くオープ様の指先を握りしめました。ツァピール家の主治医であるナーラー様がオープ様の傷の手当てをする間も、私は寝台の側に座り、彼の手を握っておりました。

「オープ様、アイナはここにおります」

意識のない彼に、私は呼びかけました。

「アイナはオープ様のお側におります」

思い出話をしました。初めて出会った時のこと。破天荒な求婚のこと。真っ赤に熟したトゥーバを収穫したこと。幸せだった日々のこと。

けれど答えはありませんでした。

オープ様は昏々《こんこん》と眠り続けました。時々目を覚まして、唸り声を上げたり、大声で叫び出すこともございました。彼を見張っているハクラ様が、緊張の面持《おもも》ちで剣の柄《つか》に手をかけるのが見えました。彼に剣を抜かせないためには、オープ様に正気を取り戻していただかねばなりません。

「オープ様！　死影などに負けないで下さい！」

私は必死になって呼びかけました。

「私を憐《あわ》れとお思いならば、どうか帰ってきて下さいませ！」

私は物も食べず、眠ることもなく、オープ様につき添いました。皆は「少しはお休み下さいませ」と言って下さいましたが、私は疲れも空腹も感じませんでした。

そうやって、どれほどの時間が経ったでしょうか。

物音がして、私は浅い眠りから目覚めました。

顔を上げると、ツァピール侯が二人の人物を伴って、地下貯蔵庫に降りてくるのが見えました。

その一人は、あの夜ハナナお義母様に何かを言いつかって屋敷を出て行った口髭の騎士クーバー隊長でございました。

もう一人は老人でした。黒いマントを羽織り、フードで顔を隠した怪しげな男でございました。彼を見て、死影を祓うことが出来る司教様が来て下さったのだと思いました。が、すぐにそれが誤解であることを悟りました。身分の高い司教様が、このような襤褸《ぼろ》をお召しになるはずがありません。

「この男はエザルという」

老人に代わって、ツァピール侯が仰いました。

「悪霊《シャダイ》の森に住む、影使いだ」

私は目を見開いて、老人の顔を凝視しました。

影使いは闇王ズィールを信仰し、死影と契約した邪教徒達です。ツァピール侯はなぜそのような怪しい者をお連れになったのでしょう。もしやオープ様を見限るおつもりなのでしょうか。

私は椅子から立ち上がり、オープ様を背に庇《かば》いました。

「その影使いが、何故ここに？」

「オープ様をお助けするため罷《まか》りこしました」

答えたのは、思いの外、優しい声音でございました。老人はゆっくりとフードを外しました。

浅黒い肌、白い髪、皺深い顔が現れます。

「サマーア聖教会の教義とは異なりますんで、ご存じないかもしれませぬが、影使いは聖教会が言うような邪教徒ではないのですじゃ。死影に憑かれ、死影と共生することを余儀なくされた者が、生きていくために技を売る――それが影使いなのですじゃ」

そんな話、聞いたことがありません。私はエザルという老人をまじまじと見つめました。そんな私の不作法を気にする様子もなく、エザル老は穏やかに微笑みます。

「長い話になりますでな。どうぞお座り下され」

老人の言に従って、私は椅子に座り直しました。クーバー隊長がツァピール侯とエザル老にも椅子を用意します。

腰掛けたエザル老は、まるで昔話をするかのように、影使い達の真実を語り始めました。

「イーゴゥと名づけられたこの大陸は、かつては人の手が届かない無人の地でございました。航海技術の発展に伴い、多くの人間達が内海ネキイアを渡り、この大陸にやってきたのですじゃ。彼らの狙いは時空晶――イーゴゥ大陸に眠る時空鉱山でございました。イーゴゥ大陸には時空鉱山が多く、それゆえに死影の数も多い。死影は時空晶の鉱脈などから時空を得ることで、薄っぺらな仮初《かりそめ》の体を得て、この世界に干渉出来るようになるのですじゃ。そして奴らは実体を求め、生きている人間を襲い、その肉体を乗っ取ろうとする。そして一度死影に憑かれてしまったら、それを祓う方法はございませぬ」

私はぎゅっと両手を握りしめました。オープ様を助けて下さるのではないのですか、と叫びそうになるのを、唇を噛みしめて堪《こら》えました。

それを察したように、エザル老は穏やかに言葉を続けます。

「ですが影に憑かれた者のすべてが鬼《グル》になるわけではありませぬ。死影と共存する覚悟さえあれば、自我を失わずに生きていくことは可能ですのじゃ」

「それが——影使い？」

「いかにも」

エザル老はにこりと笑って頷きました。

「時空とは川のようなものですじゃ。流れが時間、水が空間。死影はその川水に紛れ込んだ塵《ちり》だと思ってくだされ。もし塵をそのまま放置すれば、川水はすべて穢《けが》されてしまう。ですが川の中に堤を設け、塵が川水に溶け込むことを防ぐことが出来れば、人は人としての自我を失わずにすむ……ということですじゃな」

うむうむと、老人は一人で頷きます。

続きが待ちきれなくて、私は尋ねました。

「それで、その堤を設けるにはどうしたらいいのです？」

「死影を名づけるのですじゃ」

「名を、つける——？」

「いかにも」エザル老は鷹揚《おうよう》に頷かれます。「名を与えるということは、死影に別の人格を与えるということ。主人格とは異なる別人格になるということですのじゃ。心中に死影の声を聞くことは避けられませぬが、その誘惑に耳を貸さなければ、体を乗っ取られることはございませぬ」

「では死影に名を与えさえすれば、オープ様は助かるのですね？」

私の問いかけに、エザル老は顔をしかめました。

「残念ながら、それだけでは不十分ですじゃ。死影は人の時空を喰らって存在しますゆえ、時々糧《かて》を与えねば反乱を起こし、堤を乗り越えて参ります」

私は立ち上がりそうになりました。オープ様を救ってくれるのか、くれないのか。どちらなのですと、目の前にいる老人を締め上げたい。そんな衝動に駆られます。

「そう悲しそうなお顔をなさいますな」

剣呑な気配を感じ取ったらしく、老人は狼狽えたように咳払いをしました。

「重要なのは契約ですじゃ。自らの時空を死影に分け与え、取り憑いた死影を使役する。それが影使いですじゃ。オープ様をお救いするには、オープ様に影使いになっていただくほかないのですじゃ」

その言葉はまさしく希望の光でございました。

暗闇にさした一条の光でございました。

私はエザル老の足下に跪きました。

「お願いいたします。どうか……どうかオープ様をお救い下さい！」

「そのためにはアイナ様。貴方様のご協力が必要ですじゃ」

エザル老も床に膝をつき、私の手を取られました。

「オープ様に呼びかけて下され。『影に名をつけよ』と、根気よく呼びかけて下され。貴方の声ならば、きっとオープ様の心に届きますでしょう」

その言葉に従い、私はオープ様に呼びかけました。「死影に名をつけて下さい。オープ様、エザル老は「影の名前は影使いとその従者たる影だけの秘密。他者が干渉することは許されませぬ」と仰いました。が、オープ様は不器用な方です。咄嗟には名が思い浮かばないかもしれません。そこで私は他の者に気づかれないよう注意しながら、こっそりオープ様に囁きかけました。

「ズラアと名づけて下さいませ」

「もしも私達の間に子が出来ましたなら、つけたいと思っていた名前でございます」

「ズラアには種子という意味がございます。この大地に深く根づいて、大きく育って欲しいという意味でございます」

　ある夜のことでした。

　見張りのハクラ様はお疲れのご様子で、部屋の隅に置かれた椅子に腰掛け、眠っていらっしゃいました。いつもは私の他にもエシトーファ様かハナナお義母様が側についていて下さるのですが、その時はたまたま私一人だけでございました。

　これはまたとない機会です。私はオープ様の手を握り、その耳に囁きかけました。

「その影の名前はズラアです。オープ様、聞こえましたら、死影にこう仰って下さい。『お前に名を与える。我が従者となりて、我に尽くせ』と」

　不意に、オープ様の手に力がこもりました。

　私ははっとして彼の顔を見ました。やつれた青い顔、新緑の瞳がぼんやりと天井を見上げております。

「オープ様、お目覚めになったのですか？」

答えはなく、彼は自分を縛《いまし》めるロープを胡乱《うろん》な眼差しで眺めました。

「オープ様……？」

呼びかけに、彼は目だけを動かして私を見ました。

その目を見た瞬間、私は直感いたしました。

これはオープ様ではない。オープ様でない者が、オープ様の体を動かしているのだと。

──我ヲ、名ヅケントスルノハ、オ前カ。

キリキリとこめかみが痛み、なにやら軋みのような音が聞こえます。頭の中に直接呼びかけてくるような奇妙な声。それが死影の声であることに、私は気づきました。

──名ヲ、寄コスノナラ、オ前ト契約シヨウ。

「オープ様は、どこにいらっしゃいます？」

そう尋ねながら、私は身をかがめ、寝台の下に隠しておいたナイフを手に取りました。もし死影が彼の魂を喰い尽くしてしまったのであれば、彼を殺し、自分も死ぬ覚悟でおりました。

──人ノ魂ナラ、マダ健在ダ。

人ならぬ声が、皮肉な笑いを伝えてきます。

──奥デ、マダ暴レテイル。

「ああ……」と言ったきり、言葉が出てきません。オープ様はまだ敗れてはいないのです。戦い続けていらっしゃるのです。

──名ヲ、寄コスカ？

感情のこもらない声で、死影が問いかけてきます。

――我ト、契約スルカ？

「……いいでしょう」

エザル老から聞いていた話とはいささか異なる状況でしたが、オーブ様をお救い出来るのであれば、手段などどうだって良いのです。

「貴方と契約します。貴方に名を与え、従者となし、必要に応じて時空を支払いましょう」

――デハ、腕ヲ出セ。

言われたとおり、私は右腕を差し出しました。

「だめ……だ」

軋むような声が聞こえました。オーブ様の顔色はどす黒く、唇も紫色に変わっていましたが、私を見上げる目には理性が戻っておりました。

「貴女まで……死影に憑かれる」

「オーブ様！」

影のことも契約のことも忘れ、私は彼に抱きつきました。

「ああ、よく戻ってきて下さいました！」

はらはらと涙をこぼす私に、彼は無情にもこう告げました。

「貴女とは、離縁する」

「――！」

「アイナ殿……私のことは忘れて――ナダルに、お帰りなさい」

「お断り申し上げます！」

私は叫び、オープ様の目を見つめました。

「どんな運命が襲いかかろうと、いつまでもオープ様のお側にいると誓いました。それ以外の人生など、私は欲しくはございません。たとえ地の果てまでも、アイナはオープ様と一緒に参ります！」

オープ様は、それでもまだ何かを言いかけました。

が、次の瞬間。彼の体は陸に揚げられた魚のように激しく痙攣《けいれん》しました。禍々《まがまが》しい何かが現れて、彼から表情を奪い去ります。

——名ヲ、寄コスカ？

私は右腕を差し出しました。

「受け取りなさい。汝の名はズラアです」

オープ様……いえ、オープ様に憑いた死影は頭をもたげ、私の腕に食いつきました。その歯が服の袖を裂き、肌を噛み切ります。溢れ出す私の血を啜《すす》り、死影は傷口に吸いつきました。紫に変色した舌が傷口を押し広げ、皮膚の下に入り込んできます。

あまりのおぞましさに、痛みすら麻痺《まひ》しておりました。私は声も出せず、身動きさえ出来ず、ただただそれを凝視しておりました。忌《い》まわしいものが血の流れに沿って、肌の下をぞわぞわと這い上ってきます。それは二の腕から肩に上り、首筋を這い、ついには頭に到達しました。

途端——激しい頭痛が襲ってきました。

頭の後ろに楔《くさび》を打ち込まれたような痛みでした。

私はオープ様の胸の上にくずおれて──

そのまま意識を失いました。

次に目覚めた時、

私の中には影が宿っておりました。

それ以来、私がズラアと名づけた死影は、私の時空と引き替えに、私のために働く従者となったのでございます。そしてオープ様もまた、ズラアと契約を果たしておられました。

私達は命を取り留めました。けれど私達を取り巻く状況は一転しておりました。オープ様が死影に襲われたことは隠し通せるものではございません。彼は十諸侯ツァピール家の家督を継ぐことはおろか、ツァピールの館に留まることさえ許されぬ身となってしまったのです。オープ様が

ツァピール家に迷惑をかけたくはないと、オープ様は仰いました。私も同じ気持ちでございました。そこで私達はツァピール侯に、私達の葬式を挙げるようお願いしました。

土を詰めた私達の柩《ひつぎ》が埋葬された日の深夜。

ツァピール侯とハナナお義母様、エシトーファ様やミーマル、それに館の人々と今生《こんじょう》の別れを交わし、私達はエダムを離れました。そして影使いの大先輩であるエザル老に連れられて、影使い達が肩を寄せ合って暮らしているという隠里《かくれざと》に向かいました。

旅のマントを身に纏《まと》い、フードで顔を隠し、人目を憚りながらの旅でした。どこに向かっているのかは教えては貰えませんでした。それでも内陸の方へ進んでいるらしいということだけは、どうにか察することが出来ました。

イーゴゥ大陸の中心部にはサマーア聖教会の直轄領がございます。その中でも王都ファウルカがあるシャマール直轄領は、サマーア聖教会の厳格な教えに従った規律の厳しい土地だと聞いておりました。そんな場所に向かって、もし影使いであることがばれたらどうするのでしょう。私は不安でなりません。ぴかぴかした胸当てをつけた神聖騎士団とすれ違うたび、緊張で体が強ばるのを感じました。

エダムを離れて半月《シャハル》ほどが経過したある日。行く手に大きな街が見えて参りました。サマーア神聖教国の王都ファウルカです。見渡す限りに広がる四角い建物群。その中心には白亜の城が見えました。背の高い城壁に囲まれた城内には、階段状に真っ白な建物が連なっております。が、何よりも目を引くのは王城の頂点に立つ高い尖塔《せんとう》でございました。それは白い剣のようにまっすぐに天を目指しており、光神サマーアを突き刺さんとするかのようでした。

この王城こそ、サマーア神聖教国を統べる現人神《あらひとがみ》、光神王の居城でございました。それを見て、私は言葉にならない恐怖を感じました。あそこには神がいるのです。貧しい領民達を弾圧し、影使い達を迫害する、無慈悲で怖ろしい光神王が住んでいるのです。怯える私に「安心しなさい」と言うように微笑み、エザル老は進路を変えました。人目につかぬよう街道を離れ、森の中へ踏み入ります。

ファウルカの南西、聖教会直轄領エトラヘブとの領境に広がる深くて暗い森。それを人々は『悪霊《シャダイ》の森』と呼んでおりました。鬱蒼《うっそう》と繁った木の葉が光を遮り、昼間だというのに暗くて足下さえも危ういほどでした。

「用心なされませ」とエザル老は仰いました。「この森には死影が出ますでな」

オープ様は黙って剣の柄に手をおかけになりました。それはツァピール侯が彼に持たせた『影断ちの剣』でございました。影断ちの剣は一般的な剣とは異なり、厚みも実体も持たない死影をも断つことが出来る稀少な宝剣でございます。

オープ様は用心深く周囲を見回し、いつでも剣を引き抜けるよう身構えながら歩いていきます。私は声を潜め、先を行くエザル老に尋ねました。

「なぜ王都の近くに隠れているのですか？」

「木の葉を隠すには森の中と申しますじゃろ？」

エザル老はおおらかにお笑いになります。

「我らの生活は基本、自給自足でございますが、自分達では作れない物が必要となる場合もございます。そんな時は町に出て、調達せねばならんのですじゃ。田舎では人が少ないゆえ、余所者《よそもの》が現れたなら、すぐに疑われてしまいます。ですが王都ならば人の出入りが激しい。王城には近づかず、神聖騎士団を見かけても目立たぬようにしてさえいれば、正体がばれることはございませぬ」

「けれど、危険なのではないですか？」

エザル老は哀れむような眼差しで私を見つめました。

「残念ながら、この国には影使いが安全に暮らせる場所などございませぬ」

それに――と言葉を続けます。

「たとえ影使いであることがばれて、火刑になろうとも悔いはございませぬ。私はこの国で死ぬために、この国に帰ってきましたでな」

そう言うと、彼は手袋をした手で私の肩をぽん、と叩きました。

「だがお二人には未来がある。影の扱いに慣れましたら、二人で外つ国にお渡りなさい。世界は広い。貴方達を迎え入れてくれる場所が必ず見つかるはずですじゃ」

悪霊《シャダイ》の森の奥深くに、影使い達の隠里はございました。そこに住む老人達はエザル老と同じく、世界中を旅して廻り、多くの時空を失い、年老いて故郷に戻ってきた影使い達なのでした。

隠里でオープ様と私は影の使役法を学びました。

影使いは自らの時空を分け与え、その代償として影に自らの願いを叶えさせるのです。死影は常に時空を欲しておりますから、主人の言うことを聞くのでございます。

「時空とは、その人間が持つ可能性のことですじゃ。時空を影に与えるということは、未来の可能性を失うということに他なりませぬ。ゆえに影に時空を与えすぎてはなりませぬ。時空を一切与えないというわけにも参りませぬ。時空が得られないと影は飢え、主人に襲いかかりますのでな」

その兼ね合いを学ぶため、私達は老いた影使い達からいろいろな体験談を聞きました。

たとえば、影に物を移動させる『遷移《せんい》』という技ならば、十ムードルごとに三分間《ダキカ》が必要となります。影を変形させて突風を巻き起こしたり、影の一部を矢のように飛ばしたりする『投射』という技は、技の規模にもよりますが、およそ一時間《サーア》から五時間《サーア》ほどの時空を必要とします。影を頭上高くに飛ばし、広い範囲の光景を見ることが出来る『依託』という技は、およそ三時間《サーア》が妥当だと習いました。己の姿を幻で包む『投影』という技には、技を使ったのと同じだけの時間《サーア》を支払う必要がありました。一番の大技ははるか遠くに物を移動する『転移』という技で、一カンドルを隔《へだ》てるごとに一年間《サナ》の時空を支払う必要があるということでした。

　学んでいくうち、私は一つの不安に突き当たりました。でもそれについて教えてくれる者は誰もおりません。そこで私は思い切って、エザル老に尋ねてみることにしました。

「己が持つ時空のすべてを影に与えてしまったなら、その影使いはどうなるのですか？　やはり影に体を乗っ取られ、鬼《グル》になってしまうのでしょうか？」

「いえ、もっと悲惨なことになりますのじゃ」

　エザル老は怯えたように首をすくめました。

「影使いを続けていると、いつか必ず、その兆《きざ》しが現れます。それが現れたなら、悪いことは言いませぬ。影使いを引退なさることですじゃ」

　そう言って、彼はいつも嵌《は》めている手袋を取って、自分の手を見せてくれました。エザル老の左手は、透き通った灰色の時空晶と化しておりました。

「残る時空がわずかになると、体の結晶化が始まりますのじゃ。その後、体はじわじわと結晶化してゆき、それが体の重要な器官に達すると影使いは死にます」

　彼は考えるのも怖ろしいというように、首を横に振ります。

「死影は時空を持ちませぬ。ゆえに人に取り憑き、その時空を求めるのですじゃ。死影を分離出来ず、宿主《やどぬし》の魂に死影が混ざり合った場合、人は鬼《グル》となります。鬼《グル》となった者は殺される運命ですが、たとえ殺されなかったとしても、すべての時空を喰らい尽くした鬼《グル》は全身が結晶化して砕け散りまする」

「では、影使いも……？」

「うむ」

顔をしかめ、エザル老は頷きました。

「影使いが使役する影もまた、与えられた時空を喰らうのですじゃ。己の時空を使い果たした影使いは、全身が結晶化し、魂もろとも砕け散りまする。時空を喰らい尽くした鬼《グル》と同様――後には骨も残らんですじゃ」


死影が棲む深い森。悪霊《シャダイ》の森では滅多に人の姿を見かけません。けれどエザル老のお話では「それでも安全とは言えない」とのことでした。

もし身分がばれたら、ツァピールの方々に迷惑がかかります。私達はエザル老の勧めに従い、サマーア神聖教国を離れる決意をしました。

オープ様と私は悪霊《シャダイ》の森を離れ、街道を西へと向かいました。聖教会直轄領シェリエを横切り、十諸侯領であるバル領を北上し、同じく十諸侯領イーラン領を抜け……イーゴゥ大陸最北のデブーラ領に到着した頃には、里を出てから二カ月以上が経過しておりました。

サマーア神聖教国のあるイーゴゥ大陸。そこから内海ネキイアを隔てた北側には、ムンドゥスと呼ばれる大陸が広がっています。

そこにあるセーヴィルという国は、時空鉱山にこそ恵まれておりませんが、良い鉄が取れることもあり、古くから武器や防具作りが発展しておりました。『影断ちの剣』と呼ばれる死影を斬《き》ることが出来る特殊な剣は、このセーヴィルに住む一部の職人にしか打つことが出来ないと言われております。

ですからセーヴィルとサマーア神聖教国では、交易が盛んに行われておりました。デブーラ領には数多くの港町があり、セーヴィル行きの船が出航しております。そこで私達は、剣を打ち直して貰いに行く騎士とその妻に扮《ふん》し、セーヴィル行きの船に乗りました。

出航の掛け声を聞きながら、私達は船の甲板に立ち、緩やかに遠ざかる港を見つめておりました。イーゴゥ大陸が黒い紐のようになり、やがては水平線に見えなくなるまで、無言でお互いの手を握りあっておりました。

「怖くはないか？」

灰色の水平線を見つめたまま、オープ様がお尋ねになります。

私は彼の手をぎゅっと握り、にこりと笑って見せました。

「いいえ、ちっとも」

嘘ではありません。オープ様が側にいて下さるだけで、怖いことなど何もなくなってしまうのです。

でもオープ様は目を伏せて、呟くように仰います。

「すまない。貴女までこのような目にあわせてしまって、本当にすまないと思っている」

私が影使いになったあの日から、オープ様はずっと謝罪を繰り返されてきました。

影使いになると決めたのは私です。オープ様のせいではないのです。私はオープ様のお側にいられるだけで幸せなのです。いくら私がそう言っても、オープ様はいまだ納得せず、自身を責め続けていらっしゃいました。

「子供の頃、私はいつも夢見ておりました」

彼の心から暗雲を払いたくて、私はわざと明るい声で申しました。

「大人になったら外縁山脈を越えて外つ国に渡り、青い空と太陽が見てみたいと思っておりましたの」

オープ様は口元を歪めるようにして嗤《わら》いました。

「それがこんな形で叶おうとは、現実とは残酷なものだな」

「夢が叶ったことに変わりはございませんわ」

私はオープ様を見上げ、挑みかかるように笑って見せました。そんな私に、何か言おうと彼が口を開いた時――

周囲がさあっと明るくなりました。

見上げると、そこには光神サマーアの端がございました。灰色の巨大な時空晶、そのさらに上には驚くほど青い、青い空が広がっております。

「なんと――！」

そう言ったまま、オープ様は絶句してしまわれました。私も同じでございました。まるで深い井戸を覗き込んだ時のよう。あまりに深く、あまりに青い空に、心が吸い込まれていくようです。

私達は口をぽかんと開いたまま、初めて見る青空を見上げておりました。すると突然、光神サマーアの端に白金《はくきん》色の光が灯りました。かと思うと、目映《まばゆ》い光の塊が出現します。それは灼熱《しゃくねつ》の炎の塊でございました。あまりの眩《まぶ》しさに、目が潰れるのではないかと思われました。

「オープ様、た、太陽です！」

私は興奮し、ゆさゆさと彼の腕を揺さぶりました。

「太陽です。わ、私、初めて見ました！」

「私も……初めて見た」

目の上に手で庇《ひさし》を作りながら、オープ様は太陽を見上げました。

「ああ、何と目映いのだろう」

そう呟かれる彼の表情は、言葉とは裏腹に、暗く翳《かげ》ったものでございました。


オープ様と私の長い長い旅が始まりました。様々な国を渡り歩き、多くの町村を訪れ、数え切れないほどの人々と出会いました。楽しいことや愉快なこともございました。が、辛くなかったと言えば、それは嘘になりますでしょう。世知辛《せちがら》い世の中とは無縁の生活を送っておりました私達でしたから、最初はよく騙されたものでございます。

あれはセーヴィルに渡って三カ月《シャハル》ほどが経過した頃のことです。

セーヴィルは国と呼ばれておりますが、サマーア神聖教国のように国を治める王はおりません。民達は村ごと町ごとに自衛団を作り、襲ってくる死影に怯えながら、日々を暮らしておりました。

ムンドゥス大陸の西にあるマイラ山脈、その麓に広がる森にある町コーシカも例外ではございません。セーヴィルでは多くの者が道具や武器を作ることを生業《なりわい》としておりますが、中でもこのコーシカは刀剣を売買する者達で賑わう西部最大の町でございました。

腕に覚えのある剣士や影使い達は自分の技を売って時空晶を稼ぎ、自由気ままに世界を渡り歩きます。彼らのような無頼漢を、世間の人々は『渡りの者』と呼びます。行き交う人が増えれば、それに準じて諍《いさか》いも増えますし、未開の地に一歩踏み入れば、そこは獣達の天下です。夜になれば、死影の襲撃にも備えなければなりません。

そこで渡りの者達に出番が回ってくるのです。

外つ国には必ずといっていいほど、彼らに仕事を斡旋《あっせん》するための仲介屋がございました。コーシカで真っ先に私達が向かいました酒場も、酒を供する傍《かたわ》らで渡りの者に仕事を斡旋する仲介所でございました。

木戸を軋ませて、私達は酒場に入りました。渡りの者には珍しい二人連れ。しかも片方は女とあって、店内にたむろしていた男達が胡乱な眼差しを投げかけてきます。

それらを無視して、オープ様は店の奥へと足を進めました。そしてカウンターの前、店の主人の正面で立ち止まります。

「仕事を探している」

彼はマントを開き、影断ちの剣を見せます。

「何か実入りのいい仕事はあるか?」

「ええ、ありますとも。それを紹介するのがアタシの役目ですョ」

店の主人は愛想良く応え、それから私に好奇の目を向けます。

「そのお連れさんは旦那のオンナで?」

「私の妻だ」

「ふゥん」

主人は目を眇《すが》めて私を見ました。かと思うと、オーブ様に向き直り、やれやれというように肩をすくめてみせます。

「残念ですが、オンナ連れで出来るような仕事となると、かなりお安いモノしかありませんヨ?」

「彼女は町に置いていく」

「けど旦那ァ、こんな別嬪《べっぴん》さん一人にしたら危ないですヨ?」

「ご心配なく」と言って、私はフードを背に撥《は》ね上《あ》げました。「私は影使いです。自分の身を守る術《すべ》は身につけております」

「ほゥほゥ! 剣士と影使いの二人組ね」

店の主人は器用に片眉を吊り上げました。

「なら、いい仕事がありますヨ」

オーブ様は拳でドン! とカウンターを叩きました。その振動で傍らにあった酒杯が跳ね上がります。

「妻にかまうな」

この三カ月《シャハル》で彼はすっかり面変《おも》わりされてしまわれました。無精髭に覆われた顔は憔悴《しょうすい》し、目だけがギラギラと光っております。

「妻に仕事をさせる気はない。今までも、これからも、ずっと、永遠にだ」

冷え冷えとした声でした。一瞬にして店内は不穏な空気に包まれました。仲介所に出入りする渡りの者達は、みな多かれ少なかれ、脛《すね》に傷を持つ身でございます。中には面倒事はごめんだとばかりに、席を立つ者もおりました。

「影使いがそんなにイヤなら、祓っちゃえばいいじゃない」

殺伐《さつばつ》とした雰囲気の中、場違いに幼い少女の声が響きました。

「死影を祓う？」オープ様は声の主を振り返ります。「サマーア聖教会の司教にさえ出来ぬことを、おぬしは可能だというのか？」

「うん！」

無邪気に頷いて見せたのは、椅子に腰掛けた一人の少女でした。オープ様は少女に歩み寄ると、今にも摑みかかりそうな勢いでお尋ねになります。

「教えてくれ、その方法を！」

「教えてあげてもいいけど……」

少女は浮いた両足をぶらぶらと揺らしながら、可愛らしく小首を傾《かし》げます。

「タダじゃ、イヤ」

その言葉を聞くやいなや、オープ様はマントの下から革袋を取り出しました。それには私達の全財産が収められておりました。けれど彼は迷うことなく、それを少女の膝に置きました。

「これをやる。これで教えては貰えまいか」

少女は革袋の紐を緩めました。小さく頭を振りながら、袋に入っている時空晶を数えていきます。

「頼む、教えてくれ！」

オープ様の声に必死さが滲《にじ》みます。

けれど少女は嘆息し、彼に革袋を突き返しました。

「ダメダメ。こんなんじゃ全然足らないわ」

「足りない分は働いて稼ぐ。だから――」

「じゃ、取引しましょ」

少女は、ぽんと椅子から飛び降りました。背伸びしてオープ様を見上げ、にこりと微笑みます。

「この町の西、マイラ山脈の麓、デュシスとの国境近くに、廃坑になっちゃった時空鉱山があるの。そこから十ディナル級の彩輝晶《さいきしょう》を取ってきてくれたら、死影を祓う方法を教えてあげる」

「わかった。望みの物を持ってすぐに戻る。それまで、ここにいてくれ」

そう言うやいなや、オープ様は答えも待たずに身を翻しました。そのまま店を出て行かれます。私は慌てて後を追いました。背後で扉が閉じようとした瞬間、店内から嘲笑が聞こえてきました。

「マイラの時空鉱山って、あの死影の巣窟のことだろ？」

「やれやれ、無知とは怖ろしい」

「可哀相に。あの若いの、生きて戻れねぇな」

そんなことなど露知らず、人気のない通りをオープ様は足早に歩いていかれます。道を照らすのは空に浮かんだ月の明かりだけでしたが、それでも彼の歩みに迷いはございません。

「お待ち下さいませ」

オープ様の背に、私は声をかけました。

彼は答えず、歩みも止めようとしません。

「待って下さい！」

さらに大きな声で呼びかけると、ようやくオープ様は立ち止まりました。振り返ったお顔には焦燥と懊悩《おうのう》が色濃く滲み出ております。

それを見て、私は悟りました。

オープ様は自分が影使いになってしまったことを認めたくないのです。だからこそあんな嘘に簡単に引っかかったりするのです。

「オープ様」少々棘《とげ》のある声で、私は言いました。「あんな子供の言うことを、信用なさるおつもりなのですか？」

すると、オープ様の表情がさらに陰りました。

「あの少女が嘘を言っているとでもいうのか？」

「エザル老は仰っていたではありませんか。何者も死影を祓うことは出来ないと。死影に取り憑かれた者は、一生それと共存していくしかないのだと」

「それでも万が一ということもある。本当か嘘か、問いただすのは彩輝晶を手に入れてからでも遅くはなかろう？」

「マイラ山脈の時空鉱山は死影の巣窟だそうです。嘘を信じて命を落とされたのでは、あまりにも悲しすぎます」

「それでも――！」

大声で言いかけて、彼は口を閉ざしました。自分を責めるかのように、首を横に振ります。

「それでも行かねばならない」

彼は手を伸ばし、そっと私の頬に触れました。

「必ず彩輝晶を手に入れて戻ってくる。だから貴女はここで待っていてくれ」

この時、私の中でピンと張り詰めていた糸のようなものが、ぷっつりと切れるのを感じました。

「嫌です！」

気づいた時には、そう叫んでおりました。

「オープ様の身を案じながら待つのはもう嫌です。どうか私をお連れ下さい。きっとお役に立ちます」

「しかし……」

「しかしもかかしもございません！」

これまでの人生で、これほど大きな声を出したことはありませんでした。こんな風に殿方に刃向かう私の姿を見たら、父は泡を吹いて卒倒するに違いない。そう思いながらも、一度吐き出してしまった思いは止まるところを知りません。

「運命と戦っているのはオープ様だけではございません。私だって戦っております。なのにどうして目を逸《そ》らされるのですか。どうして私を頼って下さらないのですか！」

私は両手の拳でオープ様の胸を叩きました。鍛え上げられたオープ様の胸板は硬く逞《たくま》しく、私が思いっきり力を込めて叩いても、ぽてぽてと間抜けな音しか立てません。それが悔しくて、私は彼の胸を叩き続けます。

「守られているばかりの生活はもう嫌なのです。私だって、オープ様をお守りしたいのです！」

ぽてぽてぽて……

「夫とともに戦うことを望む妻のことを、出過ぎた真似をするはしたない女とお思いならば、いっそここで離縁いたしましょう！」

ぽてぽてぽて……

「そうですとも。いつまでも過去に囚われて、鬱々《うつうつ》としている旦那様など、私だって願い下げです！」

殴り続ける私の両手首を、オープ様が摑みました。

「おやめなさい、アイナ殿」

「放して下さい」

「手首を痛める」

「かまいません！」

「私は、貴女に怪我をして欲しくないのだ」

オープ様は私の手を摑んだまま、私の顔を正面からご覧になりました。

「これが最後だ。この件が嘘だったなら、私も潔《いさぎよ》く諦める」

「またそんなことを仰っ……」

「頼む、行かせてくれ」

「では、私もお連れ下さいませ！」

困惑気味の彼に、私はさらに言い張りました。

「駄目だと仰るなら、本当に離縁いたします！」

「……わかった」

渋々と、彼は頷きました。

苦渋《くじゅう》溢れる彼の目を見つめ、私も頷き返します。

「今夜はもう遅いです。出発するのは明日の早朝にいたしましょう」

「だが……」

「マイラ山脈の麓まで、ここから歩いて二日《ヤウム》はかかるのですよ。その間の水や食料は、どうなさるおつもりなのですか？」

「う……」

オープ様は言葉に詰まりました。何の準備もなく、このまま時空鉱山に向かうつもりでしたのでしょう。しっかりなさっているようで、どこか抜けているのは父親譲りかもしれません。

「計画性のない方ですこと」

勝ち誇って、私は笑って見せました。形勢不利を悟ったらしく、オープ様は私の手を離します。

「今夜の宿を探そう」

そう言って、彼はくるりと身を翻したのでした。

翌日、私達は準備を整え、コーシカを出ました。目指したのはマイラ山麓にあるという、問題の時空鉱山《ヤウム》です。

一日中歩き続け、やがて陽が暮れて参りました。私達は森の中で一夜を明かすことになりました。

日中、死影は洞窟の奥や木のうろなどに潜み、陽光の下に出てくることは決してありません。ですが陽が落ちてから再び昇るまでの間は、死影の時刻でございます。

イーゴゥ大陸ほどではございませんが、ムンドゥス大陸にも多くの死影が潜んでおりました。剛胆な渡りの剣士や影使いも、森の中での野宿は避けるもの。それは重々承知していたのですが、残念ながらコーシカから西に人村はないのです。

「私が火の番をしよう」

焚き火に枯れ枝を足しながら、オープ様が仰いました。その手には影断ちの剣が握られています。エダムの館を離れる時、オープ様がツァピール侯から譲り受けた由緒ある一刀です。

「では、お先に休ませていただきます」と言ってから、すかさず私は続けました。「夜半には交替いたします。どうか遠慮なく叩き起こして下さいまし」

「しかし――」

「起こして下さらないと怒りますわよ?」

オープ様は面喰らったような顔をして、渋々と頷きます。

私はにっこりと笑って見せました。

「おやすみなさいませ」

マントに身を包み、地面に横になります。

地べたに横になるという行為には、最初は抵抗もございました。ですがそこは田舎育ちの娘のこと。慣れるのに、そう時間はかかりませんでした。

幸いなことに死影の襲撃を受けることもなく、夜は更けていきました。真夜中に起きて、渋るオープ様と無理矢理見張りを交替した後も、何事も起こりませんでした。これがイーゴゥ大陸であったなら、こう上手くはいかなかったでしょう。

翌朝、干し肉と湯ざましで朝食を済ませ、私達は再び歩き出しました。

昼過ぎには森を抜けました。視界が開け、目前に雄大なマイラ山脈が姿を現します。

岩が転がる山の中腹を、私達は登って行きました。湧き出る清水で喉を潤し、乾パンを奥歯で噛みしめながら歩き続けました。

最初の頃なら、私は途中で音を上げていたでしょう。ですがこの三カ月《シャハル》で、私はずいぶんと逞しくなりました。腕も足も陽に焼けて、ますます黒くなりました。膝丈のスカートの下に革のズボンを穿《は》いた私を、もう誰も貴婦人だとは思いますまい。

不思議なことに、ちっとも悲しいとは思いませんでした。ナダルにいた頃は、これとたいして変わらない格好で畑を耕していた私です。貴婦人よりも渡りの者の方が、性に合っているのかもしれません。

けれどオープ様は、そんな私を好ましく思っておられないようでした。女は弱いもの。殿方に守られるべきもの。そのような常識が彼の中にいまだ根強く残っているのを感じます。

私を守りたいと思って下さる。その気持ちは嬉しいのですが、私も同じくらい彼のことを守りたいと思っているのです。それを理解していただけないのは、とても悲しいことでありました。

私達は休む間もなく歩き続けました。

それでも目的地に到着した時には、夕暮れ間近になっておりました。

朽《く》ちかけた小屋。散乱する道具。割れた食器。ひっくり返った鍋は罅《ひび》割れて、真っ黒に変色しておりました。どういった経緯で廃坑となったのかはわかりませんが、かつてここに暮らしていた者達は、何者かに追われ、逃げるようにしてここを去っていったのでしょう。

廃村を抜けると、山の谷間に木組みで支えられた洞窟が見えました。それは廃坑となった時空鉱山への入口でございました。周囲はすでに暗くなり始めております。廃坑に差し込む夕陽が腐りかけた床板を照らしています。そのさらに奥——光の届かない暗がりに、何かが蠢《うごめ》いておりました。私達の熱を感知した死影が集まってきているのです。

私はオープ様に問いかけました。

「どういたしましょう？」

「ここで夜明かしするわけにはいかぬ」

オープ様は背負っていた荷物を地面に投げ出しました。マントを背に撥ね上げ、右手で影断ちの剣の柄を握ります。どうやらすぐにも乗り込むおつもりのようです。

私は荷物の中から明かりを取り出しました。ラルゴの幹に光茸《ひかりだけ》をびっしりと植えつけた光木灯です。ずっと袋に入れていたので光茸は萎《しお》れかけておりましたが、足下を照らすには充分でしょう。

他の荷物を岩の隙間に押し込んでから、私は立ち上がりました。それを待っていたかのように、オープ様はすらりと剣を抜き放ちます。研ぎ澄まされた銀色の刀身が、夕陽を受けて赤《しゃく》銅《どう》色に輝きます。

「参る！」

宣言し、オープ様は廃坑に足を踏み入れました。私は光木灯を掲げ、そのすぐ後に続きます。太陽光が届かない時空鉱山は死影の温床となります。人の手が入っている時空鉱山でさえ、その被害が絶えることはありません。放置された古い鉱山ともなれば、棲み着いている死影も相当な数になるでしょう。

（血ノ臭イガスル……）

かさこそと、落ち葉が触れ合うような声がします。

（温カイ血ノ臭イガスル……）

ゆらゆら揺れる黒い影。かろうじて人の形をしておりますが、漆黒《しっこく》の姿に厚みはまったくございません。初めて目にする死影の姿。それは地面に映った人の影がそのまま立ち上がったかのような、黒い布を人型《ひとがた》に切り抜いたかのような、禍々しい異形《いぎょう》でございました。

「来るぞ！」

オープ様の鋭い声。彼は影断ちの剣で死影の攻撃を跳ね返します。カキン！　という音。厚みを持たない死影の手は、刃と同じ切れ味を持つのです。

私は心の中でズラアの名を呼びました。

「出《い》でて、死影を撃退しなさい！」

光茸の青白い光。それが作るオープ様と私の影から、にゅうっと影が立ち上がりました。長い黒髪はバラバラに乱れ、その目は目隠しで覆われております。細長い躰《からだ》には千切れかけた黒布が巻きつき、そこから突き出した長い手足は白く細く、まるで肉がそげ落ちた骨のようでありました。

これがオープ様と私が『共有』する従者、ズラアが具現化した姿でした。

――**時空ヲ、寄コセ**。

闇を震わせる不気味な声で、ズラアが言います。

――**指示ナクバ、スベテ喰ラウゾ**。

「死影一体につき、一分間《ダキカ》差し上げます」

私は前方を指さしました。

数歩先ではオープ様が剣を振るっておられます。目にも留まらぬほど素早い動き、躍るような剣捌《さば》き、その一振りごとに死影が一刀両断されます。斬られた死影は一点に収束し、小さな黒い時空晶となって地に落ちます。

「早く！　オープ様をお守りして！」

――**承知**。

ズラアが細く長い腕を振り下ろし、死影を薙《な》ぎ払います。オープ様も負けることなく、群がる死影を次々と斬り捨てていきます。乾いた澄んだ音を立て、幾つもの黒い時空晶が撒《ま》き散らされます。

呪詛の呻き。軋むような囁き。群がっていた死影がゆらゆらと遠ざかり、岩の陰に身を潜めます。私は光木灯を頭上高く振りかざしました。光茸の光を怖れ、死影達はますます奥へと退いていきます。

私達は時空鉱山の奥へと足を進めました。横穴からシューシューと怒りの声が漏れてきます。音もなく飛びかかってきた死影をオーブ様が斬り捨てます。天井から舞い降りてきた死影をズラアの腕が薙ぎ払います。私はオーブ様の背後にぴたりと張りつき、光木灯を頭上高く掲げ続けました。

やがて開けた場所に出ました。壁には六つの坑道が口を開いております。どれも深い闇に遮られて、奥まで見通すことは出来ません。

「どれから行く？」

「右から三番目がよろしいかと存じます」

「その根拠は？」

「潜んでいる死影の数が一番多いからですわ。死影は時空晶の鉱脈を好みます。良質の時空晶が出る証拠です」

「なるほど。我が奥方は頼りになる」

オーブ様はそう言うと、照れたようにお笑いになりました。久しぶりに見る笑顔でございました。嬉しくて、私は舞い上がりそうになりました。もしこのような状況でなかったら、間違いなく彼に抱きついていたことでしょう。

けれど、さすがにそんな暇はございません。私達は坑道をさらに奥へと進みます。

（血ノ臭イ……）

（血ト肉ノ臭イ……）

　壁に張りついていた死影が次々と襲いかかってきます。斬っても、払っても、死影は折り重なるようにして押し寄せてきます。まるで四方から黒い壁が迫ってくるようです。

「キリがない！」

　死影を斬り裂きながらオープ様が叫びました。

　ガチンという音とともに、その剣が止まります。岩の隙間に剣先が突き刺さったのです。

「ち……！」

　舌打ちをして、オープ様は岩間から剣を引き抜こうと力を込めます。その背に向かい、死影が手を伸ばします。剣先が抜けると同時に彼は振り返りました。が、時すでに遅く、鋭い刃と化した死影の手が、彼の目前に迫っておりました。

　私は咄嗟に死影とオープ様の間に割って入りました。ガッという鈍い音。死影の黒い刃は、私が掲げた光木灯に突き刺さっておりました。

（ギイイイイ……！）

　光に焼かれた死影が軋み声を上げて飛び退《の》きます。その間にオープ様は体勢を立て直し、私と背中合わせに剣を構え直しました。

「ありがとう、助かった」

「夫の背をお守りするのも妻の務めでございます」

　涼しい声で答えた後、私は吹き出してしまいました。オープ様も笑っておられました。笑いながら、死影を斬り伏せていかれました。こんな場所で、命の危険にさらされているのにもかかわらず、私達は笑い続けました。

私はズラアに命じました。

「三時間差《サーア》し上げます。『投射』を使いなさい。この坑内にいる死影を一掃するのです」

——承知。

ズラアの躰に巻きついていた黒い布が解けました。それを見たオープ様は、私を庇って床に伏せます。

次の瞬間、私達が立っていた場所を黒い槍が貫きました。ズラアが黒い布を細く長い槍に変え、四方に放出したのです。それは周囲を取り囲んだ死影を次々と貫き、岩壁に突き刺さりました。

かん高い奇声が幾重にも反響します。黒い槍に刺された死影は千切れ、引き裂かれ、襤褸のように宙に舞います。私達の頭に、背中に、黒い時空晶がバラバラと降ってきます。

それが一段落するのを見計らって、私は顔を上げました。死影の群れは、きれいに一掃されておりました。

ズラアは元通り、躰に黒布を巻きつけました。

——容易《たやす》イ。

契約者にしか聞こえない呟きを残し、ズラアは私達の影の中へと消えました。

「すごい技だ」

オープ様は立ち上がり、周囲を見回しました。足下の床は一面、黒い時空晶の粒に覆われております。

「影使いとしては、私よりアイナ殿の方が上だな」

「ありがとうございます」

私は控えめに微笑みました。オープ様に誉められたことは嬉しかったのですが、手放しで喜んではいられません。ズラアは私の従者であると同時にオープ様の従者でもあります。ズラアに与える時空は、私の時空でもあり、オープ様の時空でもあるのです。

私が勝手に時空を消費したことを、彼はどう思っているのでしょう？　出過ぎた真似をする女だと呆れているのではないでしょうか？

そんな私の葛藤《かっとう》になどまるで気づかない様子で、オープ様は光木灯を拾い上げました。青白い光に照らされて、壁が虹色の輝きを放ちます。

「おお、これは――」

オープ様はぐるりと首を巡らし、坑道の壁と天井をご覧になりました。

左右の壁という壁、そして天井いっぱいに、大小様々な時空晶が綺羅《きら》星のごとく輝いております。私達は時空晶の鉱脈の直中《ただなか》に立っているのでございました。

「綺麗……」

「死影が群れていたのも頷ける」

驚きを通り越し、呆れたような声でオープ様は呟きました。「こう数が多いと、どれを選んだらよいのかわからん」

そう言いながらも、オープ様は岩壁に剣を突き立て、仄《ほの》かに光る一つの時空晶を掘り出しました。十ディナルどころか三十ディナルはありそうな美しい彩輝晶。それは黄緑から緑、緑から深緑へと色を変える神秘的な翠輝晶《すいきしょう》でした。売り払えば楽に三カ月《シャハル》は遊んで暮らせることでしょう。

その翠輝晶を手に、オープ様は振り返りました。

「急ぎコーシカに戻ろう」

「ええ……っ？」

私は周囲を見回し、オープ様に目を戻しました。

「こんなに粒ぞろいの彩輝晶が取り放題ですのに、それ一個だけでよろしいのですか？」

「時空晶よりも時間が惜しい」

オープ様はもう外に向かって歩き出しています。

彼を追いかけながら、私はつい微笑んでしまいました。

「本当に欲のない方――」

もちろん、そこがいいのですけれども。


時空鉱山を出た時には、すっかり暗くなっておりました。私達は寝る間も惜しんで、夜通し歩き続けました。死影の襲撃を警戒する意味もありましたが、オープ様は先を急ぐあまり、休むことさえ忘れておられるようでした。

死影を祓う。彼はいまだにその望みを捨てきれないでいるようでした。影は影使いの時空を食べます。それゆえ影使いは人よりも早く年を取り、寿命も短いのが常です。ですが影を受け入れたあの日から、影使いとして生きる覚悟は出来ております。それをオープ様はわかって下さいません。

それでもオープ様はお約束下さいました。「これが最後」と仰って下さいました。私はその言葉を信じて、疲れた足を懸命に動かし続けました。

夜が明けてから、ようやく倒れるようにして眠りにつきました。が、昼過ぎには起きて、再び歩き出しました。

コーシカに戻ったのは、その日の夜でございました。オープ様は脇目も振らず、まっすぐに例の酒場を目指します。私が呼びかけても、まるでうわの空です。仲介所兼酒場に近づくにつれ、オープ様の歩調はどんどん速くなりました。小走りのまま、体当たりするように木戸を開きました。ただならぬ剣幕に、店内にいた男達が浮き足立ちます。咄嗟に武器に手を伸ばした者もおります。

そんな店の中央に、あの少女がおりました。可愛らしい顔に無邪気な笑みを浮かべながら、椅子に腰掛けています。オープ様は少女に歩み寄ると、時空鉱山で手に入れた翠輝晶を差し出しました。

「約束の物だ」

「まぁ、すてき……すてきだわ」

美しい翠輝晶を受け取り、少女は目を輝かせました。

その傍らに膝をつき、オープ様は真剣な眼差しで少女を見上げます。

「教えてくれ。死影を祓う方法とは？」

「ああ、それね」

自分の背負い袋にそそくさと翠輝晶をしまい込み、少女はニヤリと笑いました。子供の顔には相応《ふさわ》しくない、狡猾《こうかつ》な笑みでございました。

「あんた達、サマーア神聖教国の影使いでしょ？　他の国の奴らと違ってギスギスしてたから、いい獲物が来たって、すぐにわかっちゃったわ」

ギュンと音を立てて、店内に強風が吹き荒れました。テーブルの杯が吹き飛び、酒瓶が床に落ちて砕けます。店内にいた男達は椅子から転げ落ち、頭を庇って床に伏せます。オープ様と私もテーブルの下に避難します。

そんな中、少女の体がふわりと浮き上がりました。同時に木戸が開け放たれ、少女は空に浮いたまま店の外へと出て行きます。

影使いといえど、見えるのは己の従者だけ。他の影使いが使役する影の姿を見ることは出来ません。が、間違いありません。この技は『投射』です。あの子供も影使いだったのです！

私は素早く立ち上がり、少女を追って店の外に走り出ました。風のように夜空を飛んでいく少女を指さし、ズラアに命じます。

「三時間差《サーア》し上げます。彼女を捕らえなさい！」

店内から漏れる光に、長く地に伸びた私の影。そこから出現したズラアは漆黒の矢となって夜を切り裂き、風に乗った少女を易々《やすやす》と叩き落としました。

「ちょっ……何よ、コレ！」

少女が落ちた場所へ、私は歩いていきました。

そこでは一人の老女がもがいておりました。従者が消えると同時に、変身技の『投影』も解けてしまったのでしょう。老女の服はズラアが放った黒い針で、しっかりと地面に縫いつけられております。

背後にズラアを従え、私は冷ややかな目で老女を見下ろしました。

「人を騙した代償、支払っていただきます」

「――待て」

背後からオープ様の声が聞こえました。けれど私は怒っておりましたので、彼を振り返ることなく、刺々《とげとげ》しい声で言い返しました。

「許してやろうなんて、仰らないで下さいまし」

オープ様は私の正面に回り込み、静かに首を左右に振りました。

「許してやってくれ」

その言葉を受け、ズラアは音もなく姿を消します。

「なぜですか！」

私はオープ様に食ってかかりました。

「騙されていたのですよ？　腹立たしくはないのですか？」

「腹は立つが、このような老女に、貴女が力を振るう姿は見たくないのだ」

オープ様は地面に膝をつき、傍らに落ちていた背負い袋から翠輝晶を取り出しました。

「申し訳ないが、貴方にこれを差し上げることは出来ない」

わざわざ老女にそう断ってから、彼は再び立ち上がりました。そして私の前に立ち、私の手を取り、掌《てのひら》の上に翠輝晶を載せます。

「許してやってくれ」

そう繰り返すと、オープ様は歩き出しました。

私は答えず、夜空を見上げました。

星々が、悔し涙で滲んで見えました。

私は翠輝晶を握りしめ、その場を離れました。

人気のない通りをオープ様は歩いていきます。まっすぐに木戸門を目指しています。町を出るつもりなのでしょうか。外にあるのは鬱蒼とした森。夜の森は死影が支配する世界です。

「どこに行かれるのですか？」

私は彼に追いつき――そこで気づきました。

歩きながら、オープ様は泣いておられました。声もなく、ただ涙を流していらっしゃいました。

「オープ様、泣かないで下さいませ」

彼は足を止めました。手の甲で涙を拭《ぬぐ》います。息を殺して泣き続ける彼を見ていると、再び悔しさがこみ上げて参ります。

「あの詐欺師、やっぱり一発殴って参ります！」

「違うのだ。騙されたことが悔しいのではない」

彼は空を仰ぎました。私よりも頭一つ高い場所から、囁くような声が降ってきます。

「私は臆病な自分に、腹が立って仕方がないのだ」

「そんなことはございません。オープ様は勇敢でいらっしゃいます」

「それは誤解だ」

彼は私に目を向けました。悲しげな眼差し。口元には自嘲の笑みが浮かんでおります。

「イーゴゥ大陸を離れる船上で、貴女に『怖くないか』と尋ねたこと——覚えているか？」

「はい」

「貴女は『いいえ、ちっとも』と答えた」

「はい」

「——私は、怖かった」

私は息を飲みました。

淡々とした口調で、驚くべき言葉はさらに続きます。

「虚勢を張り、強がってはきたものの、知らない土地を渡り歩くことは、とてつもなく怖ろしかった。こうしている今でさえ……私は怖くて怖くて仕方がないのだ」

彼は洟《はな》をすすり上げ、独り言のように呟きました。

「故郷に戻りたい。ツァピールに帰りたい。その思いを断ち切れないのだ。私はこんな自分が、情けない」

そこで私は、ようやく悟りました。

オープ様が見せる不安と焦燥。それは私を巻き込んでしまった罪悪感から来ているものだと思っておりました。もちろんその一面もあったのだと思います。けれどそれ以上に、彼は戻りたかったのです。ツァピールに、あの優しい家族の元に、彼は帰りたかったのです。

今までどうしてそれを察して差し上げることが出来なかったのでしょう。女は弱いもの。殿方に守られるべきもの。そんな常識に囚われていたのは、私の方でございました。

私はオープ様を見上げました。新緑色の瞳と目が合います。月光に浮かび上がる白い顔。額に降りかかる焦茶の巻き毛。不意に、じんわりと胸の奥が温かくなるのを感じました。初めてオープ様にお会いした時の感覚が、ゆっくりと蘇って参ります。

「本音を申し上げてもよろしいですか？」

彼が頷くのを見て、私は言葉を続けました。

「初めてオープ様にお会いしました時、この人は本当に実直な方なのだと思いました。垢抜けてもいないし、不器用だし、ちょっと老け顔ではいらっしゃるけれど、とても一生懸命で誠意のある方だと思いました」

オープ様はちょっとだけ顔をしかめられましたが、黙って耳を傾けていて下さいます。

「その時、私は確信いたしました。この人なら私を生涯愛して下さるだろうと。一緒に穏やかに年を重ねて下さるだろうと。その思いは今も変わってはおりません。こうなっては穏やかに年を重ねることは叶わないかもしれませんが――」

そこで私は肩をすくめて見せました。

「じっとしていることが苦手な私には、最初から無理な望みだったのです」

オープ様は苦笑し、小さな声で「かもしれないな」と仰いました。

私はそれに頷いて、真顔で彼を見上げます。

「私はオープ様とともにいられることが嬉しいのです。オープ様の背中を守れることが誇らしいのです。その力を与えてくれた死影に感謝したいくらいなのです」

これにはオープ様も驚かれたようでした。彼は身を引き、怯えたような目で私を見つめます。

「何を言う……」

「ですから本音でございます」

私は澄まして答えました。

「旦那様の無事を祈りながら待つのは、私の性に合いません。私の望みはオープ様とともに生きること。世界の果てまでもオープ様とともに馳《は》せ参じること。それだけでございます」

それを聞いたオープ様は深く嘆息なさいました。

「以前から強い方だとは思っていたが……ここまで剛胆な方だとは思っていなかった」

がっくりと肩を落とすと、頭が私の目線まで降りてきます。

「――私も、本音を言ってよろしいか？」

「もちろんです」

「死影に憑かれ、私は怖くてたまらなかった。このままうち捨てられ、一人で死んでいくのだと思うと、怖ろしくて仕方がなかった。だからこそ貴女を巻き込んではいけないと思った。こんな怖ろしい思いをするのは自分だけで充分だと思った。けれど貴女は、私を見限らなかった」

私は頷いた。今までも、そしてこれからもお側におりますという決意を込めて。

オープ様はかすかに微笑むと、私の頬に触れました。

「貴女は影に憑かれても光を失わず、いつだって前を向き、力強く道を切り開いていく。貴女は荒れ野に育つみずみずしいトゥーバのようだ」

そう言って彼は私を抱き寄せ、優しく抱きしめて下さいました。

「貴女とともに歩もう。貴女とともに生きていこう。貴女なしでは——とても生きてはいられない」

この日を境に、オープ様と私の関係は少しずつ変化していきました。財布を預かるのはオープ様でしたが、仲介屋と交渉するのは私の役目になりました。

死影との戦いには常に危険がつきまといます。それゆえに腕の立つ剣士と影使いは、どこに行っても歓迎されました。暮らしに困らない程度の稼ぎは、それほど無理をしなくても手にすることが出来ました。どこに向かうか。何を食べるか。二人で話し合って決めました。そこに時折、ズラアも口を出してきます。影使いに憑いた影は、隙を見ては表に出てこようとするものなのです。

影使いの中には影の甘言《かんげん》に誘惑されたり、破壊の衝動に駆られたりする者もいると聞いております。が、私達は不思議と影に苦しめられることはございませんでした。これも二人で一つの影を『共有』しているせいなのかもしれません。

ただ一つ、残念に思うのは、子が得られないということでした。

我が子を産み育てることは、私の悲願でありました。けれどエザル老は仰いました。影使いの母親から生まれた子は、母親に憑いている影を継いでしまうのだと。『影憑き』と呼ばれる者達は、その呼び名の通り、影に憑かれた状態で生まれてきます。赤子は影に名をつけることが出来ないため、影憑きの魂は徐々に影に喰われていき、大きく成長する前に鬼《グル》と化してしまうといいます。

子を持てないことはとても悲しく、残念なことでありました。しかし、その寂しさを補って余りあるほど、オープ様は私を大切にして下さいました。

私達は時に言い争い、時に睦《むつ》み合いながら旅を続けました。

見上げれば空は青く、太陽は燦々と輝いております。この開放感を知ってしまったら、もう光神サマーアの下には戻れない。そう考えたこともございました。

けれどオープ様も私も、故郷に残してきた者達のことを忘れたことはございませんでした。ツァピール家の優しい人々のことを、そこで過ごした日々のことを、懐かしく思わない日はありませんでした。

故郷を思いながら三年《サナ》が過ぎ、五年《サナ》の歳月が経過する頃。私達はイーゴゥ大陸の東にあるエスト新興国におりました。猥雑《わいざつ》に立ち並ぶあばら屋。埃っぽい大地。国としての機能はないに等しく、治安も最悪な国でございました。

でもそこに暮らす人々は活気に溢れておりました。国中が生気に満ちておりました。それはサマーア神聖教国では決して見られないものでした。

外つ国の空に光神サマーアはなく、それゆえ光神サマーアに対する畏怖《いふ》もありません。光神サマーアの加護がなくとも人々は生きています。生き生きとして暮らしております。それは驚くべき発見であるとともに、私の胸中に激しい憧れをかき立てました。

——永遠回帰。

ズラアは私達の心に囁きかけてきます。

です。

——揺リ返シガ来ル。変革ノ時ガ来ル。

その真の意味はわからなくとも、これだけはわかります。サマーア神聖教国では夢も希望も、光神サマーアに押し潰されてしまっているのです。あの国では恐怖がすべてを支配しているのです。

旅を続け、内海ネキイアの南にあるジャヌウブ諸島に至り、私達はそれを痛感いたしました。ジャヌウブ諸島は美しい海に囲まれた数多の島々で構成されています。そこに暮らす肌の黒い人々に国という概念はなく、島が自分の土地であるという感覚さえないようでした。

「自分は世界。島も世界。鳥も木も海も空もみんな世界。そして世界は誰のものでもない」

ジャヌウブに住む人々はおおらかでした。ここでは時間さえゆったりと進んでいるようでした。住人達はみな腕のいい漁師で、彼らは毎日、船を出しては、自分達に必要な分だけ魚を捕ってくるのです。

その中には、魚ではないものを採る漁師もおりました。ジャヌウブ諸島の東端にあるマードレという小島。エスト新興国とも交流があるこの島の住人達は、海底を網でさらって時空晶を引き上げておりました。その様子がとても興味深かったので、私達はそこに滞在し、彼らからいろいろな話を聞きました。

「知ってっか？」ある漁師は私に言いました。「時空晶ってのはよ、人の心から生まれるんだぜ？」

「人の心から——？」

「ああ、そうだ。朝起きて、久しぶりにケタウオが食べてぇなって思うだろ。夜寝る時、明日は大漁だといいなと思うだろ。そういう願いのほとんどは叶わないまま終わる。そうやって人の心からこぼれ落ちた願いは、大地の底や海の底に沈んで時空晶になる」

彼らが引き上げるのは一ディナル以下の時空晶ばかりでした。時折、大物の彩輝晶が網にかかることもありました。けれど彼らは、それを海に戻してしまうのです。

「なぜ彩輝晶を捨ててしまうのですか？」

そう尋ねると、漁師の一人は答えました。

「彩輝晶ってのは叶わなかった夢なんだ。と言っても、明日も晴れたらいいなとか、そういう易い夢じゃねぇ。もっとでかくてもっと熱い、野望とか希望とか、そういう類の夢なんだ。叶えてぇと願う想いが強ければ強いほど、心の中で時空晶はより大きく、より美しくなって、やがては彩輝晶になるってわけさ」

面白い伝説です。でもそれが彩輝晶を海に捨てる理由になるでしょうか？　私が首を傾げていると、漁師は「わからねぇかなあ」とぼやきながら説明してくれました。

「時空晶も彩輝晶も長ぁ〜い時間をかけて、海や大地に溶けていく。そうやって、いつかは忘れ去られていく。けどよ、そいつを海から引き上げちまったらどうなる？　その夢はいつまでも溶けずに残っちまう。叶わないとわかっていても、いつまでも忘れられねぇ。そんなひどいこと、オレには出来ねぇよ」

彼らが漁をする姿は、見ていて飽きることがありません。晴れ渡った青空と透き通った青緑色の海。白い小舟に引き上げられる白い網。網に絡め取られた時空晶は、光を反射してきらきらと輝きます。

夕刻になると、その光景はよりいっそう幻想的になりました。真っ赤な太陽を照り返し、朱に染まった海。砂浜に座り、水平線に沈んでいく夕陽を眺めていると、時間の経過を忘れてしまいます。

「サマーア神聖教国の人々は、どうしてジャヌウブの者達のように生きられないのだろう」

オープ様の囁き声が聞こえました。彼は水平線に目を向けたまま、わずかに眉を顰《ひそ》めます。

「サマーアの民は聖教会の権威に苦しめられている。光神サマーアに夢も希望も押し潰されている。なのに私は何も出来ない。今も重税に苦しめられているツァピール領民に、もはや何もしてやれないのだ」

彼は北の水平線に手を伸ばしました。その先にうっすらと見える灰色のもの。それは光神サマーアでした。その下にはイーゴゥ大陸が、私達の故郷ツァピールがあるのです。

彼は広げた手を、ぐっと握りしめました。

「ジャヌウブの人々は貧しくとも、心豊かに暮らしている。私はツァピールを、ジャヌウブのような希望溢れる土地にしたかった」

死影に憑かれさえしなければ、オープ様は十諸侯ツァピール侯になられていた方です。その口惜《くや》しさは、私のそれとは較べものにならないでしょう。

でも、私達に何が出来るでしょう？

あの国を覆い尽くす巨大な光神サマーアに対し、私達はあまりに小さく、無力でございました。

マードレ島はとても良いところでした。住人は五十人に満たないほどでしたので、島に住む住人達はみな家族のようでした。人々は寛容で、余所者の影使いである私達を蔑視することもありませんでした。

時折、エストから交易船がやってくるので、衣服やパンや香辛料なども簡単に手に入ります。小さな島でも、暮らしていくのになんら不自由はありません。私達は住人達の手を借り、島に小さな家を建て、小舟を仕立てて魚を捕り、島の住人として暮らしはじめました。

月のない夜、海上に死影が現れることはあっても、篝火《かがりび》の焚かれた島に上陸してくることはありません。嵐の夜には死影が島まで流されてくることもありましたが、そんな時はオープ様が影断ちの剣を抜き、それを退治しました。

「アイナ殿の手を煩《わずら》わせることもない」

彼がそう言うたびに、私は少し意地悪く笑って、こう言い返しました。

「あら、オープ様。いまだ男の面子《めんつ》にこだわっていらっしゃいますの？」

「そう意地悪なことを仰るな」

彼は戯《おど》けて肩をすくめます。

「炊事、洗濯、繕《つくろ》い物。何を取ってもアイナ殿にはかなわぬのだ。男の面子ぐらいは死守せねば、私の立つ瀬がないではないか」

オープ様はそう仰いますが、本当は私のことを気遣ってくれているのでございます。私は三十を迎えようとしておりましたが、影使いとしての力を行使してきた代償として、外見はそれよりも十歳は老けて見えました。これ以上、渡りの者としての生活を続けたら、そう遠からず限界がやって参ります。

とはいえマードレ島では、影を使役するような事件は滅多に起こりません。時間の流れから切り離されているかのような平穏な暮らし。それは私達が長い旅路の末に手に入れた安らぎでございました。

このままここに定住しよう。ここを第二の故郷とし、やがては島人と同じように海に還《かえ》ろう。そう言いながらも、ジャヌウブでの生活が平穏であればあるほどに、故国で苦しんでいる人々のことが思われるのでした。

特に空が厚い雲に覆われている日は、光神サマーアのことを思い出さずにはいられません。あの灰色の時空晶の下で暮らし続けている人々に、何もしてやれないという罪悪感。それでも何か出来るはずだという焦燥感。それは日増しに募っていきました。

そして、ついに。

それを決意させる日がやって参りました。

国を出てから十二年《サナ》の歳月が過ぎ去ったある夜。突然、地面が揺れ、私は寝台から転げ落ちました。何が起こったのかわからず呆然としている間にも、波に翻弄《ほんろう》される小舟のように島は揺れ続けます。小屋の柱はミシミシと軋み、天井はゆさゆさと揺れ、今にも倒壊してしまいそうです。

「大丈夫か、アイナ殿？」

オープ様が私に手をさしのべて、腕の中に抱きしめて下さいました。

「――地揺れだな」

今までにも地揺れを感じたことはございましたが、これほど大きな揺れは初めてです。怖ろしさのあまり、私は声を出すことも出来ませんでした。

暗闇の中、私達は互いの体を抱きしめながら、揺れが去るのを待ちました。

やがて、揺れが収まって参りました。ようやく立ち上がれるほどになると、オープ様はランプの芯に火を灯しました。私達は互いに抱き合いながら、転がるようにして外に出ました。

途端、怖ろしい惨状が目に飛び込んできました。

円を描くように建てられていた小屋。その半分が倒壊し、残った家も傾ぐか、潰れかけておりました。あちこちから火の手が上がり、暗い夜空を照らしております。

無事な者達が手分けして、潰れた家から怪我人を助け出しはじめました。足の骨を折ったり、腰を痛めたりした者が次々と運ばれてきます。私は小屋から布を持ち出し、壊れた家の壁材を添え木に用いて、怪我人の治療に当たりました。

その間に、オープ様は行方不明の者がいないかどうかを確かめて廻りました。

「大丈夫、死んだ者はいない」

彼の声に住人達はほっと安堵の息をつきました。

が、それも束の間——

「大変だぁ！」

島の頭領《とうりょう》であるヤトが血相を変えて走ってきます。

「海の水が引いていやがる！」

マードレ島の住人達が恐怖に顔を引き攣《つ》らせるのを、私はこの時初めて目にしました。何か怖ろしい危険が迫っている。それはわかりましたが、それが何なのか、私にはわかりません。

「何が起こったのですか？」

隣人のイレットに、私は尋ねました。

けれどイレットはぶるぶると震えるばかりです。恐怖のあまり口を利くことさえ出来ないでいます。私は周囲の女達に同じ質問を繰り返しましたが、やはり明確な答えは得られませんでした。

「アイナ殿！」

そこへオーブ様が駆けつけて下さいました。彼は私の側に膝をつき、潜めた声で仰いました。

「先程の地揺れのせいで海の底が割れたらしい」

「海の底が……割れる？」

「そうだ」オーブ様は頷き、早口に先を続けます。「割れ目に海水が流れ込み、そのせいで海の水が減っているのだそうだ」

そこまで聞いても、私にはまだわけがわかりません。海底の割れ目に海の水が流れ込んだとしても、海が干上がるとはとても思えません。

「それはそんなに怖ろしいことなのですか？」

「頭領が言うには、この後、引いた水が一気に押し寄せてくるのだそうだ。山のような大波がやって来て、島をも一息に飲み込んでしまうらしい。頭領の親父様が子供の頃、同じようなことがあったそうだ。その時は島の住人の半数が波にさらわれて、行方知れずになったとか」

「まあ――！」

私は跳ねるようにして立ち上がりました。

「ならば一刻も早く逃げなければなりません！」

「だが、船が使えないのだ」

苦々しい顔でオープ様も立ち上がります。

「海はすでに沖まで干上がってしまっている」

「ではどうすればいいのです。このまま手をこまぬいて、大波が来るのを待つしかないのですか？」

「アイナ殿、落ち着いて聞いてくれ」

狼狽える私の肩に、オープ様は手を置きました。真剣な眼差しが私を捕らえ、押し殺した声が続けます。

「怪我人達を船に乗せ、それを海水が残る沖合いまで引きずっていくには、人手も時間も足りない。頭領は怪我人は捨ておき、歩ける者だけ船に乗り、逃げ出すべきだと言っているが――」

「そんなこと――」

「ああ、マードレ島の住人達には大恩がある。誰一人、見捨てるわけにはいかぬ。さりとてこのまま皆が波に飲まれるのを見過ごすことも出来ぬ」

オープ様の顔が歪みます。今にも泣き出しそうな顔です。

それを見て、私は悟りました。

「『転移』を使うのですね？」

オープ様は答えません。ただ苦渋の表情で私を見つめています。

『転移』は大技です。飛んだ先にある障害物と重なりでもしたら、大爆発を起こすと言われる危険な技です。大量の時空を費やし、それでも成功するかわからない禁忌《きんき》の技です。しかし、それでマードレ島の住人達を救えるのであれば、何を迷うことがありましょうか？

「やりましょう、オープ様。島の住人達を全員ムンドゥス大陸まで運びましょう。私達が力を合わせれば、きっと出来ます！」

「すまぬ……出来ることなら私の力だけで何とかしたいのだが、影使いに関しては私はまったくの未熟者ゆえ――」

「今さら何を仰います」

私はオープ様の頬をぺしりと叩きました。

「貴方とともに歩もうと、貴方とともに生きようと、仰って下さったではありませんか。あの言葉は偽りだったのでございますか？」

「嘘ではない」

オープ様は微笑みました。

とても辛そうな微笑みでした。

「頭領に話してくる。貴女は怪我人達を一箇所に集めておいてくれ」

そう言い残し、彼は私の元を離れていきました。

私は怪我人達を村の中央に集めるよう人々に言って廻りました。それから小屋から箒《ほうき》を持ち出し、その柄《え》を使って、集まった人々の周囲に円を描きました。

準備を整えながら、私は懸命に頭を巡らせておりました。移動先には開けた場所を選ばねばなりません。円で囲んだ範囲に障害物が重ならない場所、大波が襲ってこない場所――となればナーゾ岬しかありません。ナーゾ岬にある溶岩台地。あそこなら障害物に当たる心配はありません。

問題は、そこまでの距離でした。

これだけの人数を連れてナーゾ岬まで『転移』するのに、どれほどの時空を費やせばいいのでしょう。まるで見当がつきません。私達の時空には限りがあります。もし時空が足りなければ、『転移』は失敗してしまいます。私達は結晶化して砕け、島の住人達は大波に飲み込まれてしまうでしょう。

やがて海の様子を見に行っていた男衆が戻ってきました。頭領の姿もオープ様の姿も見えます。頭領が住人達の数を数え、オープ様に言いました。

「全員揃ったぞ！」

それにオープ様が頷き返した時、遠くの方からドロドロと太鼓を打ち鳴らすかのような音が響いて参りました。腹の底に響く地鳴りに、島民達が悲鳴を上げます。

「心配するな！」雷鳴のような大声で、オープ様は仰いました。「怖れることはない。私達が必ず、皆をムンドゥス大陸まで運ぶ！」

オープ様が私を振り返りました。私は頷き、地鳴りに負けないよう声を張り上げました。

「皆さん、地面に描かれた円の中に入って下さい！」

「わかった」と頭領が応えます。「皆、円に入れ！　早くしろ！」

オープ様が私の右隣に来て、私の手を握りました。その手は震えておりました。私も震える手で、彼の手をぎゅっと握り返しました。

「みんな円の中に入ったぞ！」

頭領の声が聞こえます。それと同時に、奇妙なものが視界に入りました。燃え上がる小屋、立ち上る黒煙、その先に白い山脈が見えました。まるで雪を被ったマイラ山脈のようなもの。それは大波でした。

押し寄せてくる巨大な水の壁でした。

島が軋み、足下がグラグラと揺れます。火の粉を吹いて小屋が倒壊し、棕櫚《しゅろ》の木が薙《な》ぎ倒されます。島民達が悲鳴を上げます。浮き足立って、走り出そうとする者もいます。

「その場を動くな！」

オープ様が叫びました。威厳のあるその声に、島の住人達は縋るような目を向けます。

そんな彼らに、オープ様は笑いかけました。自分のことを臆病者だと言って泣いていた彼が、この怖ろしい状況下で、穏やかに微笑んだのです。

「安心しろ。貴方達のことは私達が守る」

その声に、私の不安は吹き飛んでしまいました。

ああ、なんと頼もしいことでしょう。私は感動で胸がいっぱいになりました。この人についてきて良かったと、心の底から思いました。

「アイナ殿、指示を頼む」

「承知しました」

満たされた気持ちで、私はズラアを呼びました。

「この円の中にいる者達すべてを、ムンドゥス大陸のナーゾ岬の溶岩台地まで『転移』しなさい」

低く響くような笑い声が聞こえました。

――ナラバ、ソレニ足ル、時空ヲ支払エ。

これほどの大技を使ったことはありません。どれほどの時空が必要になるのか、エザル老も教えては下さいませんでした。与える時空が足りなければ技は失敗してしまいます。それだけは許されません。

「必要なだけ使いなさい」「好きなだけ使え」

私の声に、オーブ様の声が重なりました。

私はオーブ様を見上げ、彼も同じ気持ちでいることに、たとえようもない幸福感を覚えました。

――承知。

ズラアが応えました。それと同時に視界が傾きます。燃える小屋も、砂浜も、目前まで迫った大波もかき消え、踏みしめていた砂の感覚さえも失われました。

一瞬の空白。その後、台の上から飛び降りたような衝撃とともに、感覚が戻ってきました。足の裏にゴツゴツとした岩の感触を感じます。目の前には星々をちりばめた夜空が広がり、眼下には暗い海が横たわっております。

何が起こったのか、誰にもわかっていませんでした。『転移』を行った私自身でさえ、すぐに状況を把握することは出来ませんでした。

まるで夢を見ているようでした。目覚めないよう、誰もが息を潜めておりました。目覚めたら最後、あの大波が襲いかかってくる。そんな気がしたのです。

「もう大丈夫だ」

沈黙を破ったのはオープ様でした。

彼は周囲をぐるりと眺め、続けました。

「みんな無事か？　全員揃っているか？」

住人達はきょろきょろと周囲を見回しました。そしてようやく、これが夢ではないことを確信したようです。

「助かった……」

今にも泣き出しそうな声が聞こえました。

「オレ達、助かったんだ！」

それを合図に、彼らはどっと歓声を上げました。抱き合い、肩を叩き合い、涙を流して互いの無事を確認し合っています。

気が緩んだのでしょうか。急に過労を覚えて、私はその場に座り込みました。その隣にオープ様も座り込みます。

無事にことを成し遂げたという満足感。オープ様も私も時空を使い果たさずにすんだ安堵感。

その中に、一抹《いちまつ》の寂寞感《せきばくかん》がありました。

幸せだった日々が終わろうとしていることを、私は悟りました。

「やりましたね」

そう言って、私はオープ様を見ました。彼の髪は鬢《びん》のあたりが白くなっておりました。陽に焼けた肌には年輪のように皺が刻まれております。自覚はまったくありませんでしたが、私達は驚くほど多くの時空を失っていたのです。

私は真っ白になった自分の髪を手に取り、再び彼を見上げました。二人して年を重ねる――本当にその通りになってしまったなぁと思うと、なんだかおかしくなってきます。

「私、すっかりお婆さんになってしまいましたわ」

「それは私も一緒だ」

「オープ様は元から老け顔でいらしたから、それほどお変わりありません」

「おお、我が妻よ」

彼は私の肩をぎゅっと抱き寄せました。

「そのように的確に、一番痛いところを攻撃するのはやめてくれ」

「あら、誉めておりますのよ？」

「頼む。誉めるなら別の箇所にしてくれ」

私達は声を潜めてクスクスと笑いました。

「そろそろ頃合いなのかもしれませんわね」

私は目の前に右手を広げました。細かい皺が刻まれた手。中指と薬指と小指は半透明な結晶と化しておりました。

「そのようだな」

オープ様も手を広げました。彼の左手の中指と薬指と小指は、私の右手と同じように結晶化しておりました。

体が結晶化するということは、私達の時空が残り少なくなった証拠です。とはいえ、覚悟はしておりましたので驚きはありません。むしろ痛みを感じないことが幸いとさえ思えました。

私達は顔を見合わせ、どちらからともなく微笑みました。

「還ろう」

死ぬ時は故国で死にたい。

そう言っていたエザル老の気持ちが、今ならば理解出来ます。たとえ家族に会えなくても、故郷に帰ることが出来なくても、サマーア神聖教国に戻りたい。灰色の時空晶に覆われた空でさえ、今は懐かしく思えます。

「還りましょう」

こうして私達はマードレ島での日々に別れを告げ、懐かしくも忌まわしい光神サマーアが支配する国、サマーア神聖教国へと戻ったのです。

まず私達はイーゴゥ大陸の東にある十諸侯領ザイタに入り、辺境の地を旅することにいたしました。大陸の中心にある聖教会直轄領を避ける意味もありましたが、多くの土地を見て廻ることで、ずれてしまった感覚を取り戻そうと考えたのです。

幸か不幸か、それは杞憂《きゆう》に終わりました。

国を出てから十二と半年《サナ》。サマーア神聖教国での人々の暮らしは、驚くほど変わっておりませんでした。聖教会はますます勢力を強め、神聖騎士団の連中が威張り散らす様子には、憤《いきどお》りを感じずにはいられませんでした。

領民達の衣服は擦《す》り切れ、みな疲弊しきった顔をしています。どの市場にも活気はなく、町には胡乱な目をした流民《るみん》がたむろしています。

明らかに渡りの者と思われる剣士達の姿も数多く見かけました。聞くところによると、各地に盗賊が現れ、渡りの者達に警護を頼まなければ日々の生活が成り立たないということでした。私達が身につけていた旅装は異国人のそれだったのですが、結晶化した手を手袋で隠してさえいれば、身分を疑われることも、人目を引くこともありませんでした。

ザイタ領の南にある十諸侯領ネッァーに入っても、町の様子は変わりませんでした。ネッァーは領内に多くの時空鉱山を持ち、十諸侯の中でも特に富み栄えた土地だったはずです。なのに今は住人も家畜も飢えて痩せ細っておりました。町村の建物はみな古ぼけて荒廃し、空き家も多く見られました。渇水による飢饉《ききん》と伝染病の流行で、多くの子供が死んだと聞きました。

それでも容赦なく課せられる税に耐えきれなくなり、住人達は土地を捨てて逃げ出すしかなかったのです。畑は荒れ、時空鉱山も閉鎖されておりました。そんな中、聖教会の礼拝堂だけは真新しく、燦然と白く輝いているのでした。

怒りと戸惑いを感じながら、私達はラファー領を抜け、聖教会直轄領エトラヘブに入りました。かつては小麦畑だったらしい荒れ野を歩きながら、気づけば私もオープ様も南西の方角に目を向けています。

はるか遠く、かすかに見えるのはネアバ山脈です。その向こうにはケナファ領があり、さらにナハーシャ山脈を隔てた南には、懐かしきツァピール領があるのです。

ツァピール！

ああ、ツァピール！

ナダルの父はご存命でしょうか。ツァピール家の皆様はご健勝でしょうか。屋敷の庭にみんなで作ったトゥーバ畑は、今も赤い実をつけているでしょうか。

どんなに懐かしく思っても、そこに向かうことは出来ません。私達はすでに死んだ人間です。幽霊には故郷などないのです。

故郷を持たない私達が向かったのはエトラヘブ領とシャマール領の境に広がる悪霊《シャダイ》の森……影の使役法を習った、影使い達の隠里でした。

記憶を頼りに暗い森の中を進んでいくと、見覚えのある村が見えて参りました。そこでは以前と同じように、十余人の老人が肩を寄せ合って暮らしておりました。残念なことにエザル老はすでに亡くなられており、私達の顔を知っている者は誰も残っておりませんでした。ですから村人達は当初、影断ちの剣を帯びたオープ様をひどく警戒しておりました。

けれど私達が手袋を外し、結晶化してしまった指を曝《さら》すと、彼らは態度を一変させました。彼らは同情の涙を浮かべ、私達を受け入れてくれました。彼らもまた私達と同じように多くの時空を失い、残り少ない余生を送るため故国に戻ってきた影使い達なのでした。

隠里での生活は細々としたものでした。

前の主が亡くなったため、空き家となっていた粗末な小屋が私達の家になりました。木組みの壁のあちこちから隙間風が入ってくるような、茅葺《かやぶ》き屋根の小屋でございました。

昼のうちに山菜やキノコを採り、薪《たきぎ》を集め、小動物を捕るための罠を仕掛けます。夜は村を囲む光木灯の明かりを村人達と交替で守りながら、固い石の寝台で眠りました。

正体を隠して王都ファウルカに赴くたびに、悲しい噂を耳にしました。神聖騎士団がまた村を焼き討ちしたとか、死影に襲われて町が一つ消えたとか、そんな話を聞くたびに、私は歯がゆくなりました。外つ国ではあれほど頼りになった影使いの技も、この国では何の役にも立ちません。見上げれば、天は陰鬱な鈍色《にびいろ》に塗り固められています。まるで頭上に重石《おもし》を載せているようです。狭い場所に無理矢理押し込められているような閉塞感が消えません。抜けるような青空に慣れてしまったせいか、ここでは息苦しささえ覚えます。

この閉塞感はいつまで続くのでしょう。この国はどこに行こうとしているのでしょう。オープ様も同じことを感じておられるらしく、二人きりになると、彼はしきりに嘆いておられました。

「領主は強くなければならないと思っていた。死影や敵国デュシスの兵から領民を守るためには、強くならねばならないと思っていた。だからこそ騎士団に入り、この腕を磨いてきた」

彼は悔しそうに拳を握り、まるで自分を責めるかのように続けます。

「だが違ったのだ。本当の敵は我らの心を蝕《むしば》むこの重苦しい空気だ。私が真に戦わねばならなかったのは、我らの未来を喰い潰す光神サマーアだったのだ。今ならば、それがわかる。なのに私には何の力もない。何の肩書きもない。絶望の深淵《しんえん》に転がり落ちていくこの国を憂《うれ》うだけで、領民を救うことも、政を変えることも出来ないのだ」

私達は死を待つ身です。影《シャダイ》を使役することがなくても、体は徐々に結晶化していきます。

私達の人生は悪霊の森で終わりを迎えるはずでございました。陽の当たらない場所で、ひっそりと誰にも知られずに死んでいくはずでした。

けれど、私達は出会ったのです。

太陽に。

アライスに。

悪霊《シャダイ》の森には死影が潜みます。それゆえ影使い以外の人間が森に入ってくることは滅多にありません。それでも神聖騎士団が『影狩り』と称し、影使い達の隠里を焼き討ちしているという噂がまことしやかに流れていたせいもありまして、私達の村でも夜営を立てるようになっておりました。

それは陽が暮れて間もなく、オープ様と私が夕食にキノコのシュールバをいただいている時でした。見張りに立っていたレグタという影使いが、血相を変えて小屋に駆け込んで参りました。

「オープ、来てくれ！」

「何事かな？」

穏やかな声でオープ様が応じます。彼は隠里の住人達から頼りにされておりまして、村の長のような役目を担《にな》っていらっしゃいました。

「う、馬の嘶きが聞こえたんだ！」うわずった声でレグタは叫びます。「き、騎馬がこっちに来る！」

オープ様の顔に緊張が走ります。彼は素早く立ち上がり、影断ちの剣を手に取りました。

「わかった。様子を見てこよう。光木灯を隠し、死影に注意を払いながら、小屋の中に隠れているよう皆に伝えてくれ」

彼が指示を出している間に、私は手早く竈《かまど》の火を落とし、扉の内側に死影よけの光木灯を吊しました。「アイナ殿はここで待って――」と言いながら、オープ様が振り返った時には、すでに準備は整っておりました。

私はにこりと笑って答えます。

「さあ、参りましょう」

オープ様は苦笑しました。

「行くぞ」と短く仰って、小屋を出て行かれます。

私は無言で、彼の後を追いました。

気配を殺し、夜の森を走り抜けました。かつてムンドゥス大陸で、名うての影使い夫婦として暮らしていた私達です。あの頃に較べましたら、体力こそ落ちておりましたが、渡りの者として心技は少しも衰えてはおりません。森の所々に点在する光茸。そのわずかな明かりだけでも、あたりの様子は充分に把握出来ましたし、足音を立てないように森を駆け抜けることも容易でございました。

村から離れて、すぐに異変に気づきました。

いつもは死んだように静まりかえっている森が、妙にざわついているのです。風もないのに枝が震え、ひそひそと声ならぬ声がいたします。それは死影の気配でした。命ある者が悪霊《シャダイ》の森に侵入してきた証拠でもありました。

ああ、我らの村も、ついに神聖騎士団に発見されてしまったのでしょうか。しかし影断ちの剣を持つ神聖騎士といえど、死影は怖ろしいはずです。わざわざこんな夜更けを選んで襲撃してくる理由がわかりません。

その時、先を走るオープ様が私を制しました。

前方から何かがやってきます。荒い息と入り乱れる足音。どうやら馬のようです。

前方の草むらを破って一頭の馬が飛び出してきました。歯を剝き、口から泡を吹きながら、狂ったように私達の側を走り抜けていきます。鞍は乗せておりましたが、その背は無人でございました。

「見たか?」オープ様は問いかけて、答えを待たずに続けます。「鞍に聖教会の紋があった」

「神聖騎士団でしょうか?」

「いや、そうではないようだ」

オープ様は気配を探るように周囲を眺めました。

「馬は今の一頭だけだ。このような夜更けに単騎で悪霊《シャダイ》の森に乗り込んでくるような猛者《もさ》は、神聖騎士団にはおらぬだろう」

その声に、鋭い金属音が重なりました。あれは剣戟《けんげき》の音です。何者かが森の中で戦っているのです。

オープ様は木の幹に姿を隠しながら、音の方向に向かいます。私も同じように身を低くしたまま、草陰を縫うようにして走りました。死影の気配が濃くなります。が、奴らは私達には見向きもしません。奴らは嗅ぎつけているのです。私達よりもずっと濃い時空の気配を。若く輝く生命の匂いを——

「舐めるなッ！」

そんな声が聞こえました。

予想よりもはるかに幼い、まだ子供の声でした。

オープ様の肩越しに死影の姿が見えました。群がる黒い影が一人の人物を取り囲んでいます。その姿を一目見て、私は雷に打たれたかのような衝撃を受けました。年の頃は十を少し超えたぐらいでしょうか。小柄ではありましたが、凛々《りり》しい顔立ちはずいぶんと大人びて見えました。青碧《あおみどり》色の瞳が鮮やかに燃え上がり、背に躍る巻き毛は輝かんばかりの白金色でございました。

「さあ、来い！」

少年は身に余る大剣を構えました。

「相手になってやる！」

私が息を飲む間もなく、死影の手が鞭のようにしなり、少年に襲いかかります。殺されると思った瞬間、少年は剣を振るい、それを両断しました。彼が手に持つ銀剣は影断ちの剣でした。死影の攻撃をかいくぐりながら、小さな剣士は銀剣を振るいます。そのたびに死影は断ち裂かれ、黒い時空晶となって地に落ちます。

少年が剣を閃《ひらめ》かせるたび、白金の髪が跳ねるように躍ります。透き通るように白い肌が汗に濡れて輝きます。薄い花弁のような唇から吐き出される息ですら、白く光って見えました。

華奢《きゃしゃ》な肩を上下させ、荒い息を吐きながら、少年は一体、もう一体と死影を斬り伏せていきます。しかし斬り倒しても斬り倒しても、その温かい血の臭いに誘われて、死影は数を増すばかりです。

彼を助けなければ——と思いました。しかし森に迷い込んだ者を助けることは、隠里の教義に反します。迷い人を生きて返せば、隠里の存在を聖教会に密告される恐れがあるからです。でも私は少年を見殺しには出来ませんでした。心の中でズラアの名を呼び、彼を助けるよう命じようとした、その時です。

「死影一体につき一分間《ダキカ》やる。奴らを薙ぎ払え！」

そう命じたのは、オープ様でした。

——承知。

刃と化した腕でズラアは死影を斬り倒します。オープ様は影断ちの剣を抜き、それに続きます。その隙に私は少年に駆け寄りました。

もはや立っているのもやっとだったのでしょう。彼は私の腕の中に倒れ込みました。その手から剣が落ちて転がります。剣の柄に巻かれた灰色の布。灰の旗色はエトラヘブ神聖騎士団の印でございました。

「しっかりなさいまし！」

血の気の失せた白い頬を叩くと、少年はうっすらと目を開きました。焦点の合わない青碧の目が私を見上げます。色を失った唇がかすかに動きましたが、声にはなりませんでした。その体が力を失い、頭がかくりと横に倒れます。

「もし、しっかりなさいまし！」

私は少年を抱き上げました。手がぬるりと滑ります。鉄の臭いがします。少年の背中は血に濡れ、白い絹《ハリール》の上着は真っ赤に染まっておりました。

まずは血止めをしなければ。私は腰帯に留めていた薬草採集用のナイフを抜きました。

「ごめんなさいね」

そう断ってから、上着の背を切り裂きました。左肩の後ろに傷があり、そこから血が流れ出しております。ささくれた傷、おそらく刺さった矢を力任せに引き抜いたのでしょう。死影による傷ではないことは不幸中の幸いでしたが、それでも安堵は出来ません。矢に毒が塗られていた可能性もありますし、なによりこの出血です。子供の体にはかなりの負担となっているはずです。一刻も早く手当てしなければ命にかかわります。

上着を脱がせようとした時、彼の首筋に銀の鎖が見えました。その先端には光神サマーアの印を刻んだ首飾りが揺れています。でも、私の目を引きつけたのは精緻《せいち》な細工の首飾りではなく、その下にある白く円やかな胸でした。

「無事か？」

オープ様の問いかけに、私は我に返りました。

いつの間にか、彼は剣を収めていらっしゃいます。周囲に死影の姿はなく、ズラアの姿もありません。

「怪我をしているのか」

オープ様が子供の顔を覗き込もうとします。私は子供を胸に抱きかかえ、彼に背中を向けました。

「オープ様、服をお脱ぎ下さい！」

「え……？」

場違いな私の申し出に、オープ様は目を真ん丸に見開かれました。

「あ、アイナ殿？　な、何を言っておられるのだ？」

「ですからシャツをお貸し下さいと申しております！」

「あ、ああ……わかった」

私の剣幕に押され、彼は困惑しながらも自分が着ていたシャツを脱ぎました。

「こ、これでよろしいか？」

私は左手で子供を抱きかかえながら、右手でそれをひったくりました。オープ様に背を向けたまま、シャツで子供の上体を包みます。

「アイナ殿、説明してくれ」

困り果てたというようにオープ様が仰いました。

「どうしたというのだ？　その子は無事なのか？」

「無事でございます。死影に侵されてはおりません」私は早口に答えました。「ですが、ずいぶんと血が流れてしまったようです。早く手当てしないと危険です」

「おお、それはいけない」オープ様は私の傍らに膝をつき、両手を差し出しました。「その子をこちらに。私が村まで運ぼう」

私は彼を見つめました。何と説明したらよいのか、上手い言葉が出てきません。

その沈黙をオープ様は誤解なさったようでした。

「なに心配ない。このように小さな子供、見殺しにしろなどとは誰も言わないはずだ」

「違うのです」

私は戸惑いながら、子供の顔を見下ろしました。

「この子は……女の子です」

「な……なにぃ？」

たっぷりと布を使った豪華な絹《ハリール》の上着。柔らかな羊毛《ミーラー》のズボン。それはどう見ても身分の高い少年の格好でした。それに先程この子が見せた剣戟。あれはか弱き少女が嗜《たしな》む技ではございません。

悪霊《シャダイ》の森に逃げ込んできた性別を偽った子供。なにやら訳がありそうです。それに聖教会や神聖騎士団が絡んでいるとなれば、この子を助けることは私達の命取りになるやもしれません。けれどオープ様は少しも迷うことなく、私の腕から子供の体を抱き取りました。

「急ごう。このように年端《としは》もいかぬ子を死なせるわけにはいかぬ」

「ええ、そうですわね」

私は子供が落とした剣を拾い、立ち上がりました。


招かれざる訪問者に、村は蜂の巣《ハリィヤトナハル》をつついたような騒ぎになりました。ですが相手がまだ幼い子供であることを知ると、村の女達はみな手を貸してくれました。手先の器用なアーシアは消毒した縫い針で傷を縫い、薬草に詳しいセルマは化膿《かのう》止めの湿布を作ってくれました。傷を縫い、化膿止め湿布を当て、毒消しの薬湯《ヤウム》を飲ませましたが、子供は意識を取り戻しません。翌日には高熱を出し、それから三日間、生死の境をさまよい続けました。

「母上……母上……逃げて下さい」

うなされる子供の手を握りながら、私はその額の汗を拭《ふ》きました。可哀相に。どんな悪夢を見ているのでしょう。なぜこんな子供が酷い傷を負い、たった一人で悪霊《シャダイ》の森に逃げ込む羽目になったのでしょう。

オープ様と私は交替で、昼も夜もつきっきりで看病を続けました。その甲斐あって四日《ヤウム》目には熱も下がり、ついにその夕刻、子供は目を覚ましました。

「ここは——どこだ？」

深い青碧色の瞳が不安そうに私を見上げます。

「私はいったい——」

「ここは悪霊《シャダイ》の森にある村です。安心して。もう大丈夫ですよ」

不意に子供の顔が強ばりました。バネ仕掛けの人形のように上体を起こし、呻いて左肩を押さえます。私は子供の背に手を当てて、もう一度寝かしつけようとしました。

「まだ動かないで。傷が開いてしまいます」

「触れるな」子供は呻くように言いました。「私は罪人だ。かかわれば、お前も罪に問われる」

「まだ動くのは無理です。あんなに血を流したんですもの。しばらくは安静にしていないと——」

「私にかまうなと言っている！」

「駄目です。そんな体で動いたら、今度こそ死んでしまいます」

揉み合っているところへ、狩りに出ていたオープ様が戻っていらっしゃいました。

彼は私達を見て、すぐに状況を把握したらしく、素早く駆け寄ってきて下さいました。

「双方とも、落ち着かれよ」

オープ様は子供を抱き上げました。

「やれやれ、なんという子供だ。それが命の恩人に対して取る態度か？」

「放せ！」

抱きかかえられたまま、子供は必死の形相で叫び返します。その目は手負いの獣のように、ぎらぎらと光っております。

「放せと言っている！」

「おぬしはまだ動ける体ではない」

オープ様は子供を寝台に降ろし、厳つい顔を近づけます。

「おぬしも騎士の端くれならば、自分の状態を正しく把握する術を身につけろ。寝込んだあとは体が萎《な》える。無理をすれば、すぐにまた動けなくなる」

立ち上がろうとしていた子供の肩がギクリと震えました。オープ様を見上げるその顔には、ありありと恐怖の色が浮かんでおりました。

「寝込んでいた？　私がか？」

「いかにも」

「何日《ヤウム》経った――？」

尋ねるその声は、隠しようもないほどに震えておりました。

「教えてくれ。あれから何日《ヤウム》経った？」

「おぬしが森に紛れ込んできてから、今日で四日《ヤウム》目になる」

オープ様の答えに、子供は愕然《がくぜん》と目を見開きました。その喉の奥から絶望の呻き声が漏れます。

「なんということだ――」

子供はがっくりと肩を落としました。血が滲むほどに唇を噛みしめ、右手で銀の鎖に吊した光神サマーアのお守りを握りしめております。

子供の前に、私はそっと膝をつきました。

「私はアイナと申します。もしよろしければ訳をお話し下さいませ」

「アイナ殿の言うとおりだ」

オープ様は私の右横に立ちました。

「私はオープ。こうして巡り会ったのも何かの縁。おぬしのような子供が何故この森に踏み入ったのか。話してみなさい」

「話せば、お前達にも迷惑をかける」

震えながらも、子供は頑《かたく》なに言いました。

「命の恩人を危険に巻き込むような、恥知らずな真似は出来ない」

「心配は無用。こう見えても腕には自信がある」

オープ様は自分の右腕をぽんと叩いて見せました。

「それに――」と私は続けます。「私達はすでに貴方を助けてしまいましたわ。もしこの先、騒ぎに巻き込まれるのであれば、せめて状況ぐらい把握しておきませんと」

「アイナ殿」

オーブ様は私を見下ろし、顔をしかめました。

「そのような厳しい物言いをしなくてもよろしいのではないか？」

「私は事実を申し上げているだけでございます」

「それはそうだが、相手はまだ子供なのだぞ？」

「この方はただの子供ではありません。子供扱いする方が失礼というものです」

「しかしだな――」

「いや、彼女の言うとおりだ」

私達の言い合いに、子供が割って入りました。私達が見守る中、子供はふらつきながらも立ち上がり、私達に向き直ります。

「私の名はアライス・ラヘシュ・エトラヘブ・サマーア。光神王アゴニスタの直系。第二王妃ハウファ・エトラヘブの息子。サマーア神聖教国の第二王子。光神サマーアの血統を継ぐ『神《かみ》宿《やどり》』だ」

驚きのあまり、私はオーブ様にしがみつきました。オーブ様もさすがに驚かれたらしく、目を見開いたまま固まっておられます。

アライス王子は自分の左肩に巻かれた包帯を見て、それから自分の姿を眺めました。その口元に、自嘲の笑みが浮かびます。

「今さら隠し立ては出来そうにないな」

そう言って、王子は私達に目を戻しました。

「女は闇に属する者。ゆえに王の血統に女は生まれない。そう言われているが……私は光神王の直系でありながら、このように『女』として生まれた」

固く結ばれた拳。陰った青碧色の瞳の底に、青い炎が揺らめきます。

「女であることが知れたら私は殺される。だから母上は私を男として育てた。すべては私を救うためだった。だが本来の性を偽るということは、光神王に対する反逆だ。シャマール卿の奸《かん》計《けい》に嵌《はま》り、正体を知られた私は馬を奪って王城から逃げた。けれど傷を負い、神聖騎士団に追われ、この森に逃げ込むしかなかった」

白く凍った顔。口の端がひくひくと動きました。それを押さえつけるかのようにぐっと唇を引き結び、王子は低く押し殺した声で続けます。

「城を追われたとはいえ、私は光神王の子だ。民を守る責務がある。これ以上、お前達を巻き込むわけにはいかない」

子供が身につけているのはオープ様の古ぼけた木綿《クトン》のシャツだけ。白金の巻き毛はくしゃくしゃに乱れ、多くの血を流したせいで頬は青く透き通り、目の周りには黒々とした隈《くま》が出来ております。それは痛々しいほど哀れなお姿でありました。

なのに……なぜでしょう。

その姿から目が離せませんでした。

長い睫毛《まつげ》に縁取られた深い青碧色の瞳。可憐《かれん》な薄紅色の唇。染み一つない滑らかな白い肌。一目見たら忘れられないであろう涼やかな美貌。少女の儚《はかな》さと、少年のみずみずしさを併せ持つ、細くしなやかな体。幼さの中にも威厳を感じさせるその姿は、不思議な魅力に溢れておりました。性別も年齢も関係ない。彼女は他の誰よりも王子と呼ばれるに相応しい。そう感じずにはいられませんでした。

「助けてくれたことには礼を言う。けれど神聖騎士団はまだ私を捜しているはず」

そこで王子は、かすかに眼差しを和らげました。

「私を聖教会へ突き出せば、それなりの報奨《ほうしょう》が出るだろう。それをもって、お前達への感謝の礼とさせてくれ」

「お断り申し上げる」

間髪を容れず、オープ様が答えました。

「傷を負った子供を聖教会に売り渡すことなど、出来ようはずがない」

「同情する必要はない。悪霊《シャダイ》の森に逃げ込んだ時点で死は覚悟している」

王子の顔がキリリと厳しくなりました。

「あれからすでに四日《ヤウム》。母上はもう生きてはおられまい。母上が亡くなられた以上、私だけが存《なが》らえる意味はないのだ」

「まだ亡くなられたと決まったわけではございませんわ」

「お前は聖教会の怖ろしさを知らない」

王子は視線を私に向けました。その唇にはおよそ子供らしくない、酷薄な笑みが張りついております。

「私が逃げたとなれば、大主教達は母上を捕らえて人質とする。そして母上の命を盾に私を捕らえようとする。それは母上もご承知だ。だからそうなる前に、彼女は自害する」

血の気が失われるほど固く握りしめられた拳。青ざめた肌。震える長い睫毛。泣き崩れたいはずなのに、王子は歯を食いしばり、限界まで目を見開いて、こぼれ落ちそうになる涙を懸命に堪えていました。

「四日《ヤウム》も経ってしまった今、もはや希望は持てない。母上はもうこの世にはいらっしゃらない」

アライス王子はご自分の立場を正確に理解しておりました。このような子を育てた母親ならば、自らの命惜しさに、子供の枷《かせ》となることを選ぶはずがございません。王子の言うとおりです。ハウファ王妃は、もはや生きてはおられないでしょう。

それでも、私は言わずにはいられませんでした。

「だとしても、それは貴方のせいではありません」

「お前に何がわかる！」

血の気の失せた王子の頬に、さっと赤みがさしました。

「私さえ生まれてこなければ、母上がこんな目にあうことはなかった。こんなにも早く、天に召されることもなかった！」

それは血を吐くような、悲痛な叫び声でした。

王子は胸に手を置きました。激高《げっこう》を抑えた低い声で続けます。

「私は忌み子だ。私が女だったばかりに、大勢の者が傷つき、死んだ。もうたくさんだ。これ以上、私のために誰かが罰せられたり、傷ついたり、命を落としたりする必要はないのだ」

「ならば——」

重々しい声で、オープ様が仰いました。

「御身、私に預けては下さらぬか？」

「――なに？」

「殿下の着ていた服は川に流します。この怪我で悪霊《シャダイ》の森に入り込んだのだ。普通ならば命はない。下流で血染めの服が見つかれば、殿下は死んだものと誰もが考えるに違いありませぬ。それでもなお神聖騎士団が森の中をうろつくようであれば――」

オープ様は胸に手を当て、静かに一礼しました。

「その時には私が責任を持って、殿下の御身を聖教会に突き出しましょう」

アライス王子は青ざめた顔で彼を見上げました。深い森のような碧色と深い海のような蒼色が混ざり合った、彩輝晶のような瞳が彼を見つめます。

「お前は……何者だ？」

押し殺した声で、王子は尋ねました。

「お前の立ち振る舞い。その物言い。ただの老人には見えない。お前は――お前達はいったい何者なんだ？」

私は返答に詰まりました。王子の疑問に答えるには、私達の出自をお話しするしかありません。それを話せば、私達が影使いであることも話さねばならなくなります。

影使いは闇王ズイールを信仰し、死影と契約した邪教徒。サマーア聖教会ではそう教えております。アライス王子が育った王城はサマーア聖教会の総本山。王子がその教えを頭から信じていたとしても、なんら不思議はありません。

どう答えたらよいのかわからず、私はオープ様に目を向けました。目が合うと、彼は任せてくれと言うように重々しく頷きます。オープ様はアライス王子に向き直り、言いました。

「私達は、影使いです」

王子は咄嗟に一歩退きました。足が寝台にぶつかって、そのまま寝台に倒れ込みます。

「――！」

白い顔を苦痛に歪め、王子は声もなく左肩を押さえました。慌てて助け起こそうとする私の手を振り払いのけ、戸惑い揺れる瞳をオープ様に向けます。

「……嘘だろう？」

「にわかには信じ難いことでしょうが――」

同情と苦渋が複雑に入り交じった声で、オープ様は繰り返しました。

「まことでございます。私達は影使いなのです」

王子は唸るような声を上げました。身を捻《ひね》り、寝台の向こう側に立つと、怒りに染まった青碧色の目で私達を睨みつけます。

「邪教徒め。私を懐柔《かいじゅう》するつもりだったか！」

その可憐な唇から、刺々しい声が放たれます。

「王城を追われたとしても私は光神王の子だ！　闇王ズィールに己の魂を売り渡したりはしない！」

「それは誤解です、殿下」

穏やかに、諭すように、オープ様は仰いました。

「影使いは邪教徒ではありません。死影に傷を負わされ、影と共生することを余儀なくされた者が、生きていくために技を売る。それが影使いなのです」

　オープ様は腰に佩いた剣を鞘《さや》ごと抜き取り、王子と私達を隔てる寝台の上に置きました。剣の柄に刻まれているのは立派な角を掲げた雄山羊の紋章。それはツァピール騎士団の紋章でありました。

「かつて私はツァピール騎士団に所属しておりました。けれど二十歳の時、任務の最中に死影に侵され、国を出ることを余儀なくされました」

「では、彼女のことはどう説明する？」

　警戒を解かないまま、王子は低い声で尋ね返します。

「奥方も任務途中で死影に襲われたと言うか？」

　それに対し、今度は私が答えました。

「私は自分の意志で影使いになりました。私はオープ様の妻でございます。夫が影使いになるのなら、私もそうありたかったのでございます」

「国を追われることになってもか？」

「国を追われたとは思っておりません。オープ様と婚礼の儀を挙げました時から、私の故郷はオープ様でございます」

　王子は私を見つめ、ごくりと息を飲みました。

「それを、信じろというのか？」

「そうは申しません。信仰は人それぞれです。もしアライス様がサマーア聖教会の教えを信じると仰るのであれば、それを妨げることは出来ません」

私の言葉を聞いて、王子の顔色が変わりました。荒々しい怒りの気配が消え、その瞳は深い陰りに覆われていきます。

「影使いは邪教徒ではないと言ったな？」

「はい」

「つまりお前達は、聖教会は偽りを教えていると、そう言いたいのだな？」

「そう、なりますかな」

王子は寝台から影断ちの剣を取り上げました。その剣は王子には大きすぎましたが、剣の柄に手をかけ、身構えた姿は実に堂に入ったものでした。

「お前達の言い分を聞こう」

「話せば長くなります」

「かまわん、話せ。だが一言でも嘘を言えば、この場で斬り捨てる」

アライス王子は真顔で言いました。

「どちらが真実を語っているのか。双方の話を聞いてから、私自身が判断する」

「殿下は頑固者でいらっしゃる」

「何とでも言え」

「お聞かせしても、納得していただけるかはわかりませぬが——」

オープ様は小さなため息を挟み、続けました。

「すべてをお話しいたしましょう」

王子は無言で頷きます。そこで私は緊張を解きほぐすため、ぽんと手を打ちました。

「その前にお食事にしませんか？　四日《ヤウム》も寝ていたんですもの。アライス様もお腹がお空きになったでしょう？」

「それは名案。つまらぬ長話でも、夕食を食べながらであれば少しは気が紛れるというもの」

明るい声でオープ様が請け合い、王子を振り返りました。

「その剣はお預けしておきますゆえ、我らを疑わしいとお思いになりましたならば、いつでもお抜き下さって結構です」

この言葉には、さすがの王子も慌てたようでした。

「待て。騎士たるもの、他人に自分の剣を預けるものではない」

「いかにも。ですがそれは相手によりまする」

オープ様はしたり顔でお答えになりました。

「先程、殿下は『自分には民を守る責務がある』と仰った。ならば私の剣はすでに殿下のもの。お預けするのに、何をためらう必要がありましょうか？」

私は急いで夕食の準備に取りかかりました。といっても、用意するのは裸土竜《フルド》の肉が入ったキノコのシュールバと固い黒パンのみです。土中に潜む裸土竜《フルド》を狩ってきて下さったのは、もちろんオープ様です。ヌラヌラして見た目はよろしくありませんが、この村ではなかなか手に入らないご馳走です。

ですが食卓に置かれた皿を見て、アライス王子はぎょっとしたように腰を浮かせました。

「影使いとて人の子。毒は入っておりませぬ」

からかうように仰って、オープ様はシュールバを口に運びます。シュールバはどろりと黒く、饐えた臭いが鼻をつきます。

「まあ、毒を盛るくらいならば、最初からお助けなどいたしませぬが？」

それを見て観念したのでしょう。王子は木の匙《さじ》を手に取りました。そして意を決したようにシュールバを一口、口に含みました。

途端、王子は匙を取り落としました。両手で口を塞ぎ、吐きそうになるのを懸命に堪えているご様子です。涙目になりながらも、なんとかそれを飲み下した後、王子は恨めしげな目をオープ様に向けました。

「お前達、いつもこんなものを食べているのか？」

「こんなものでも食べられるだけましです」

「なに――？」アライス王子は驚いたように目を見張りました。「こんなものですら、食べられない者がいるというのか？」

オープ様は厳しい顔で頷きます。

「サマーア神聖教国の民は貧困に喘《あえ》いでおります。日に一度、泥水のようなシュールバを飲むことさえ出来ずに、飢えて死ぬ者も大勢おります」

「そうなのか……」

王子は自分を恥じるかのように俯きました。

「知らなかった」

無理もありません。光神王は王城から一歩も外に出ることなく、その生涯を終えると聞きます。アライス王子は光神王を継ぐ『神宿』。おそらく自由に城を出ることも出来ず、直接民と言葉を交わすことも禁じられていたのでしょう。

「心して、頂戴する」

王子は匙を握り直し、真剣な表情でシュールバと向かい合いました。かと思うと、今度は猛烈な勢いでシュールバを喉に流し込みます。何度も咳き込み、吐き戻しそうになりながら、固パンを平らげ、シュールバをすべて飲み干した後、王子は右手の人差し指と中指を額に当て、光神サマーアの印を切りました。

「貴重な糧を与えていただきましたことを、心から感謝いたします」

礼儀正しくお辞儀する王子に、私も頭を下げます。

「お口に合わないものしか用意出来なくて、申し訳ありませんでした」

「いいえ、そんなことは――」と言いかけて、あまりに白々しいと思ったのでしょう。王子は赤くなって俯きました。

それを見て、オープ様は優しくお笑いになります。

「殿下は頑固者な上に変わり者でいらっしゃる」

「お前、私を馬鹿にしているのか？」

「いいえ、誉めておるのです。聖教会の方々は流民のことなど家畜以下にしか扱いませんからな」

食事を終えた後、私は口直しに手作りのキノコ茶を淹れました。森で採れた香茸を乾燥させ、粉にしたものを湯に溶いたお茶です。

アライス王子はおそるおそる器を口に運び、驚いたように瞬きました。

「……旨《うま》い」

「それはようございました」

私が古びた椅子に腰掛けるのを待って、王子はオープ様に向き直りました。

「話して貰おうか」

そう言って、両膝の間に影断ちの剣を立て、その柄を両手で握ります。王子の真剣な眼差しを受け、オープ様は真顔で頷きました。

「この国には陽の光が足りませぬ。稔《みの》りは乏しく、家畜も大きく育たない。この国が生き残るためには、時空晶の採掘が不可欠です。ですが時空鉱山には多くの死影が巣くっています。そこで働く者達は常にその恐怖に怯えております。なぜなら死影に傷つけられた者は死ぬか、生き残っても影使いとして生きるしか道がなくなるからです。そしてそれは故郷や家族との永別を意味します」

オープ様はキノコ茶をテーブルに置き、シャツのボタンを外すと、襟元をはだけて左胸を露《あらわ》にしました。細かい染みが斑《まだら》に浮き出た肌には、死影によって刻まれた黒い傷跡が残っております。

「若かりし頃、私はツァピール騎士団に所属しておりました。見回りに出た時空鉱山で死影に襲われ――」

「ちょっと待ってくれ」

言葉半ばで王子が遮りました。眉間に皺を寄せ、オープ様を睨みます。

「時空鉱山の警護は神聖騎士団の仕事だろう？　ツァピール領に派遣されたエトラヘブの神聖

騎士団は何をしていたのだ？」

「残念ながら、神聖騎士団は役に立ちませぬ。昼間から飲んだくれるしか能のない奴らですゆえ」

「神聖騎士団は光神王に仕える騎士だぞ？　それを能なしの集団だと言うか？」

「事実を申し上げております」動じることなくオープ様は答えます。「領主院は長年そのことを神聖院に提言して参りましたが、いまだ何の対策も為《な》されておりませぬ。殿下も噂ぐらいは聞いたことがあるのではないですかな？」

「それは――」言いかけて、王子は口を閉じました。何か思い当たることがありそうです。悲しそうな顔で頭を振り、小声で呟きます。

「すまない。先を続けてくれ」

オープ様は頷くと、シャツの襟を正しました。

「死影に傷を負わされた者は、一命を取り留めても、死影に憑かれてしまいます。憑いた者の体を乗っ取るため、死影は心の奥底に眠っている怒りや憎しみをかき立てようとします。復讐したいだろう、力が欲しいだろうと、日々囁きかけてくるのです。これに耐えられる者はそうはおりませぬ。やがては正気を失って鬼《グル》と化し、別の人間を襲うようになる。ですから、たとえ死影を使役出来るようになったとしても、その者はもう人里では暮らせませぬ。無論、私達も故郷の地には留まれませんでした」

「だがサマーア聖教会に行けば、司教が死影を祓ってくれるはずだろう？」

「確かに死影に侵された者は聖教会に行きます。なけなしの時空晶を差し出して、死影を祓って貰おうとします。けれど彼らは死影を祓う力など持ってはおらぬのです。地方都市に派遣される司教達は、治療と称して時空晶を巻き上げるだけで、何の施術もしてくれませぬ」

「そんな馬鹿な！」

王子は拳でテーブルを叩きました。

「死影を祓うのは聖職者の務めのひとつだろう！」

「ならば、なぜ影使いは存在するとお思いか？」

「光神サマーアに背信し、闇王ズィールに帰依《きえ》する者がいるからではないのか？」

「影使いとなれば故郷を追われる。故郷の土地を離れ流民となれば、人としての扱いは受けられませぬ。風雨をしのぐ家もなく、食べ物にもありつけない。そうなるとわかっていて、好きこのんで影使いになる者がいるとお思いか？」

王子は答えられずに、ぐっと唇を噛みしめます。

オープ様はその時を思い出すかのように、遠くに眼差しを馳せました。

「私達は先達の影使いから、影を律する方法を学びました。この国はサマーア聖教会が支配する国。影使いを邪教徒と呼ぶこの国に安住の地はございませぬ。ゆえに私達はイーゴゥ大陸を出て、外つ国で渡りの影使いとして長らく働いて参りました。ですが多くの時空を失い、これ以上影を使役することは出来ないとわかって、この国に舞い戻って参りました。故郷には戻れずとも故国で死にたい。それだけを願い、この国に戻って来た影使い達が、肩を寄せ合って暮らす村――それがこの隠里なのです」

息を吐き、オープ様はキノコ茶を飲みました。

アライス王子は視線を床に落とし、右手で服の下のお守りを握りしめながら、じっと考え込んでおられます。王子の考察を邪魔しないよう、私もオープ様も黙ってそれを見守りました。

陽が暮れ、夜の帷《とばり》が下りた森は静まりかえり、物音一つ聞こえません。

長い長い沈黙の後、アライス王子はようやく口を開きました。

「影使いはズイールの僕《しもべ》。光神サマーアに抗う邪教徒。死して死影となる忌むべき存在。そんな聖教会の言葉を、私は今まで疑うことすらしなかった」

恥じ入るかのように、王子は目を伏せました。

「お前達は私を助けてくれた。私が何者かを知ってなお、ここにいていいと言ってくれた。女を産んだというだけで母上を死に追いやった聖教会と、何者かもわからぬ私を救ってくれたお前達。どちらが正しい行いをしているのか、どちらが本当のことを言っているのか、馬鹿な私でもそれくらいはわかる」

言葉を切り、アライス王子は目を開きました。

「聖教会は、信徒達に嘘を教えているのだな」

森の奥の湖のように深い青碧色の瞳。何かを悟ってしまったような暗い眼差し。

「私もまた、奴らに騙されていたのだな」

今まで信じてきたものが瓦解《がかい》する。それは幼い子供にとって、どれほど怖ろしいことでしょう。

「許してくれ——」

アライス王子はテーブルの上に影断ちの剣を置くと、深々と頭を下げました。

「知らぬこととはいえ、あまりに酷いことを言った。どうか許してくれ」

「誰にだって知らないことはあります。大切なのは無知を恥じる心。学ぼうとする意志です」

王子はオープ様を見上げ、それから力なく首を左右に振りました。

「無知は罪だ。無知は人を傷つける」

肩を落とし、王子は深く息を吸いました。

「私は今まで、女に生まれた我が身を呪い続けてきた。だがこの世界には、愛する家族から無理矢理引き離される者がいる。邪教徒と罵《ののし》られ、理不尽に殺されていく者達がいる。彼らの境遇を思えば、我が身の不幸など些細なこと。そんなことにさえ気づかず、じき十二にもなるこの歳まで、私は何も知らずに生きてきてしまった……」

アライス王子の声が堪えようもなく震えます。王子はテーブルに肘をつき、両手で顔を覆いました。押し殺した嗚咽の間から、掠れた声が聞こえてきます。

「母上は常々仰っていた。『国の第一の下僕となり、国の幸せのために尽くしなさい。民のことを第一に考え、民の幸福と平和を守るためにその身を捧げなさい』と。たとえ王城を追放されようとも、私は光神王の子だ。民を守るという私の使命が失われたわけではない。なのに……私には……もう何も出来ない」

その頬に流れる涙を見て、私は胸を突かれました。

自らの境遇を語る時にも、母君が亡くなられたことを確信した時にも、泣かなかったアライス王子。そんな王子が初めて見せた涙――それは己の無知を嘆く自責の涙でありました。

「知るのが遅すぎた。今の私では光神王にお会いすることも、聖教会の横暴を訴えることも出来ない」

　切れ切れに聞こえる王子の声は、私の胸の深いところに落ちていき——心の奥底に眠っていた何かを揺り起こしました。

「諦めるのはまだ早《はよ》うございます」

　涙に濡れた瞳で王子は私を見つめました。穢れを知らない瞳でした。それが幼さ故だとしても——この目を信じたい。心からそう思いました。

「自分に何が出来るのか。何がしたいのか。アライス様には、それを考える時空がまだ残されております。それとも貴方は戦う前から、すべてを諦めておしまいになるのですか？」

「然《しか》り」とオープ様も頷きます。「殿下はお若い。まだまだたっぷりと時空は残されておりますぞ？」

　王子は戸惑ったように瞬きし、私達の顔を交互に見ました。

「こんな私に、まだ出来ることがあるというのか」

「それはアライス様がお決めになることですわ」

「まずは傷を治すことです。体力が戻るまでは、ゆっくりとここに滞在なさるがよろしい」

「なぜだ——？」

　アライス王子は眼を細め、辛そうに唇を歪めました。形の良い眉の間に小さな皺が刻まれます。

「なぜ私のような忌み子をそこまで気にかけてくれる？　私を助けたことが知れたら殺されるかもしれないのに。私を助けても、お前達にとって何の得もないというのに」

問われてみて、初めて気づきました。私は最初から王子をお助けすることしか考えておりませんでした。死影からお守りした時も、傷を手当てした時も、そうするのが当たり前だと思っておりました。

その理由はとても単純――アライス王子が子供だったからです。

ですがそれを言葉通りに伝えても、王子は納得しないでしょう。自分はもう子供ではないとか、子供だからといってこれ以上迷惑はかけられないとか、言い返すに決まっております。

そこで、私はこう切り出しました。

「ひとつお願いを聞いて下さいますか？」

「ああ、もちろんだ」

まっすぐな視線を私に向け、王子は深く頷きます。

「私に出来ることがあれば、何なりと言ってくれ」

「では、私達の子供になって下さいませんか？」

「……うぬぅ？」

予想外の言葉だったのでしょう。王子は白金の睫毛をぱちぱちと瞬かせます。

「つまり私に、養子になれと、いうことか？」

「いえ、そこまで畏れ多いことは申しません。この村にいらっしゃる間だけでよいのです。私達を父母だと思い、親子のふりをしていただきたいのです」

「しかし私は忌み子だ。私が父母と呼べば、お前達まで呪われる」

「それはアライス様が光神王の子であった場合でしょう？　私達の間に女の子が生まれたとし

ても、なんら不思議はありません」

「それは、そうかもしれないが――」

「私達には子がありません。このような身の上ゆえ、望んでも得られなかったのです。けれど老い先短い今になって、一度でいいから母と呼ばれてみたいと、そう思うようになりました」

王子に向かい、私は柔らかく微笑みかけました。

「この願い、叶えてはいただけませんか？」

「私からもお願い申し上げる」

オープ様も頭を下げます。

「『無知は罪だ』と殿下は仰った。ならばここにいる間は、名前も身分も忘れてみてはいかがですかな？　普通の子供として暮らすことは、殿下にとって良い経験になると思いますぞ？」

王子は答えず、目を閉じました。ぴくぴくと動く瞼《まぶた》が、その葛藤を物語っております。

「母上を亡くした夜に、お前達のような心優しき者達と巡り会う。これも光神サマーアのお計らいかもしれないな」

アライス王子は目を開き、私を見ました。

その口元が、かすかにほころびます。

「私のことは……アライスと呼んでくれ」

そう言って、王子は――いえ、私達の娘アライスは、再び頭を下げました。

「しばらく世話になる。よろしく頼む」

こうして私は念願の子供を得ることが出来ました。

それが仮初であったとしても私は満足でした。

傷が癒《い》えると、アライスはさっそく自分に出来ることを探し始めました。自ら進んで水《みず》を汲《く》みに行き、森に入って薪を拾ってきました。柔らかな手は赤く擦り切れ、白い肌には数多の擦り傷や切り傷が出来ましたが、アライスは泣き言ひとつ言いませんでした。

実際の年齢はともかく、肉体的には老人ばかりが住む村でしたから、アライスにしか出来ないことは山ほどございました。屋根に登って腐った茅を葺き替えたり、森の木によじ登って貴重な木の実を摘《つ》んできたり、その働きは実に献身的でありました。

どんなに疲れ切っていても、アライスは剣技の鍛錬を怠《おこた》りませんでした。村を取り囲む光木灯の明かりの中、無心に剣を振り続けるその姿は、王城でぬくぬくと暮らしてきた子供とはとても思えません。あの白亜の王城で彼女はどんな人生を送ってきたのでしょう。ハウファ王妃はどんな気持ちで、彼女のことを見守ってきたのでしょう?

アライスが村に来てから一カ月《シャハル》ほどが経過しましても、幸いなことに、悪霊《シャダイ》の森で神聖騎士団の姿を見かけることはありませんでした。あの怪我で悪霊《シャダイ》の森に入ったのです。疑《うたぐ》り深い聖教会もアライス王子は死んだと判断したのでしょう。

ほっと胸をなで下ろす一方で、心配の種はまだありました。それは他でもない、隠里に住む影使い達のことでございました。

彼らはアライスを避けました。掟《おきて》を破って助けた子供ですので、最初から歓迎はされてはおりませんでした。けれど王都に買い出しに行った者が「アライス殿下が城から逃げ出したらしい」という噂話を聞いてきてからは、彼女の看病に手を貸してくれたアーシアやセルマでさえ、アライスを避けるようになりました。

　彼らはアライスが呼びかけても答えず、側を通りかかるだけで逃げていき、目も合わせようとしませんでした。質素な食事にもすっかり慣れ、今では裸土竜《フルド》を捌くことさえ厭《いと》わなくなったアライスでしたが、これにはかなり堪《こた》えているようでした。

　ある日のこと。

　私とアライスは小屋の外に小さな椅子を並べ、薬草を集めるための籠を編んでおりました。水につけて柔らかくしたマキヅルを芯に編み込んでいきます。簡単そうに見えて、なかなか気が抜けません。きっちりと目を詰めていかないと出来上がりが歪んでしまうからです。右手の指が結晶化してしまっている私には、実に骨の折れる作業でした。

「なぜ、みんなは私を避けるのだろう？」

　手を動かしながら、不意にアライスが呟きました。

　本当のことを教えるべきかどうか、私は迷いました。けれど今は隠せても、いずれは知ることになります。無知を恥じるアライスのことです。それが遅ければ遅いほど後悔することになるでしょう。

「影使いが故郷を追われるのも、邪教徒と呼ばれて迫害されるのも、すべては聖教会のせいでございます。ですから影使いは、聖教会の頂点に立つ光神王を怨んでいるのです」

「それは——わかっている」

　あまりわかっているとは思えない口調で、アライスは言いました。

「しかしそれは政《まつりごと》に神を利用する六大主教が悪いのであって、光神王のせいではない。父王は、まるで政に興味がないのだ」

「たとえそうだとしても、無知は罪です」

「ああ、確かにな」アライスは苛立《いらだ》たしげに、ぐいぐいとマキヅルを引っ張ります。「もし私が男であったなら、無関心を諫言《かんげん》することも可能だったのだが……女であることがばれてしまっては、もはや父王にお会いすることも許されぬ」

アライスは力任せにギリギリとマキヅルを引っ張ります。そんなに引っ張ったら切れてしまいますよと言いかけた時。アライスの手元でぶつり、という音がしました。

おやおや、本当にマキヅルを引きちぎってしまったようです。その拍子に籠はアライスの手を離れ、風に煽られて転がっていきます。

「あ……待て！」

アライスはさっと立ち上がり、子鹿《ザピー》のような軽やかさで籠を追いかけます。

そこに一人の村人が通りかかりました。この村の最古参であるマナールです。彼女は厳めしい顔で足下に転がってきた編みかけの籠を拾い上げました。

マナールを見て、アライスは足を止めました。マナールもじろりとアライスを睨みます。結晶化した左目。シミの浮いた皺深い顔。ばらばらに乱れた白髪。実際の歳は見た目ほどではないのですが、アライスの目には怖ろしげな老婆にしか見えないでしょう。

マナールは編みかけの籠をじろじろと見て、フンと鼻を鳴らしました。

「下手クソじゃな」

正直すぎるその評価に、アライスの頬が赤く染まります。

「それはその、ま、まだ慣れていなくて──」

マナールはまったく聞く耳を持ちませんでした。編みかけの籠を手に持ったままアライスを押しのけ、私の隣にやってきて、どすんと椅子に腰掛けました。水桶の中からマキヅルを引っ張り出し、一度しゅっとしごいてから、続きを編み込んでいきます。

その速さと正確さに私は目を見張りました。アライスも目を剝いてマナールの手元を見つめています。

マナールは途中で編み方を変えて模様を入れ、ツルの白い部分を使って縁をかがり、あっという間に籠を編み上げて見せました。

「こうやって編むんだよ」

出来上がった籠をアライスに向かって放り投げ、マナールは椅子から腰を上げました。

「──すごい！」

アライスは目を真ん丸にして、出来上がったばかりの籠を眺め回します。

マナールは得意そうに笑いました。

「驚くほどのモンじゃないね。これでも昔は村一番の籠編み名人だったんだ。それくらい朝飯前さ」

「すごい！　すごすぎる！」

興奮したアライスは、マナールの手をぎゅっと握りしめました。

「今日から貴方を師匠と呼ばせて下さい」

「は、放せぃ！」

悲鳴のようなマナールの声に、アライスは慌てて手を放しました。が、それでも諦めきれないらしく、籠を指さしながらマナールににじり寄ります。

「師匠——この模様の部分は、どうすればこんな風に美しく仕上がるのですか？」

「ああ、うん」

マナールは咳払いをし、少し怯えたような目でアライスを見上げます。

「ところで……あんたがアライス殿下だって話、本当なのかい？」

アライスの表情が曇ります。両手で籠を握りしめたまま、彼女は自分の足下に視線を落としました。

「ああ、本当だ」

「なら、なんで私らを助ける？　王子ってのは、あの光神王の息子だろ？　高い塔にふんぞり返って、ワシらを見下ろしてるもんだろ？　それがなんで屋根を直したり、薪を作ったりするんだ？」

「私はここにいるだけで皆に迷惑をかけてしまう。ならばせめて私に出来ることをしよう。そう思ったのだ」

それに——とアライスは低い声音で続けます。

「私は『光神王の息子』ではない。『娘』なのだ」

「えええええ、娘えぇ！」

マナールが奇声を上げました。細い目が見開かれ、目玉がこぼれ落ちそうです。

「あんた、女なんか～？」

「ああ、これには複雑な事情があって――」

「なんてこった！」

マナールは大袈裟《おおげさ》な仕草で天を仰ぎます。

「綺麗な王子様だと思っておったのに、まさか女だったとは！　騙された！」

「す、すまない」

「ああ、夢見てソンした。まったくもってガッカリだ。あまりに気落ちしすぎて、ぽっくり逝《い》っちまいそうだ」

「そ、それは困る。騙していたことは謝る。どうか勘弁して欲しい」

ひたすら謝り続けるアライスは、マナールの怒りの矛先《ほこさき》が微妙にずれていることにも気づいていないようでした。

するとマナールは愉快そうに鼻を鳴らしました。

「あんた、変な王子様だな？」

「城でも、よく言われた」

アライスはがっくりと肩を落とし、独り言のように呟きました。

「でもまさか城の外でも、変わり者扱いされるとは思わなかった」

これを機に、マナール以外の村人も、少しずつアライスに声をかけてくれるようになりました。

マナール同様、影使いになる前は職人だった者も多く、村人達はそれぞれアライスに得意技を伝授し始めました。オープ様は剣と弓の使い方を教え、レグタは食べられるキノコや野草の見分け方を教えました。セルマは薬草の煎《せん》じ方《かた》を、アーシアは機《はた》の織り方を、ラクラクは小動物用の罠の作り方や仕掛け方を、ハヌートは兎《アルナブ》や鼠《ファアル》の毛皮を加工する方法を教えました。

私は……本当はトゥーバの作り方を教えたかったのですが、残念ながら苗が手に入りませんでした。なのでアライスに乞われるまま、外つ国の話をいたしました。

抜けるように青い空。目を灼《や》く目映い太陽。職人気質なセーヴィルの鍛冶屋達。活気溢れるエスト新興国。自由に暮らすジャヌウブの漁師達。マードレ島の話は特に気に入ったらしく、私は繰り返し、島での生活を話して聞かせました。

この村で見聞きする物事。そのどれもがアライスには目新しいようでした。王城では決して学べないものばかりだと、目を輝かせておりました。

アライスと影使い達の間にあった見えない壁。それが取り払われてからは、村人達はアライスを可愛がるようになりました。

おそらく影使い達は寂しかったのだと思います。

私達は家族から遠く離され、定住の地を持たず、子を持つことも諦めるしかありませんでした。ですから私達にとってアライスは——たとえ素性はどうであろうと——素直で一生懸命な我が子のように思えたのでございます。

ひっそりと静まりかえっていたこの隠里に、笑い声が響くようになりました。無気力に死を待つだけだった村人達に、活気が戻って参りました。

アライスは太陽のようでした。アライスが笑うと、こちらも笑ってしまいます。アライスが喜ぶと、こちらも嬉しくなります。彼女が側にいるだけで気持ちが温かくなります。彼女の声を聞いているだけで、心が浮き立つようです。弾けるようなアライスの笑顔。好奇心に輝く瞳。ゆらゆら揺れる白金色の髪。そして私を「母上」と呼ぶ、恥ずかしそうなアライスの声。目を閉じれば、すべては昨日のように思い出されます。

暗い悪霊《シャダイ》の森の奥で、アライスと過ごした一年《サナ》あまり。それは私の人生の中で最も鮮やかで、華やかな時でありました。とても楽しく、幸せな日々でございました。

それが終わりを告げたのは、忘れもしない、冷たい雨の降る六月《ハジーラン》のことでございます。

その日は朝から湿った風が吹き、午後からは小雨も降り始めました。空を覆う光神サマーアはどんよりとした鈍色をしており、真昼だというのにあたりはすでに薄暗くなっておりました。

こんな日は家の中でゆっくりしていた方がいいでしょう。窓辺で編み物をする私の側で、オープ様とアライスは、ラルゴの幹に光茸を植えつけておりました。

突然、アライスが顔を上げました。鼻をひくつかせ、怪訝《けげん》そうに首を傾げます。

「なんかコゲ臭くないか？」

「――そう？」

私は竈に目を向けます。炭火がわずかに残っておりますが、何も燃えてはおりません。

「私には何も――」

「家の中じゃない。外からだ」

アライスは立ち上がり、外へと出て行きます。オープ様も無言でそれに続きます。厳めしい表情を見て、私は急に不安になりました。オープ様も何か異変を感じたのでしょうか？　私は毛糸の籠を椅子に置き、二人の後を追いました。

ぱらぱらと雨が降っています。もう六月《ハジーラン》ですので凍えることはありませんが、風が吹くと肌寒さを感じます。その風の中に異様な匂いを感じました。焚き火を消した後のような、何かが焦げた臭いです。

「あれは何だろう？」

アライスが南方を指さしました。天に浮かぶ灰色の時空晶を背景に、黒い帯が揺らめいて見えます。それは黒煙でした。もちろん煮炊きの煙ではありません。悪霊《シャダイ》の森にはここの他にも幾つかの隠里が存在しますが、隠里では煙が高く上ることを恐れて、煙突に工夫がしてあるものなのです。

不吉な予感がしました。顔から血の気が引いていくのが自分でもわかりました。見えない手で胸を押さえつけられているような息苦しさを感じます。

「沢のあたりだな。誰か迷い込んだのだろうか？」

アライスは呟き、オープ様を振り返りました。

「ちょっと様子を見に行ってくる」

「なりませぬ！」

オープ様が叫びました。その声音の厳しさに、アライスは不可解そうに首を傾げます。

「なにを怒っているんだ？　どうして火が出たのか見てくるだけだ」

「見に行くまでもござらぬ」

低く押し殺した声で、オープ様は仰いました。

「あれは村が燃えておるのです」

ここより南に二十カンドルほど行ったところに、時空晶を掘って生活している影使い達の隠里があると、聞いたことがございます。そこでは死影に傷を負わされた子供達が、影使いになるための術を習いながら生活しているとか。とはいえ、この里と交流があるわけではありません。オープ様も一度しか、私に至っては一度たりとも、そこを訪れたことはございませんでした。

「村が燃えている？」

不穏なものを感じ取ったのでしょう。アライスはオープ様に詰め寄りました。

「それはどういう意味だ？」

オープ様はぐっと顎を引き、厳めしい顔のまま黙り込みます。その横顔を見つめながら、私は心の中で「話さないで！」と叫んでおりました。話せばアライスは走り出してしまいます。残酷な真実を目《ま》の当たりにしてしまいます。それは彼女の魂を傷つけ、目映い太陽を曇らせてしまうことでしょう。

「——もういい」

何も言わないオープ様に背を向け、アライスは小屋に駆け込みました。かと思うと、再び姿を現しました。その手に銀色の剣を握っています。ここに逃げてきた時、アライスが携えていた影断ちの剣です。

騒ぎを聞きつけて、村人達が家から出てきます。

「行かないでおくれ」

「アライス、行っちゃ駄目だよ」

村人達に口々に乞われ、アライスは怯《ひる》みました。が、すぐに厳しい眼差しを取り戻し、無言で彼らの前を横切ります。

「行ってはならぬ」

その前にオープ様が立ち塞がりました。

「悪霊《シャダイ》の森には、この村の他にも影使い達が暮らす隠里が存在する。サマーア聖教会はその存在を黙認しているが、時折神聖騎士団が派遣され、粛清《しゅくせい》と称して隠里の焼き討ちを行う。相手は神聖騎士団だ。おぬし一人が助けに向かったところで無駄死にするだけだ」

アライスはオープ様を見上げました。そしてオープ様の真剣な表情から、その言葉に嘘はないことを悟ったのでしょう。

「たとえ無駄死にしようとも」呻くような声で呟き、アライスは鋭い眼差しでオープ様を睨みます。「このまま見捨ててはおけない」

アライスは身を沈め、素早くオープ様の脇をすり抜けました。村人達の制止の声にも耳を貸さず、そのまま森へと駆け込んでいきます。

無茶です。焼き討ちの場に踏み込んだりしたら、その場で斬り殺されてしまいます。この村の存在を、嗅ぎつけられてしまうかもしれません。

ああ、でも――でも――愛しい我が子を一人で行かせられるはずがありません！

私はアライスの後を追って走り出しました。後ろにオープ様が続きます。そのさらに後ろには、村人達が総出で走ってきます。みんな必死の形相です。アライスを守るためになら、神聖騎士団に喧嘩を売ることも厭わない。そんな気迫が伝わってきます。

アライスを先頭に私達は森の中を駆け抜けました。興奮が冷めていくにつれ、その歩みは次第に遅くなりましたが、それでも止まることはありませんでした。

天に向かって立ち上る不吉な黒い煙を目指して、私達はひたすら歩を進めました。暗い森の中を何時間《サーア》も無言で歩き続けました。まとわりつく小雨に服は濡れ、肌にぺたりと張りついてきます。ツンとした臭いが風に流されてきます。焚き火に水をかけた時のような臭いが、時に濃く、時に薄く漂ってきます。目的地が近い証拠です。

アライスは怒りに頬を紅潮させたまま、ずんずんと歩いていきます。それに続く老人達には、さすがに疲れの色が見えました。かく言う私も喉が渇き、膝がミシミシと痛みます。こんな状態で騎士団と鉢合わせしたら戦いになりません。

ちょっと休ませて、と私が言おうとした時。

突然、アライスが走り出しました。森が途切れ、真っ黒に焦げた柱が見えます。ぶすぶすと黒い煙を上げ続けている屋根が見えます。

「待て、アライス！　飛び出すな！」

オープ様の声がその背を追います。が、アライスは止まりません。オープ様が舌打ちをして走り出します。その後に、私を含めた村人達が続きます。

その隠里は大きく、私達の里の三倍ほどもありました。強くなってきた雨のおかげで鎮火しつつありましたが、茅葺きの屋根は焼け落ち、柱も焦げて真っ黒な炭と化していました。

ぬかるんだ大地は、倒れ伏した人々で埋め尽くされておりました。男もいます。女もいます。

老人だけではなく子供もいます。その総数は五十を下らないでしょう。流れ出した血が泥と混じり合い、彼らの服を赤黒く汚しております。

恐怖に見開かれた目が、苦痛に歪んだ口が、泥水に沈んでいます。斬り裂かれた背中、割れた頭蓋骨《ずがいこつ》、馬に踏み潰された子供――そのどれを見ても、すでに息絶えていることは明らかでございました。

殺戮《さつりく》の限りを尽くした神聖騎士団は、すでに村を後にしたようでした。彼らと出会っていたら、私達の遺体もここに加わることになっていたでしょう。それが避けられたことは、不幸中の幸いでございました。

しかしアライスにとって、それは何の慰めにもならないようでした。

累々《るいるい》と転がる死骸の直中に、アライスは立ちつくしておりました。血の気の失せた白い顔からは、怒りも悲しみもそげ落ちておりました。あまりの出来事に瞬きを忘れ、息をすることさえ忘れたように、ただただ降りしきる雨に打たれておりました。

「光神サマーアよ、なぜこんな非道をお許しになられるのですか」

彼女の唇から、罅割れた声が漏れました。

「これが神の有り様なのか！」

アライスは大地に剣を突き立てると、血を吸った泥土に膝をつきました。目の前に転がる子供――胸を貫かれて絶命している子供の遺骸を胸に抱きかかえ、顔を伏せます。

「……ううう」

喉の奥に生じた唸り声が、唇を割って溢れ出ます。天を仰ぎ、白い喉を仰《の》け反《ぞ》らせて、アライスは叫びました。

「うう……あ……ああああああああ……！」

獣の遠吠えのようでした。

喉が裂けるような慟哭《どうこく》でした。

その姿は息が詰まるほど痛々しくて――

幸せな日々の終わりを私に予感させたのでした。


亡くなられた人々を埋葬し、自分達の村に戻っても、アライスに笑顔は戻りませんでした。以前と変わらずよく動き、誰よりもよく働きましたが、それでも時折手を止めて、思い詰めた顔で何かを考え込んでいる様子を、幾度も目にするようになりました。

そして事件から一カ月《シャハル》あまりが過ぎたある夜。食後のキノコ茶をいただいていた時のことでした。

「話がある」とアライスが切り出しました。

ついに来たと、私は思いました。

この村を出て行くと言うのでしょう。この子が己の道を見つけたのならば引き止めてはいけない。笑って見送ってやろう。そう思っておりました。

けれど彼女の告白は、私の想像をはるかに上回るものでした。

「私は騎士になろうと思う」

「え――ええっ？」

「あまりこういうことは言いたくないのだが……」そう前おきして、オープ様は続けます。

「騎士になることは、男にとっても容易いことではない」

「承知している」

「ましてや、おぬしは女なのだぞ？」

「そのように育てられた覚えはない」

「おぬしを貶《おとし》めようというのではない。ただ、おぬしのためを思って言っておるのだ」

「わかっている」

「ならば、そんな無茶なことを言わないでくれ」

「父上……いや、オープ殿」

言い改めて、アライスはかすかに微笑みました。

「この村で私は大切なことを学んだ。中でも影使いのことは、これまでの私の価値観を覆《くつがえ》すものだった」

背筋をきちんと伸ばし、私達を正面から見つめ、アライスは静かに切り出しました。

「時空鉱山で働く者達は死影に襲われる。死影の制御に失敗した者は、鬼《グル》と化す前に殺される。生き残った者も影使いとなり、国を追われる。外つ国で多くの時空を失い、戻ってきた後も故郷には戻れず、隠里に身を潜めなければならない」

アライスはテーブルに肘を置き、両手を組み、それを口元に当てました。

「だが隠里にも平穏はない。サマーア聖教会は影使いを迫害し、神聖騎士団は影使いを狩る。里は焼かれ、幼い子供までもが虐殺される。それを聖教会は黙認している」

組み合わせた両手に額を押しつけ、アライスは呻くように呟きました。

「これが正しい治世であるはずがない。出来ることなら今すぐにでも光神王の元に馳せ参じ、この現状を進言申し上げたい。しかし私は王城を追われた身。女であるこの身では、進言はおろか、光神王にお目通りを願うことさえ許されない」

その口調が、わずかに怒りの波長を帯びました。

眼差しを上げ、前方を睨むアライスの目を見て、私は鳥肌が立ちました。青碧の瞳に宿った冷え冷えとした炎。それは理不尽な現実に立ち向かおうとする決意。穏やかな日々と決別し、戦うことを選んだ者の目でした。それは我が娘アライスのものではなく、王となる運命の元に生まれた『神宿《サナ》』の目でした。

「五年ほど前、私がまだ八歳だった時、一人の騎士が母を訪ねてきた。すらりとした長身の理知的な女騎士。あれはイズガータ・ケナファだった」

イズガータ・ケナファ。大将軍エズラ・ケナファの一人娘。彼女の武勇伝は世事に疎《うと》い私の耳にも及んでおりました。

十諸侯はそれぞれに自らの騎士団を召し抱えております。その中でも最強と謳われるのが、ケナファ騎士団でありました。ケナファ領はツァピールの隣にある十諸侯領のひとつ。そしてその騎士団長を務めるのが、この国唯一の女騎士イズガータ・ケナファなのでした。

イズガータ様は女性でありながら、誰もが一目置く優秀な騎士だと聞いております。光神王も彼女の武功を認め、本来ならば跡継ぎとして認められないはずのイズガータ様にも、ケナファ侯の称号をお与えになったとか。

「母上とイズガータ様は知り合いだったようだ。彼女ならば私を匿《かくま》ってくれるかもしれない。騎士団に加えてくれるかもしれない。それにイズガータ様は領主院に参加することが許されている。もし私が騎士になり、イズガータ様の腹心になることが出来たら、議会の末席に座ることだって可能かもしれない。そうなれば光神王に会える。父王に民達の窮状を訴えることが出来る」

ああ、なんと壮大で無謀な計画なのでしょう。とても正気とは思えません。目眩《めまい》を堪えるため、私は眉間を押さえました。

「本気で仰っているのですか？」

「本気だ」王子は力強く頷きました。「私はケナファ騎士団に入る。剣の腕を磨いて、イズガータ様のような立派な騎士になる。そしてこの国と、この国に住む者達を守ってみせる」

アライス王子は拳を握り、テーブルを叩きました。

「あのような悲劇、もう二度と繰り返させない！」

アライスの決意を聞いた村人達は、なんとか王子を引き止めようとしました。

「行かないでおくれ」

「そうだよ、出て行くなんて言うなよ」

「ずっとこの村にいておくれよ」

それでも王子の意志は変わりませんでした。真面目なだけに、一度言い出したら聞かない頑固な子です。彼女の決意を変えることは出来ない。そう悟った村人達は、ならば無事にケナファに辿り着けるようにと、なけなしの時空晶を出し合いました。

そして、いよいよ旅立ちの時——

「体に気をつけて。元気でね」

「戻りたくなったら、いつでも戻っておいで」

「みんなも元気で」

アライス王子は村人一人一人と抱き合い、別れを惜しみました。

オープ様と私は、王子を悪霊《シャダイ》の森の外れまで送って行くことになりました。

昼なお暗い森の中を、私達は押し黙って歩きました。アライスと過ごした日々が懐かしく胸に蘇ってきます。アライスの華やかな笑顔。明るい笑い声。くるくると表情を変える瞳。アライスがいない生活は寂しいものになるでしょう。それを思うと、胸はきつく締めつけられます。

アライスがやってくる前の生活に戻るだけのこと。何度もそう自分に言い聞かせました。でも駄目でした。何の目的もなく過ごす日々。死を待つだけの寂寞とした生活。アライスのいない静けさに、私は耐えられそうにありません。

「ここまででいい」

アライスは私達を振り返りました。

行く手が明るくなっています。森の木々が切れ、その先には平原が広がっています。

「父上、今までありがとうございました」

アライス王子はオープ様と固い握手を交わしました。オープ様は無言で頷きながら、王子の肩を抱き寄せます。それから王子は私に向き直り、優しく私を抱擁しました。

「母上、どうかお体を大切に」

私は唇を噛みしめたまま、その体を抱きしめました。口を開けばきっと引き止めてしまいます。私が行かないでと懇願《こんがん》すれば、王子はここに留まってくれるかもしれません。しかしそれは王子の未来を奪うこと。私はどんな言葉も漏れないよう、唇を引き結んでおりました。

そんな私の頬に接吻し、王子は耳元で囁きます。

「私はここに戻ってきます。影使い達が平和に暮らせる場所を見つけて戻ってきます。すぐには無理だと思いますが、それでも遠くない未来——必ずお迎えに上がるとお約束します」

そう言って、王子はにこりと笑いました。

「ですから母上。それまでご健勝でいらっしゃると、お約束下さい」

アライスの雪花石膏《せっかせっこう》のように白かった肌は焼け、美しい白金の髪も今は埃にまみれて褐色がかっておりました。けれどその青碧色の瞳には一点の陰りもなく、情熱と生命力に満ちあふれておりました。

その瞬間、私は悟りました。

女が騎士になる。それはあまりに無謀な夢です。不可能と言っても差し支えないでしょう。なのにこの子は自分の未来を欠片《かけら》も疑ってはいません。ああ、このような目をした若者を、どうして引き止めることが出来ましょう！

「安心して行ってらっしゃい」

私は王子を見つめ、微笑んで見せました。

「母はここで、貴方の帰りを、いつまでも待っております」

アライスはほっとしたように笑い、私から離れました。

「行って参ります！」

アライス王子は大きな声で宣言しました。

身を翻し、走り出します。

木々の間を抜け、その先の、光の中へ――

遠ざかる白い旅装を私は見送りました。その姿が丘の向こう側に消えるまで、その背を見つめておりました。

王子の姿が見えなくなると同時に、涙が堰を切って溢れてきました。オープ様は私を抱き寄せ、優しく背中を撫でて下さいました。

「あの子は約束を守る子だ。必ずや騎士となって、ここに戻ってくるだろう」

自分に言い聞かせるように、オープ様は仰いました。彼の胸に顔を埋め、涙を流しながら、私は幾度も頷きました。


それからの日々は、明かりが消えたようでございました。世界は色を無くし、いつもどこかに忘れ物をしているような気がしました。まるで魂の一片が失われてしまったようでした。

他の村人達も同じ様でございました。一人二人と井戸端に集まっては、あの時アライスはこう言った、あんなことをしたと思い出話に花が咲き、そして最後は「寂しいね」とため息で終わるのです。

アライスが残した「戻ってくる」という言葉。

それだけを頼りに、私は毎日を、喘ぐように暮らしておりました。

アライスが隠里を後にしてから一年《サナ》ほどして、最年長だったマナールが亡くなりました。両目が結晶化し、視力を失った後も、マナールは「あの子が嘘を言うはずないよ」と、最後までアライスの帰還を信じておりました。その翌年にはアーシアが亡くなりました。体の結晶化が進み、ついに内臓を侵されたのです。それは多くの時空を失った、影使いの宿業《しゅくごう》でありました。

三年《サナ》後には、アライスのことが話題になる機会もぐっと減りました。隠里はかつてそうであったように、死に至る静寂に包まれていきました。もうアライスは戻ってこないのだと、みんな思い始めておりました。

冷えていく心と体。緩やかな死へと誘《いざな》う諦観《ていかん》と絶望。

それを打ち破ったのは——

やはりアライス王子でありました。

アライスが村を去って四年《サナ》。その頃には隠里の住人はさらに数を減らし、十二人を残すのみとなっておりました。

ある日のこと。私は洗濯物を干しておりました。すぐ側ではオープ様が剣の手入れをしておりました。私達の間に会話はなく、村は死んだように静まりかえっておりました。

その時、オープ様が作業の手を止めて顔を上げました。どうしました——と尋ねようとして、私もそれに気づきました。

森がざわめいております。まだ昼間とはいえ森は暗く、葉陰には死影が潜んでおります。それらが何かを嗅ぎつけたようでした。オープ様は抜き身の剣を携え、その横で私はいつでも影を呼び出せるよう身構えます。

気配が近づいて参ります。騎馬の足音が聞こえてきます。一騎ではないようですが、そう多くはありません。やがて木々の間を縫うようにして、馬がやってくるのが見えました。全部で三頭。そのすべてが死影よけの光木灯を吊しています。騎乗している男達は旅装のマントに身を包み、フードで顔を隠しています。どうやら神聖騎士団ではないようですが、もちろん油断は出来ません。

その先頭の男は馬が歩を止めるのも待たずに、馬の背から飛び降りました。撥ね上げたフードの下、現れたのは凜とした顔立ちと、どんな彩輝晶よりも美しい青碧色の瞳――

「お久しぶりです、父上！」

それはアライス王子でした。お世辞にも娘らしいとは言えませんでしたが、ずいぶんと背も伸びて、輝かんばかりに美しい若者に成長しておりました。しかもマントの下には簡素な革の胸当てをつけ、その腰には変わった形の剣を佩いています。

約束通り、彼女は帰ってきたのです。

騎士になって戻ってきたのです。

柔らかな白金髪をなびかせて私に駆け寄り、王子は私を抱きしめました。

「母上もお変わりなく」

「お帰り、アライス……」

そう言うのが精一杯でございました。後から後から涙が溢れてきます。喜びに胸が震え、喉が詰まって息をするのも苦しいほどです。

「母上」アライスは私から体を離し、にっこりと微笑みます。「どうか仲間を紹介させて下さい」

アライスは背後を振り返りました。

馬から降り、フードを外した二人の男は、銀色の甲冑を身につけておられました。その胸に輝くのは翼の刻印。それはケナファ騎士団の紋章でございました。

「はじめてお目にかかります」

手前に立っていた騎士が一歩前に進み出て、優雅に一礼しました。

「私はアーディンと申します。ケナファ騎士団の副団長を務めております」

艶《つや》のない白茶の髪と青みがかった灰色の瞳。切れ長の目と涼やかな美貌。すらりと背が高く、その声音も立ち振る舞いも隙なく洗練されていて、舞台役者だと言われても信じてしまいそうです。

「僕は、ダカールと申します」

後ろに立っていた若い騎士は、緊張した面持ちでぺこりとお辞儀をしました。浅黒い肌に赤みを帯びた茶色の髪。その琥珀《こはく》色の目はどこか寂しげで、深い陰のようなものをたたえておりました。

「アーディン副団長はイズガータ様の右腕で、私の剣の師匠です。ダカールは私の同僚で、一番の親友でもあります」

自慢げにそう言って、アライスはオープ様に向き直りました。表情を改めて、胸に手を当て一礼します。

「父上、どうか私達に力をお貸し下さい」

「どのような願いであろうと助力するにやぶさかでないが――」

オープ様は首を傾げます。

「この老いぼれに、何を求めようというのだ？」

「その説明は私からさせていただきます」

人好きのする笑顔を浮かべ、アーディン副団長が歩み出ました。「ですがその前に――ひとつだけ不躾《ぶしつけ》な質問をお許し下さい」

彼の灰色の瞳がキラリと光りました。真偽を見通すような鋭い眼差し。どうやら彼は容姿通りの優男ではないようです。

「貴方は十諸侯ラータ・ツァピールの嫡男オープ・ツァピール様で――」そこで彼は私に目を向けました。「そちらのご婦人は、奥方のアイナ様に間違いございませんか？」

驚きのあまり、心臓が止まりそうになりました。

ツァピール家を守るためにも、私達の正体は秘匿《ひとく》されなければなりません。ですから私達の身分は村の者達にも、アライスにさえも明かしたことはございませんでした。

「――なぜ、それを？」

驚愕に目を見開いて、オープ様は問い返します。その手は剣の柄を握りしめております。返答次第では生きては返さない。そんな気迫すらこもっております。

「ちょっと待って下さい」

アーディン副団長は慌てて両手を振りました。

「俺達は貴方がたをお迎えに来ただけです。剣を交えに来たわけじゃない」

「そうです、父上」

アライスがオープ様に詰め寄ります。

「先日ツァピール家を訪問した時に、先代のツァピール侯の肖像画を拝見しました。そのお顔は父上にそっくりで――それで私は、父上がツァピール騎士団にいたと言っていたことを思い出したのです。エシトーファ様にそのことを申し上げましたところ、彼は『それは私の兄オープに違いない』と仰ったのです」

「エシトーファが……？」

オープ様の表情が歪みました。懐かしさと悲しさが入り交じった声で彼は呟きます。

「あの阿呆め、兄のことは死んだと思えと言ったのに、まだ覚えておったのか」

「ツァピール侯は、オープ様とアイナ様のお二人を含めたこの村の住人すべてをツァピールに連れ帰ることが出来たならば、我が主イズガータ・ケナファからの求婚を受けて下さると仰いました」

そう言って、アーディン副団長は静かに頭《こうべ》を垂れました。

「そこで我らはアライスを道案内に立て、皆さまをお迎えに参上した次第です」

その後、アーディン副団長は村人全員を一堂に集め、話をされました。

悲しいことにお義父様――ラータ・ツァピール様は、私達がツァピールを離れた七年後、病《サナ》を得て、お亡くなりになったそうです。そしてその家督を継ぎ、新たなツァピール侯となったのがエシトーファ様でした。

かねてから国の歴史を学んでおられたエシトーファ様は、聖教会の嘘に気づいておいででした。ですから密かに、影に憑かれた者達が安心して暮らせる場所を領内に作られたのだそうです。

「皆さまの安全は責任を持ってお守りすると、ツァピール侯は直々にお約束下さいました」

アーディン副団長は言葉を切り、村人達をぐるりと見回しました。

「我らは何としてもツァピール侯の協力を得たい。どうかご同行願えませんか？」

村人達は互いに顔を見合わせます。誰だってここを出て行きたいに決まっております。もう一度、人並みの生活をしてみたいと思っております。でも、その場所がここと同じような隠里であったら？　彼らはツァピールを故郷とする私やオープ様とは違います。自由を求める気持ちはあっても、危険を冒してまで、この地を離れたいとは望んでおりますまい。

「ありがたい申し出ではございますが――」

控えめな声で口火を切ったのは、薬草師のセルマでした。「私達はすでに多くの時空を失っております。たとえツァピールに移ったとて、何かのお役に立てるとは思いません」

「それについてはご心配なく」

アーディン副団長は微笑みました。若い娘ならずとも自然と頬が赤らんでしまう。そんな魅力的な笑顔です。

「ツァピール侯には皆さまを労働力として使う意志はありません。ただ皆さまに故郷を与え、穏やかに暮らして欲しいのだと仰っておられました」

「そんなの、信じらんねぇよ」

イダルがおずおずと言い返します。

「そんなこと言っても、結局は村の隅に閉じこめられるんだろ？」

「これはツァピール侯から聞いた話ですので、直接この目で確かめたわけではありませんが——」そう前おきをして、アーディン副団長は続けます。「ツァピール領ナダルの小領主は、影使いも領民も分け隔てなく、同じ土地で生活することを許しているそうです。領民達も納得して、それを受け入れていると聞きました。もちろん死影に乗っ取られて鬼《グル》となる者がいれば、他の影使い達がそれを狩るという厳しい掟があってこそ、成り立つ信頼関係のようですが」

「あの」私は思わず口を挟んでしまいました。「今、ナダルの小領主と仰いましたか？」

「はい。言いました。それが何か？」

「ナダルの小領主は、今もカシート・ナダルが務めておりますの？」

「その通りです。彼が真っ先にエシトーファ様の提案に賛同し、自らの領民に理解を求めたのだそうです。彼の尽力なくして、影使いと共存は実現しなかったと聞いております」

ああ——お父様。貴方が働きかけて下さったのですね。影使いとなった娘を憐れに思い、ナダルの領民達に頼み込んで下さったのですね。

貧しい中にも笑顔を忘れず、勤勉で朗らかなナダルの人々。彼らなら、私達を受け入れてくれるかもしれません。

「アイナ殿はナダル伯の一人娘なのだ」

感激で胸がいっぱいになり、何も言えないでいる私に代わり、オープ様が説明して下さいました。

「ナダル伯が用意して下さった場所ならば、充分に信頼に足る」

オープ様は私の手を握り、アーディン副団長に向かって仰いました。

「喜んで、貴方に同行しよう」

その言葉を聞いた村人達も次々と頷きます。

「オープがそう言うなら、間違いはないね」

「もとより死ぬのを待つだけの身の上です」

「こう言っちゃ何だが、オレらはすでに死に憑かれてる。今さら怖れるモンなんて何もないさ」

こうして私達は、長年過ごした隠里を捨てることを決意いたしました。アーディン副団長が用意してくれた旅装に身を包み、薬草や乾燥茸を売る商隊に化けて、私達はツァピール領を目指しました。

ケナファ騎士団の騎士が三人同行してくれましたので、不安はまったくありません。久しぶりに味わう旅の空気に、十二人の老人達は生き生きと目を輝かせておりました。まるで生まれ直したようだと言い、もう一花咲かせるかねと、笑い合っておりました。私を含め、誰もがアライスとともにいられることを喜び、彼女の役に立てることを誇りに思っているようでした。

そんなアライスもすでに十七歳。普通の娘なら、もう結婚していてもおかしくない年齢です。けれどアライスは相変わらず、女っ気の欠片もありません。それでも時折、アーディン副団長を見つめる眼差しに敬愛以上の想いが込められているような気がしたのは、私の思い違いでしょうか？　そんなアライスを見つめる騎士ダカールの目に、友情以上の思いが含まれているように思えたのは年寄りの勘ぐりでありましたでしょうか？

余計なこととは思いながら、旅の途中、私は機会を見つけては騎士ダカールに話しかけました。彼はとても寡黙《かもく》な青年でありました。が、アライスのことになると、実に雄弁に、彼女がいかにして騎士になったかを話して聞かせてくれました。

その様子は、彼がいかにアライスを慕っているかを物語っておりました。しかし彼はアライスの本当の身分を知っているようで、自分との身分違いからか、その思いを彼女に伝えられずにいるようでした。

アライスは身分を気にするような子ではありません。アライスの様子から、彼女もダカールのことを憎からず思っているのがわかりました。そんな彼らを見ていると、下世話なことではありますが、なんとか二人を結びつけてあげたいと思えてきます。

ですが、それにはとても時間が足りませんでした。

一カ月《シャハル》の旅路の末、私達はアライスとケナファ騎士団の二人と別れ、ツァピール領に入りました。

ああ、ツァピール！　懐かしき我が故郷。空気も風も、天を覆う光神サマーアでさえ懐かしく感じられます。

ナダルに向かう前に、私達はエダムにあるツァピールの館に招かれました。そこでオープ様と私は、エシトーファ様と再会を果たしたのです。

あれから二十年《サナ》――エシトーファ様は立派な領主になられておいででした。

彼は私達を見て、さすがに驚いたようでした。それも致し方のないことです。実際には二歳しか違わないのに、多くの時空を消費した私の外見は、もう六十近い老人に見えましたから。

「よくぞ戻られました」

エシトーファ様は愛情溢れる笑顔で私達を迎えて下さいました。オープ様とエシトーファ様は長年の空白を埋めるかのように、しっかりと抱き合いました。

「立派になったな」

そうオープ様が言うと、エシトーファ様は照れたようにお笑いになりました。

「苦労しましたよ。何もかも兄上に任せっきりにしていたツケをたっぷり支払わされました」

エシトーファ様はオープ様の肩を叩き、それから二階を指さしました。

「さあ、母上に顔を見せてあげて下さい」

旅の途中、アーディン副団長から聞いた話では、ハナナお義母様は半年《サナ》ほど前に腰を痛め、それからは寝たきりになっておられるということでした。

「二階の寝室で首を長くしておいでです」

「うむ」

オープ様は頷くと、階段を駆け上がっていかれます。それを追って階段を登りかけた私を、エシトーファ様が呼び止めました。

「アイナ様——」

「はい？」

振り返り、彼の顔を見て、私はドキリとしました。

エシトーファ様は泣いておられました。

「お帰りをお待ちしておりました」

彼はゆっくりと階段を登り、手すりに置かれた私の手に自分の手を重ねました。

「初めてここでお会いした時から、貴女のことが目に焼きついて、忘れることが出来ませんでした。貴女を見てはいけない、貴女のことを考えてはいけないと、何度も自分に言い聞かせたのですが、駄目でした。どうして兄よりも先に貴女に巡り会えなかったのだろうと、幾度も運命を呪いました」

エシトーファ様は私の手を握りしめ、小声で囁きました。

「貴女のような方は、他にはいません」

「エシトーファ様……」

突然の告白に、私は驚いて瞬きをしました。

今思えば、心当たりもございます。留学先の王都から滅多に戻ることはないと聞いていた彼ですが、私がツァピール家に入った後は、休暇のたびに帰省していらっしゃいました。特にオープ様が任務で館を留守にする時は、必ずと言っていいほど館にお戻りになっていらっしゃいました。当時はハナナお義母様を一人にさせないための配慮だと思っていたのですが、あれは――私に会うためだったのでしょうか？

「今まで後悔しない日はありませんでした。あの時、貴女を無理にでも兄から引き離しておけば、貴女を失わずにすんだのかもしれないと」

「そうなさらなかったことに、御礼を申し上げなければなりませんわ」

　私は彼の手の上にもう一方の手を重ね、にこりと笑って見せました。

「もしオープ様と引き離されていたら、私は私でなくなっていたでしょうから」

　エシトーファ様は、はっとしたように顔を上げました。それから自分を恥じるかのように、そっと私の手を放しました。

「――そうですね」

　呟いて、彼は私を見上げました。すっかり男らしくなったその顔に、少年の面影が重なります。

「またお会い出来て良かった。領主でありながら三十六歳になる今日まで、妻《めと》を娶ることなく過ごしてきてしまいましたが、これでようやくふっ切ることが出来ます」

「そう言えばイズガータ・ケナファ様とご結婚なさるそうですね？」

「政略結婚です。光神王に刃向かおうというのですから、いくら用心してもしすぎるということはありません」

「まあ……」

　貴族同士の結婚は、家と家の繋がりを深めるためのもの。それは承知しておりますが、心情的には納得がいきません。

「それでよろしいのですか？」

「言い出したのはイズガータ様の方ですから」

　エシトーファ様は少し寂しそうに笑いました。

「彼女にも忘れられない人がいるみたいでした。だとしたら私達は似た者同士。兄上とアイナ様ほどではないとしても、いい夫婦になれるのではないかと思います」

その後の六日間《ヤウム》を、私達はツァピール家で過ごしました。

すっかり領主らしくなったエシトーファ様は、「影使い達への理解を深めたいのです」と仰って、ことあるごとに私達を質問攻めにいたしました。中でも特に関心を持たれたのが、影の『共有』についてでした。

「では、影使い達の間でも『共有』はあまり見られないことなんですね？」

その日も、ともに朝食をいただきながら、エシトーファ様は隣に座るオープ様に熱心に話しかけていらっしゃいました。

「ああ、まあ、そうだな」答えながら、オープ様は気まずそうに私のことをちらちらとご覧になります。「時空の負担は半分になるが、その分、制約も多いからな」

「制約って、たとえばどんなものです？」

「二人が離れすぎてしまうと影が呼べなくなるとか……影を具現化させている間は三十ムードル以上離れられなくなるとか……まあ、そんなものだ」

「なるほど――」

エシトーファ様は大きく頷きます。

ラザフが「お茶のおかわりはいかがいたしますか？」と訊いているのにも気づかず、さらに熱のこもった様子でオープ様にお尋ねになります。

「影というものは、宿主である影使いの死とともに消滅するのでしたね？　すべての時空を失った影使いは、影もろとも結晶化して砕ける？」

「そう聞いている」

「なら——やっぱりあれは影じゃないのか」

「あれ、とは？」

オープ様が怪訝そうに尋ね返します。ですがエシトーファ様は自分の考えに没頭している様子で、それにはまるでお気づきになりません。

「もし影を『共有』する二人のうち片方が先に死んだとしたら、残された方はどうなります？」

これにはさすがのオープ様も眉を顰めました。

「縁起でもないことを言うな」

「あ……」エシトーファ様はしまったというように口を押さえ、「兄上達のことを言ったんじゃありません」と慌てて弁解なさいました。

もちろん悪気はないのでしょう。昔からエシトーファ様は勉強熱心で好奇心旺盛な方でした。興味を持った物事を追究しなければ気がすまない性格は、今も昔と変わっておられないようです。

「すみません。気を悪くなさらないで下さい」

そう言いながら、エシトーファ様は詫びるような視線を私に向けます。

「ただ、ちょっと気になることがありまして」

「わかりますわ。あまり見ない例ですものね」と言い、私は首を傾げて見せました。「その場合、多分ですけれど……普通の影使いのように一つの影を一人で使役するようになるのではないかしら？」

「影が消滅することはないのですか？」

「ええ、おそらく」

私の答えに、オープ様も頷きます。

「一度影に憑かれたら最後、影は決して祓えないし、消滅させることも出来ないのだ」

「ということは――」エシトーファ様は腕を組み、小さな声で独りごちました。「『共有』すれば、あれを継承することも可能ということか」

継承――？

何のことでしょう？

私が尋ねようとした時、顔を上げたエシトーファ様が一瞬早く、問いかけました。

「どうやったら影を『共有』することが出来るんです？」

「えっ――？」

まさか、そこまで問われるとは思っていませんでした。

オープ様に憑いた影に名を与え、それを『共有』することになったのは、もうずいぶんと昔のことです。ですから話して差し上げても良かったのですけれど――『共有』の話題が出るだけで、オープ様はいまだ気まずそうな顔をなさるのです。影に乞われるまま、影に我が身を差し出した話など、オープ様の前でするのは憚られます。

「ごめんなさい。影に同じ名前をつけたということぐらいしか、覚えておりませんの」

申し訳ないと思いながら、私は惚《とぼ》けることにしました。「怖ろしくて、私、すぐに気を失ってしまったものですから」

「でも確か――」

「エシトーファ、もうその辺にしておきなさい」

助け船を出してくれたのはハナナお義母様でした。私達が戻った時には寝たきりだった彼女も、ずいぶんと元気を取り戻されていらっしゃいました。

ハナナお義母様はエシトーファ様を見て、やれやれというようにため息をつかれます。

「そんな話題ばかりでは、せっかくの朝食が美味しくなくなるじゃありませんか」

私達がいた数日《ヤウム》の間に、ハナナお義母様は自力で立ち上がれるほどに回復なさいました。

さすがにまだ畑仕事は出来ないようでしたが、私達が出立《しゅったつ》する朝には、玄関まで見送りに出てきて下さいました。そして私の手をしっかりと握り、「一人で歩けるようになったら、ナダルまで遊びに行きますからね」とお約束下さいました。

ツァピールの館に別れを告げ、私達は街道を西に向かいました。隠里から出てきた影使い達十二人には、ツァピール騎士団の小隊が同行してくれました。

小隊長を務めていらっしゃるハクラ様は、オープ様が死影に襲われた際、彼につき添って下さった騎士でした。オープ様とハクラ様は、旅の間中、懐かしそうに昔話に話を咲かせていらっしゃいました。

エダムの町を抜けると、その先には荒れ果てた土地が広がっておりました。昔は牧草地だった丘も、今は茶褐色の砂礫《されき》に覆われた荒野と化し、家畜の姿も見えません。

エダムを出発してから五日《ヤウム》目の昼過ぎ。

きたのです。

遠くになだらかな緑の丘が見えて参りました。トゥーバの畑です。いよいよナダルに戻って
ナダルの館では、父だけでなく村人達が総出で私達を出迎えてくれました。私がひどく年老いていることに、父は衝撃を受けた様子でした。けれど、それも一瞬で、私達を笑顔で迎え入れてくれました。

父はオーブ様の両手を握ったまま、深く頭を垂れました。

「貴方をお恨みしたこともございました。でも今は感謝しております。よくぞ今までアイナを守って下さいました」

「顔をお上げ下さい、ナダル伯」

オーブ様は戸惑ったように仰いました。

「旅の空の下、私が無事でいられたのはアイナ殿のおかげです。アイナ殿が私を守って下さったから、私は無事に故郷に戻ることが出来たのです」

「なんと……」父は目を白黒させました。「アイナが、オーブ様をお守りしたのですか？」

「その通りです」

力強く頷くオーブ様の横で、私は悪戯《いたずら》っぽく片目をつぶって見せました。

「私、こう見えても腕利きですのよ？」

「はあ、まあ、とにもかくにも——ご無事でようございました」

父はまだよく状況を飲み込めていない様子で、曖昧に頷きました。

「お二人の帰還を信じて、影使い達のために尽力して参った甲斐があったというものです」

父の言葉通り、ナダルには村人達に混じって、影に憑かれた者達が百名ほど暮らしておりました。父は分け隔てなく彼らと接しておりましたが、ナダルの住人のすべてが、彼らを快く思っているわけではないようでした。

それはツァピールの騎士が村に常駐していることからも明らかでございました。近年数を増している盗賊から村人達を守るためということでしたが、彼らは有事に備え、影使い達を監視しているのでした。

それでも影使い達のことを聖教会や神聖騎士団に密告しようとする者がいなかったのは、小領主カシート・ナダルへの信頼のなせる業《わざ》。私は改めて、父への尊敬の念を抱かずにはいられませんでした。

父は隠里からやって来た十二人の影使い達に住居を提供し、影使いになりたての者達の相談にのって欲しいと言いました。

ナダルに暮らす百人あまりの影使い達。彼らはツァピール領の時空鉱山で働いていた際、死影に襲われ、影に憑かれたとのことでした。影に名を与え、使役することに成功したものの、実際にどのように影を使ったらよいのかわからず、日夜囁きかけてくるその声に怯え暮らしておりました。

そこで私達は、彼らの相談役となりました。

「もう人生はおしまいだ」と嘆く者の背をさすりながら、「貴方に時空が残っている限り、まだ可能性はあります」と励ましました。「自分は邪教徒になってしまった」と塞ぎ込む者の前に座り、「私達の行動でそれを否定するのです」と諭しました。「もう故郷には戻れない」と号泣する者を抱きしめて、「戻れますよ。私達が努力を続ければ、受け入れられる日は必ずやってきます」と慰め続けたこともありました。

　それと同時に、私達が経験から学んできたことも、彼らに話して聞かせました。

「影の暗い囁きには耳を貸さず、自分自身をしっかり保ち、いつも前向きに物事に当たりなさい。影は私達の時空を欲していますが、宿主の死を望んではいません。影使いと影は一心同体。上手につき合っていけば、影は心強い味方となるのです」

　私は親身になって彼らの相談に乗りました。その甲斐あってか、若い影使い達は私達を「先生」と呼び、慕ってくれるようになりました。私達は影に与える時空の配分や、技の出し方や使い方など、実践的なことも教えていきました。

　日が経つにつれ、若い影使い達は次第に腕を上げていきました。ある程度の技術を身につけた者達は、かつて鉱夫として働いていた時空鉱山に戻っていきます。暗闇から突然襲いかかってくる死影達。それから鉱夫達を守るのが彼らの役目です。

「もう誰も、自分達と同じような目にあわせたくない」

　彼らの強い思いに触れ、はじめは影使い達を白眼視していた鉱夫達も、徐々に考えを改めるようになりました。彼らが時空鉱山の警備を務めるようになって半年もすると、

「神聖騎士団と違って頼りになるよ」

「おかげで安心して仕事が出来るようになった」

　という感謝の言葉を貰えるようになりました。

「今ではまた家族とともに暮らせるようになりました。ありがとう、みんな先生がたのおかげ

です」

そんな教え子達からの手紙を読んで、私達は涙を流して喜びました。私達は年老いて時空も残り少ない身の上でしたから、実際に警備につくことは出来ません。が、私達が外つ国で積んできた経験は、決して無駄ではなかったのです。

こんな私達でも、まだ役に立つことが出来る。

それは何物にも代え難い喜びでありました。

少しずつ、ゆっくりと、時代は変わり始めておりました。そしてそれを動かしているのは、王子アライスの存在でした。

彼女のことを思うたび、私はマードレ島を襲った大波を思い出します。アライスはこの国に穿《うが》たれた亀裂です。そこに民衆の期待が流れ込み、大きな波を巻き起こしたのです。この大波はやがては王城を飲み込み、この国に光をもたらすことでしょう。

それを思うと、私の胸は高鳴ります。出来ることなら、その日まで生きていたい。民の先頭に立つアライスの元に馳せ参じ、ともに自由を求めて戦いたい。そう願わずにはいられませんでした。

私達の元に、風雲急を告げる知らせが届いたのは、長い雨期が明けた五月《イヤル》の初め――ナダルに定住してから一年半《サナ》あまりを経た頃でした。

「隣国デュシスが侵攻してくる」

そう知らせてくれたのはツァピール騎士団のハクラ小隊長でした。

彼の話を聞いて、オープ様は血相を変えました。

「ここ数年間、デュシスとの大きな戦はなかったと聞いていたが？」

「ああ、デュシス王国の国王マルマロスは、長いこと病を患っていてね。サマーア神聖教国《サナ》に手を出している余裕がなかったんだよ。けど、そのマルマロス王がいよいよダメらしくて、後継者を誰にするかという話になったらしい」

ハクラ様は眉根を寄せ、深刻な表情で告げました。

「マルマロスには腹違いの二人の王子がいるんだ。彼はその二人の息子に『仇敵《きゅうてき》サマーア神聖教国を手に入れた方に王の座を譲る』と言ったそうだ」

「なんということだ！」

オープ様は呻いて、影断ちの剣を握りしめました。

「アライスが国を変えようという、この時に――」

「あ、やっぱりオープは知ってたんだ」

ハクラ様は恨めしげにオープ様を見上げます。

「お前達を迎えに行ったあの女騎士がアライス殿下……もといアライス姫だったってこと」

オープ様はぐっと口を引き結びました。

来《きた》るべき光神王との戦いにおいて、アライスは切り札となる存在です。計画半ばで聖教会に嗅ぎつけられるわけには参りません。根回しが整い、改革の旗を揚げるその時まで、アライスの正体は秘匿されることになっております。

「俺達は何も聞いてなかった。知っていたのはツァピール侯と、騎士団のほんの一部だけだ。ケナファ騎士団の連中は承知していたらしいが、暑苦しいほど団結力の強い奴らのことだ。仲間を売るとは思えない。なのに――なんでアルギュロスの野郎は、彼女の正体を知ってたんだろう？」

「アルギュロス？」

聞き覚えのない名前でした。首を傾げる私に、ハクラ様は言いました。

「聞いたことないかな？　アルギュロス・デウテロン・デュシス。デュシス王国の第二王子だよ」

私は驚きに息を飲みました。

デュシス王国といえば、長らくサマーア神聖教国と敵対してきた西の大国です。ここ近年は休戦状態を保ってきましたが、それでも気軽に行き来出来るほど友好的な関係ではありません。

「どういう意味だ？」

「なぜアライスの話にデュシス王国が絡んでくるのです？」

オープ様が問い、私はハクラ様に詰め寄ります。

ハクラ様は落ち着けと言うように手を振りました。

「順を追って話すよ。といっても、俺も人づてに聞いた話なんだけれどね……」

すべては二ヵ月《シャハル》ほど前、一人の若者がケナファ騎士団の居城であるサウガ城を訪ねてきたことから始まりました。一人の供も連れずに現れたこの若者こそ、隣国デュシスの第二王子アルギュロス・デウテロン・デュシスでした。

イズガータ様が戻られるのを見越していたようにサウガ城に現れた彼は、訪問の理由をイズガータ様に告げたそうです。

マルマロス王の病状が悪化したこと。第一王子クリューソスと第二王子である自分に『サマーア神聖教国を手に入れた者に王座を譲る』と宣言したこと。けれど第二王子である彼は味方も少なく、正面切って戦うのは分が悪いこと。

そこで彼は同席していたアライスに言ったそうです。

「貴方が光神王に反旗を翻そうとしていることは承知している。私は軍隊こそ持たないが、支援者から集めた潤沢な時空晶がある。サマーア神聖教国攻略のために開発された最新の武器もある。それを貴方に提供しよう。貴方は光神王を倒し、新しい王となるのだ」

アルギュロスは驚くほどサマーア国内状勢に精通していました。彼は同盟を持ちかけるとともに、こう提案したそうです。

「念願が叶った暁には、アライス・ラヘシュ・エトラヘブ・サマーア。貴方を私の后《きさき》に迎えたい」

そうすれば、彼はサマーア神聖教国を手に入れることが出来ます。長い間、諍いを続けてきた二つの国をひとつにすることが出来るのです。

「もし貴方が后となってくれるなら、我が国に影使い達を迎え入れよう。デュシスには影使いに対する偏見はない。我が国は、寄る辺をなくした影使い達が安心して暮らせる第二の故郷となるだろう」

アライスは影使い達が安心して暮らせる場所を作ろうとしていました。影使い達への迫害を払拭《ふっしょく》しようと心を砕いていました。アルギュロスはそのことさえも承知していたのです。

「どうだろう？」

アルギュロスはアライスに尋ねたそうです。

「貴方はサマーア神聖教国を手に入れる。私はデュシス王国を手に入れる。悪い話ではないと思うが？」

それに対し、アライスは「これは私だけの問題ではない。みんなと話し合ってからでないと、私の一存では答えられない」と答えたそうです。

隠里でともに暮らしていた頃、アライスは自分が女であることを呪い続けておりました。けれどケナファ騎士団の一員として戻ってきた時には、何かが変わっていたように思いました。アーディン副団長に淡い想いを抱いているようにも見えましたし、騎士ダカールにはとても素直に心情を見せているようでした。女であることを厭い続けたアライスに、ようやく芽生えた乙女心。敵国の王子に后となることを求められた彼女の心中は、いかほどのものだったでしょう。

「それで……」私は身を乗り出しました。「アライスは何と答えたのです？」

「アライス姫が乗り気だったことは間違いない。光神王を倒して民を聖教会の圧政から救い、なおかつ長い間続いたデュシスとの戦争にも終止符を打つことが出来るんだから、悪い取引じゃない」

「ではアライスは、アルギュロスとの結婚を承諾したのですか？」

「いや――」

陰鬱な表情で、ハクラ様は首を横に振りました。

「結局、答えは返されなかったんだ」

ここツァピール領と同じく、ケナファ領でも密かに呼び集められた影使い達が時空鉱山の警備に当たっておりました。ケナファと同盟を結んだ十諸侯達を説得する時間を稼ぐため、アライスはアルギュロスを連れ、影使い達が働く時空鉱山に向かったのだそうです。

「そこで、悲劇は起きた」

アライスとアルギュロスが時空鉱山を視察している最中に落盤が発生したのです。坑道が崩れ、多くの行方不明者が出たといいます。

「アライス姫も落盤に巻き込まれ、一時は行方がわからなくなったそうだ」

私は椅子から腰を浮かせました。それを見たハクラ様は慌てて先を続けます。

「でも、すぐにアライス姫は発見された。怪我はしていたが、命にかかわるような重傷ではなかったそうだ。すぐにケナファ騎士団の居城に運ばれて、手当てを受けたと聞いている」

それを聞いて、私はほっと胸をなで下ろしました。が、ハクラ様の表情は晴れません。それを見たオープ様が苦々しそうに仰います。

「アルギュロスは助からなかったのだな？」

私は驚いてオープ様を見つめました。彼は難しい顔をして腕を組んだまま、言葉を続けます。

「それが不幸な事故だったのか。それとも誰かの謀略だったのかはわからんが、いずれにしろデュシスにとっては戦端を開く口実になる」

「そんな――」

私は二の句が継げませんでした。

王の座を争う第二王子アルギュロスが亡くなれば、第一王子は難なく王座を手に入れることが出来ましょう。わざわざ戦争を仕掛ける必要はないはずです。

「デュシスの第一王子クリューソスが、何を思って宣戦布告をしてきたのかはわからない。サマーア神聖教国内にある内紛の兆しを好機と思ったのか。マルマロスを納得させるためにも攻め入らなければならないと思ったのか。それとも振りかぶってしまった剣を、何も斬らずに下ろすことが出来なかったのか――」

ハクラ様はため息をつき、頭を振りました。

「とにかくデュシスは攻めてくる。今までにないほどの大人数を揃え、強力な武器を伴ってな。あと一カ月《シャハル》も経たないうちに、トゥーラ領の西岸に大船団が押し寄せてくるだろう」

「外縁山脈を越えられたらトゥーラは戦場になる。トゥーラの次はツァピールだ」

オープ様は青ざめた顔で仰いました。

「かくなる上は一刻も早く、領民達を安全な場所に移さねばならん。エシトーファは何をしている？」

「ツァピール侯はエズラ・ケナファ大将軍らとともに王都ファウルカに召喚された。状況を説明せよというお達しだったが、反逆を企てていたことが明らかになれば、みな死刑は免れないだろう」

「そんなことをしている場合か！」

オープ様は拳でテーブルを叩きました。キノコ茶の器が飛び跳ね、中身がテーブルにこぼれます。

「国が危機にさらされ、一刻の猶予もないこの時に、エズラ・ケナファ総大将を捕らえて何とする！」

「それだけじゃないんだ」

　ますます表情を暗くして、ハクラ様は仰います。

「ツァピール騎士団とケナファ騎士団をはじめ、計画に賛同の意を表明していたトゥーラ、バル、デブーラの三騎士団も反逆罪の嫌疑をかけられ、それぞれの居城に蟄居《ちっきょ》するよう命じられている。神聖騎士団と残りの十諸侯イーラン、ゲフェタ、ザイタ、ネツァー、ラファーの五騎士団が応戦の準備を進めている。が――」

「トゥーラのことはトゥーラの者が一番よく知っている。その地の利を生かさず戦いに挑もうとは何たる愚挙だ。ただただ権威を振りかざすだけの神聖騎士団に、いったい何が出来るというのだ！」

「俺もそう思う。だから俺達は俺達で、俺達の故郷を守るために動こうと思う」

　そう言って、ハクラ様は真剣な眼差しでオープ様を見つめました。

「トゥーラ騎士団は領民を率いて、北方のバル領へと避難を開始した。我がツァピール騎士団も戦闘準備を整えてエダムに集結している」

　ハクラ様はオープ様に頭を下げました。

「オープ……いや、ツァピール侯。どうかエシトーファ様に代わって我らを導き、騎士団を指揮して下さい。ツァピールを守って下さい。それをお願いするために、俺はここに派遣されてきたんです」

　オープ様は一瞬だけ逡巡《しゅんじゅん》し、やがて重々しく頷きました。

「承知した。この老骨にどこまで出来るかはわからんが、このオープ・ツァピール。命に代えても領民達を守って見せようぞ！」

決断した後のオープ様の行動は、実に素早いものでした。彼はツァピール騎士団に命じ、ツァピール全土に避難命令を出しました。その一方で武器を持てるものはともに戦えと、義勇兵を募りました。

その上で、オープ様と私はケナファ領サウガに向かいました。サウガ城にいるイズガータ・ケナファ様に面会するためです。

そこで私達はアライスと再会いたしました。

真面目なアライスのことです。このような事態に責任を感じ、落ち込んでいるのではないだろうか。そう思っていたのですが、それは杞憂に終わりました。

落盤に巻き込まれた際、右足の骨を折ったということでしたが、彼女は自分の足で歩いて私達の前に現れました。

「どんなに悔やんでも、過去のことは取り返しがつきません」

そう言って、アライスはかすかに笑って見せました。

「とにかく今は、今の自分に出来る精一杯のことをするしかない」

彼女がそんな風に思えるのも、ケナファ騎士団の仲間がいてくれたからでしょう。中でも騎士ダカールは、アライスに影のように寄り添い、心身ともに彼女の支えとなっているように見えました。

そんなケナファ騎士団を率いるイズガータ様は、小麦色の肌に涼しげな青い瞳が映える、背の高い女性でございました。銀色の甲冑を纏ったそのお姿はとても凛々しくて、私は圧倒されてしまいました。

「戦乱が終了するまでの間、進路に当たる町村の民をケナファ領に受け入れていただけませぬか？」

オープ様の申し出を、イズガータ様は快諾して下さいました。

「ケナファの北部にナフラという開拓地がある。そこに場所を用意しましょう。移動中の水や食料も、出来うる限り手配しましょう」

「寛容なるお言葉。このご恩、ツァピールは末代まで決して忘れませぬ」

「なに、お互い様です。エシトーファ様には私の我《わ》儘《まま》を聞いていただきましたからな」

こんな状況ですのに、イズガータ様は朗らかに笑います。

「光神王の手中にある我が夫のためにも、この戦、負けるわけには参りません」

とはいえ、ツァピール騎士団と同様に、ケナファ騎士団も今回の戦役に参加することは許されませんでした。ですがイズガータ様には、なにやら策がおありのようです。

「とりあえず、ツァピール騎士団には領民達の避難誘導にご尽力願いたい。ツァピールの民が安全な場所に移動するぐらいの時は、神聖騎士団が稼いでくれるでしょうからな」

彼女はそう言って、ニヤリと笑いました。

「奴らが敗走してからが我らの出番。宿敵デュシスに、みすみす我が領土を明け渡してなるものか」

ツァピール領の西部と領境を接するトゥーラ領は、イーゴゥ大陸の最西に位置しております。

トゥーラは昔から、デュシスの侵攻を真っ先に受ける土地でありました。ですからトゥーラの民も、その隣にあるツァピールの民も実に身軽です。土地への執着がないわけではありませんが、「生きてさえいればやり直せる」を信条としております。オープ様の命を受けて六日《ヤウム》も経たないうちに、街道沿いに住むツァピールの領民は避難を開始いたしました。

それからほどなくして、神聖騎士団を主戦力とする神聖教国軍がケナファ領を抜け、ツァピール領へとやって参りました。それとほぼ同時に、デュシスの大軍が外縁山脈を越えたという一報が飛び込んで参りました。

『山岳地帯での戦闘において右に出るもの無し』と謳われるツァピール騎士団が参戦していたならば、こうも易々と彼らに山越えを許しはしなかったでしょう。ですが粗忽《そこつ》な神聖騎士団に策などあるはずもございません。神聖教国軍は広く浅いマブーア川を渡り、トゥーラ領モアド平原に陣を構え、デュシスの大軍を迎え撃ちました。

数の上では神聖強国軍が有利でしたが、デュシス軍には新兵器がありました。『雷火砲』と呼ばれるその武器は、矢の射程よりもはるかに遠くにいる騎士達の甲冑をも貫き、撃ち殺すことが出来るのだそうです。

これにより神聖教国軍は、槍が届く距離に到達する前に歩兵の半数を失い、自慢の騎馬隊もあえなく崩壊。将軍は戦場から逃げ出し、統率者を失った兵達はバラバラに敗走しました。

この時、サウガ城には参戦が許されなかった騎士団——ケナファ、ツァピールの二騎士団に加え、トゥーラ、バル、デブーラの三騎士団も集結しておりました。さらには一度は敗走した十諸侯の騎士達もサウガ城に集まって参りました。ツァピール領やケナファ領からは、それぞれの武器を手にした義勇兵達が続々と集まって来ておりました。

イズガータ様は彼らを再編する一方でツァピールとケナファの騎士をトゥーラ領へと送り込み、ツァピール領に向けて進軍を続けるデュシス軍に戦いを挑みました。とはいえ、正面切って戦うのではなく、山脈沿いの森に隠れて軍の背後に回り、彼らの補給部隊を個別に叩いていくのです。それは山岳機動に優れたツァピール騎士団と、圧倒的な機動力を誇るケナファ騎士団が手を組むことで、初めて成し得る攻撃でありました。

兵糧《ひょうろう》が尽きかけたデュシスの大軍は、ツァピール領とトゥーラ領の間にあるマブーア川の畔《ほとり》で進軍を停止いたしました。内海を渡ってやって来たデュシスの補給船団が、マブーア川の河口近くに天幕を張って上げ潮を待っている。その知らせを受けたイズガータ様は、重々しく頷きました。

「ついに来たか」

次の上げ潮は八日《ヤウム》後です。デュシス軍はマブーア川の畔に陣取って補給船団を待っています。今ならば食料も『雷火砲』の火粉も不足しているはずです。

「だとしても厳しい戦いになる。数の上では五分だが、デュシスの新兵器を封じ込めない限り、我らの不利は変わらない」

先の戦いで神聖騎士団はほぼ壊滅し、十諸侯騎士団のうち五つがちりぢりになってしまいました。残された戦力のほとんどは、このサウガ城に集結しております。もしこの戦いに敗れたら、サマーア神聖教国には後がありません。

みなそれを承知しておりましたので、若い影使い達からは「私達も戦おう」という声が上がりました。

「自分達が故郷に戻れたのはオープ様やエシトーファ様のおかげです」

「俺達にも戦わせて下さい」

イズガータ様はそれを歓迎して下さいました。

「我がケナファ騎士団の第七士隊は影使いの部隊です。どうか彼らと一緒に戦い、我らの力となっていただきたい」

ですがアライスは、年老いた影使い達はサウガ城に残るようにと言いました。彼女は私達に残された時空が少ないことを知っていました。時空のすべてを使い果たしてしまったら、結晶化して砕けてしまうことも知っていました。

「私達はこの国を守るために戦うのだ」とアライスは言いました。「影使いや流民達が不当に虐《しいた》げられることなく、みんなが平等に、穏やかに暮らせる。そんな国を作るために戦うのだ。それを見届けるまで、貴方達は死んではいけないのだ」

彼女の口調からは、先の短い私達への気遣いが、痛いほど伝わってきました。その気持ちは嬉しくもあり、ありがたくもありましたが——それ以上に私達はアライスのために戦いたかったのです。

アライスはこの国を変える子です。来るべき光神王との戦に必要不可欠な人間です。デュシスとの戦で失うわけにはいかないのです。

けれど私達が何を言っても、アライスは考えを変えませんでした。

「絶対についてくるなよ」と言い残し、アライスは席を立ちました。本当に頑固な子です。呼び止める私の声に振り返ることもなく、彼女は部屋を出て行ってしまいました。

それを黙って見送ったイズガータ様が、オープ様と私の元へとやって来ます。

「皆さん、馬は扱えますかな?」

突然の問いかけに、戸惑いながらも頷くと、彼女はさらに声を低くして続けました。

「厩舎《きゅうしゃ》に人数分の馬を残していきます。ケナファ仕込みの駿馬《しゅんめ》なら、半日《ヤウム》ほどの遅れなど、すぐに取り戻せる」

イズガータ様は私達に「追ってきなさい」と仰っているのです。

それを察したオープ様は深々と頭を下げました。

「貴侯の心遣い、厚く御礼申し上げる」

「礼を言われる筋合いはありません」

イズガータ様はわずかに眉根を寄せました。

「この戦い、正直申し上げて我が軍の方が分が悪い。戦力を出し惜しみしている余裕はない。私はアライスほど甘くないのでね。戦う意志のある者は、誰であろうと利用させていただく」

「望むところです」オープ様はニヤリと笑います。「この国の未来を憂いながらも、何も出来ずに死を待つしかなかった身です。何を惜しむことがありましょう」

「アライスには怨まれるでしょうけどね」

「あの子はわかってくれます」と私は言い、オープ様も頷きます。「このような老骨なれど、必ずやお役に立って見せましょうぞ」

イズガータ様は頷きました。踵を揃えると左胸に右の拳を当て、騎士の敬礼をしました。

「皆さまにご武運を！」

再編を終了した救国軍。黒地に白い睡蓮《すいれん》の花を描いた軍旗が翻ります。義勇兵とそれを補佐する槍歩兵達。整然と並んだ五つの騎士団。その先頭に立って、アライスは出陣していきました。

それから遅れること半日《ヤウム》あまり。私達は厩舎に残されていた馬を引き出し、アライスの後を追いました。イズガータ様の仰るとおり、ケナファの軍馬は並々ならぬ脚力を発揮し、我らはほどなくして救国軍の最後尾に追いつくことが出来ました。あまり近づきすぎてはアライスに見つかる恐れがあります。私達はつかず離れずの距離を保ちながら、馬を進めて参りました。

そして七日《ヤウム》後、救国軍はナダル地方に入りました。なだらかな丘にはナダル自慢のトゥーバ畑が広がっております。が、手入れをする者のない畑は枯れ果て、さらには行軍する人馬に踏み荒らされて、無惨な姿を曝しておりました。

ついに救国軍はマブーア河畔《かはん》を見下ろす丘の上に到着しました。広くて浅いマブーア川を挟み、対岸にはデュシス王国の大軍が待ち構えております。補給船はまだ届いていないようでしたが、騎兵部隊の前には雷火砲を構えた兵が一列に並んでおります。このまま攻め下れば、多くの犠牲が出るでしょう。

「ここはひとつ我らが先陣を切り、雷火兵を蹴散らしてみてはどうかな？」

オープ様の発言に、老いた影使い達は頷きます。

「それはいい」

「いよいよ我らの出番ってわけだな」

ですが影が行動出来る範囲は宿主から三十ムードルが限界です。たとえ『投影』で姿は隠せても、川をかき分けながら進んでは意味がありません。影による攻撃が可能となる距離まで、敵兵に見つからずに近づくことは、影使いの技を駆使しても至難の業でありましょう。

もちろん『転移』を使うという手もありました。でも、私達にはあまり時空が残されておりません。『転移』のような大技を使ったら、雷火兵に対して技を使う前に、我らの時空は尽き果ててしまうでしょう。それでなくても『転移』には誤差がつきものです。密集したデュシス軍の真ん中に『転移』してしまったら大爆発を引き起こします。万が一にでもそんなことになったら、川のこちら側にいる救国軍にも被害が及ぶかもしれません。

救国軍の陣から少し離れた丘の上に立ち、私はデュシス軍が陣を構えるマブーア河畔を眺めました。きらきらと光る水面《みなも》。その上流にはトゥーバ畑を潤すために引かれた水路も見えます。

その瞬間、とある考えが脳裏に閃きました。

胸がどきどきしました。もしこれが上手くいったなら、デュシスの戦力を削《そ》ぐことが出来ます。アライスを助けることが出来ます。

「オープ様！」

私の声に、オープ様は素早く駆けつけて来て下さいました。

「いかがなされた、アイナ殿？」

私はマブーア川上流、ナハーシャ山脈の麓を指さしました。

「ナダルの者しか知らないことですが、マブーア川上流には灌漑用の堰があるのです。川を堰き止め、乾期に備えて水を蓄えておくのです。このような事態になりましたから、今年はまだ水門は開けられていないはず。貯水はかなりの量になっているはずです。もし堰を決壊させることが出来たなら、デュシス軍を押し流すことが出来るかもしれません」

私の言葉を聞くうちに、オープ様の顔色が変わり始めました。彼は険しい顔でマブーア川上流を見つめ、やがて呻くように言いました。

「いい案だ。しかも雷火砲は水に弱いと聞いている。水を被れば使い物にならなくなるだろう」

そこで彼は難しい顔をして腕を組みます。

「問題はどうやって堰まで行くかだ。両軍の衝突まで、もはや一刻の猶予もない」

「そんなの簡単さ」

背後から声が聞こえました。

『転移』すればいい」

レグタでした。その後ろでは、セルマやラクラクが頷いています。隠里でともに暮らした影使い達が、私達の周囲に集まってきます。

「俺達は影使いだ」

「そうよ。一人じゃ無理だけど、みんなで力を合わせればいいのよ」

「しかし」オープ様は眉根を寄せます。「我らに残された時空は少ない。『転移』のような大技を使ったら――」

「どうせ老い先短い身だ。ここで結晶化したって悔いはねぇよ」

「老いぼれも役に立つところを見せてやろうぜ」

「よろしいのか？」

オープ様は隠里の面々を見回します。

「おぬしら、それで、本当によろしいのか、何を差し出しても惜しくないわ」

「それがアライスのためになるなら、何を差し出しても惜しくないわ」

皺深い顔をしわくちゃにしてセルマは笑い、私に向かって首を傾げて見せました。

「そうよね？　アイナ？」

私は深く頷き、家族のように馴染んだ影使い達を見回しました。白くなった髪、皺に埋もれた顔、誰もが年老いておりましたが、その瞳は無邪気な子供のように輝いておりました。

「やりましょう」

私はオープ様を見つめました。

皆も口々に叫びます。

「アライスは私達に新たな人生を与えてくれた」

「アライスが俺達を、もう一度明るい場所に引っ張り出してくれたんだ」

「やってやろうぜ、アライスのために！」

それを聞いて、オープ様は豪気に笑いました。

「応よ。老骨の意地、見せてくれようぞ！」

堰《サナ》までは直線距離でおよそ二十カンドル。これを一気に飛び越えるとなれば、およそ二十年間の時空を消費します。ですが私達に残された時空は、ほんのわずかしかありません。

「送り込むのは二人でいいんじゃねぇか？」

そう言ったのはレグタでした。薄くなった頭髪を引っかき回しながら、興奮したように続けます。

「堰を壊すには二人もいれば充分だろ？　後の奴ら全員が力を合わせて、その二人を送り出すんだ」

「じゃ、飛ぶのはオープとアイナね」

当然だというようにセルマが言いました。

「最初にアライスを助けた二人だもの。最後まで面倒見なくちゃ」

「――となれば、急いだ方がいいな」

「よし、やろう」

「今すぐやろう」

十人の影使い達はオープ様と私をぐるりと取り囲みました。隣同士で手を繋ぎ、大きな円を作ります。

「アライスと暮らした日々は本当に楽しかった」

「一足先に死んじまったマナール婆さん。参加出来なくて悔しがるだろうなぁ」

「今頃、天の国《アッサマーア》で地団駄踏んでるに違《ちげ》ぇねぇ」

「いや、まったくだ！」

老人達は好き勝手なことを言い、ゲラゲラと笑いこけました。

「さあ、やるぞ！」

レグタが宣言します。影使い達は表情を引き締めて、それぞれの使役する影に最後の命令を下します。

私はオープ様の手を握りました。私の手を握り返して、オープ様は言いました。

「先に逝っていてくれ。我らもすぐに参るゆえ」

セルマが微笑むのが見えました。その唇が「待っているわ」というように動きます。

次の瞬間——虫の羽音のような音がして、視界が暗転しました。

一瞬の空白。

頬に風を感じました。閉じていた目を開くと、目の前には赤茶けた大地が広がっておりました。所々に見える緑はトゥーバ畑。きらきらと輝く帯はマブーア川。その両岸には整然と並んだ人馬が見えます。およそ二十カンドルの距離を、オープ様と私は一息に飛び越えてきたのです。

「アイナ殿」

改まった声で、オープ様が仰いました。

「よくぞ今まで私についてきてくれた。貴女がいなければ、私は誇りを失うところであった」

私は微笑んで、彼の顔を見上げました。

「私にはささやかな夢がございました。愛する者と結ばれ、立派に子を育て上げて、二人でゆっくりと年を重ねたい。そんな風に思っておりました」

オープ様は何か言いたげな目で私をご覧になります。でも彼が口を開く前に、私はにっこりと笑いました。

「けど、それはきっと眠たくなってしまうくらい、退屈だったに違いありませんわ」

「アイナ殿……」

「私はこの道を選びました。どんなに困難な道程であろうとも、生涯オープ様とともにありたい。そう願ったことを私は誇りに思います」

「ああ、私もだ」

オープ様も誇らしげに微笑みました。

「トゥーバ畑で働く貴女を一目見ただけで、恋に落ちた自分を、心の底から誉めてやりたい」

私達はどちらからともなく手を繫ぎました。大木を組み合わせた堰に向かいます。水門はきっちりと閉じられており、貯水湖は満々と水をたたえておりました。

私は心の中でズラアの名を呼びました。オープ様と私の影から、不気味な黒い姿が立ち上がります。

私達の時空を喰らう影。最初は怖ろしくて仕方がなかったのに、ここまで人生をともにしてくると、すでに自分の一部のように感じられます。久しぶりに見るその姿に懐かしさすら覚えて、私はズラアに微笑みかけました。

「久しぶりね、ズラア」

――笑ッテイル、場合カ。我ヲ呼ベバ、汝ラハ砕ケルゾ？

「影のくせに私のことを心配してくれるのね？」

――汝ガ言ッタ。影ト宿主ハ、一心同体ダト。

「そうだったわね。私達の我が儘につき合わせちゃって、ごめんなさい」

——汝ハ、良ク、生キタカ？

「ええ」

私は力強く頷きました。

「貴方には本当に感謝してます」

影は答えませんでした。空に漂いながら、無表情に私達を見下ろしております。

——我ガ宿主ヨ、命令ヲ。

感情のこもらない影の声。そこに満足そうな響きを感じたのは、私の気のせいだったでしょうか。

私はオープ様を見上げました。

彼は頷き、ズラアに向かって命じました。

「時空は好きなだけくれてやる。この堰を粉砕しろ！」

——承知！

ズラアは天高く舞い上がり、大きな黒い鎚《つち》となって水門に激突しました。水門がミシミシと軋みます。堰を支える横木がメキメキと折れていき——

どうん、という音が鳴り響きました。

水門を形成していた木々が吹き飛びます。山肌を削りながら水が一気に流れ落ちていきます。どうどうという音に大地が震えます。跳ね上がる水飛沫《みずしぶき》で、私達はびしょ濡れになりました。

雪崩れ落ちた大量の水は、瞬《また》く間に平地に達しました。穏やかなマブーア川は荒れ狂う激流となり、河畔に並んだデュシス軍に襲いかかります。

デュシスの兵士達がなす術もなく流されていくのが見えます。皆、少しでも高い場所を求めて右往左往しています。トゥーラ側に逃げる者もいれば、ツァピール領へと走り出す者もいます。

東の丘にいた救国軍は、この機を逃しはしませんでした。泥土地帯と化したマブーア川めがけ、土嚢《どのう》を積んだ荷台が丘を転がり落ちていきます。放たれた幾千の矢が黒い雨となってデュシス軍へと降り注ぎます。それを追うように、騎馬兵が鬨《とき》の声を上げながら丘を駆け下りて行きます。歩兵達も槍や剣を閃かせ、それに続きます。

泥濘《でいねい》に覆われたマブーア流域に人馬が入り乱れます。デュシス兵も救国軍もあっという間に泥まみれになり、どちらが優勢なのかもわかりません。

私は必死に目をこらし、混乱の中にアライスの姿を捜しました。あの子は後方で大人しく待っているような子ではありません。小さな体を奮い立たせ、先頭に立って、デュシス兵と戦っているに違いありません。

そうしている間にも、私の左手は肩のつけ根まで結晶化し、指の先からぽろぽろと崩れていきました。オープ様の左腕もまた砕けてなくなっております。

でも、まだ私達は生きております。

まだ時空は残されております。

「参りましょうか？」

私が問うと、オープ様は笑って頷きました。

私は再びズラアを呼び出しました。

「私達を眼下の戦場まで運んで欲しいの。まだ時空は足りるかしら?」

──行クニ足ル。

ズラアは黒い馬に形を変えました。

──乗レ。

オープ様と私がその背にまたがるのを待って、黒影の馬は走り出しました。急な山道を一気に駆け下ったかと思うと、崖を踏み切り、はるかな空へと躍り出ます。

「──!」

思わず目を閉じた私の頬に冷たい風が吹きつけます。耳元で風がびょうびょうと鳴っております。おそるおそる目を開くと、私達は空を飛んでおりました。

「いいぞ!」

愉快そうに叫ぶオープ様の声が聞こえます。

「ズラア、お前は最高だ!」

黒影の馬は一気に森を飛び越え、荒野へと着地しました。剣戟の音や人の叫び声が間近に聞こえて参ります。雷火砲の炸裂音が響きます。戦場はすぐそこ、丘の向こうに広がっております。

「アイナ殿!」

肩越しに振り返り、オープ様が叫びました。

「覚悟はよろしいか!」

「はい!」私は笑顔で答えました。「悔いはございません。私はよく生きました」

「おお、それでこそ我が奥方！」

オープ様は剛胆にお笑いになりました。影断ちの剣をすらりと抜き、頭上高く掲げます。

「この戦場こそが我らの墓場。いざ、ともに駆け抜けようぞ！」

ああ、これこそ私が待ち望んだ言葉でした。

愛する人の帰りを粛々《しゅくしゅく》と待つしかなかった娘が、今こうして夫とともに走っている。夫とともに戦い、ともに死ぬことが出来る。

これほどまでに誇らしく素晴らしい人生が、他にありますでしょうか。

「お供いたします」

駆け抜けましょう、最後まで。

我らの時空が果てるまで。

今この時を、貴方とともに。

「ズラア、残った時空のすべてを使って構いません。デュシスの兵を蹴散らして！　道を切り開いて！」

——応！

黒影の馬が疾走します。空気を切り裂きながら、風のように戦場を駆け抜けます。黒馬がデュシス兵を薙ぎ倒すたび、自軍の兵から歓声が上がります。

「彼らに続け！」

「勝利を我らに！」

ああ、アライス。

貴方が作る国を見てみたかった。全力で走り続けたその先に、貴方が見るであろう理想の国を、私も見てみたかった。

たとえ我が身が砕け、跡形もなく失われたとしても、この熱い想いは残るでしょう。それは彩輝晶となって、貴方を、この国を支える礎《いしずえ》となるでしょう。

溢れる涙で視界がキラキラと輝きます。

目映い光が私を包みます。

嬉しくて、誇らしくて、眩しくて——

ああ、もう何も見えません。

幕間（一）

夢売りの掌《てのひら》の上に咲いた、儚《はかな》く美しい睡蓮《すいれん》の花。

その花が散っていく。透き通った精緻《せいち》な花片《はなびら》が、次々と石の床に落ちていく。


ちりん、りん……


澄んだ音を響かせて、花片は粉々に砕け散る。破片は空に溶け、後には何も残らない。

ゆっくりと霧が晴れていく。

「これが……夢？」

夜の王が呟いた。

「これがアイナの夢であるはずがない」

途方にくれたような声だった。暗い部屋で一人目覚めてしまった子供のような声だった。

夜の王は大きく息をつき、玉座に背を預ける。

「アイナは影使いだった。己の時空を使い果たした影使いは結晶化して砕け散る。後には骨も残らない」

「信じるか否《いな》かは、貴方様次第」

夢売りは淡々とした声で答えた。

「この夢が本物の記憶であるのか、はたまた作り物の幻覚にすぎないのか。貴方様には、すでにお解りのことと存じますが？」

探るような物言いに、王は何も答えなかった。ただ物憂《ものう》げに手を上げて、夢売りを指さした。

「これが彼女の記憶だとして——その夢が秘められた彩輝晶《さいきしょう》を、なぜお前が持っている？」

「さて、何故《なにゆえ》でございましょう？」

夢売りは涼しげな顔で答えた。

「『夢売り』は夢を売り買いする、そういう商売でございます」

「秘密——ということか」

「恐れ入ります」

夢売りは慇懃《いんぎん》に一礼した。再び上げたその顔。薄い唇の端には、かすかな笑みが浮かんでいる。

「『夢利き《ゆめき》』は、お気に召していただけましたか？」

「——ああ」

玉座に深く腰掛け、王はゆっくりと手を組む。

夢売りは口元に薄笑いを浮かべたまま、夜の王に問いかけた。

「では、次の『夢利き』を始めさせていただいてもよろしいでしょうか？」

「許そう」

夢売りは、二つめの輝晶を手に取った。

光の届かぬ深海のように青く凍てついた蒼輝晶《そうきしょう》。それは彼の手の中で暗い深青色から鮮やかな青色へと変化する。

「これは夢を見ない男の『沈黙の誓い』」

両手で包んだ蒼輝晶に、夢売りはそっと息を吹きかけた。

ゆっくりと手を開く。その掌の上で、透き通った薄青の、繊細な花片が開いていく。

凍るように冷たい風《マハル》が頬《ほお》をかすめる。

どこからか、葡萄酒の芳香が漂ってくる——

第二章　蒼輝晶

俺は天才だから、
苦労しなくても何でも出来た。
望んだ物はたいてい何でも手に入った。
真剣に努力したことはないし、
何かを得るために一生懸命になったこともない。
だから俺は夢は見ない。見る必要がない。
そう、思っていた。

サマーア神聖教国の民は四つに分けられる。

第一身分は聖職者達。光神王に仕え、光神サマーアに奉仕する者達。光神王の騎士である神聖騎士団も、そのほとんどが聖職者の血縁で構成されている。

サマーア聖教会の頂点に立つ六人の大主教は、この国の権力と財力を握り、彼らで構成される神聖院はこの国の施政執行を司《つかさど》る。彼らは光神サマーアの名の元に法を作り、国民に重税をかける。自分達が甘い汁を吸うためにね。

第二身分は貴族達。中でも十諸侯と呼ばれる十人の領主は、それぞれの領民から税を集め、騎士団を保有し、それをもって領地の治安維持に当てる。

イーゴゥ大陸が統一される前、彼らはそれぞれの土地を治める王だったという話だ。それが今は光神王から土地を預かる身。本来なら税を納める立場にあるけど、国土保安の兵力を提供することによって、それを免除されている。とはいえ、治水工事や紛争解決などの面倒事を次々に担《にな》わされるから、どこの財政も厳しいらしい。

第三身分は平民。労働者達だ。畑を耕す者もいれば、猟をする者もいるし、家畜を飼う者もいる。彼らは稼ぎの十分の一を人頭税として教会に取られ、四分の一から五分の一程度を領主に納める。それだけで彼らの生活はかつかつだ。なのに聖教会は彼らに礼拝への参加を強要し、さらなる喜捨《きしゃ》を巻き上げる。その傾向は聖教会直轄領であるほど強く、民達は常に貧困に喘《あえ》いでた。中には税を払えず、罰を恐れて、土地を捨てて逃げ出す者もいる。

それが第四身分。いわゆる流民《るみん》だ。戦役で捕虜となったデュシス人の奴隷や、重税に耐えかねて土地から逃げ出した者。彼らには帰るべき土地もなく、家も仕事もない。道端でのたれ死んでも葬ってても貰えない。その数は膨大で、とても数え切れない。

俺はその第四身分、軽業《かるわざ》や寸劇を見せて糧《かて》を得る旅芸人の一座に生まれた。定住する土地を持たず、各地を放浪する流民ではあったけど、それを辛いと思ったことはない。

負け惜しみじゃないよ、これは。

ていうか、どちらかというと自慢話かな？

俺は幼い頃からとても愛らしく利発な子供だった。赤ん坊の頃からナイフ投げの的になっていたというし、四つになる前には剣舞も曲芸も馬の曲乗りも楽々こなせるようになっていた。デュシスの曲刀を持たされて、『この子に勝てたら一ディナル』と書かれた札の側に立たされたのは……ええと、確か五つの時だったかな。それでも怪我をしたことは一度もないし、勝負に負けたのだって、たった一回きりだ。

俺に馬の曲乗りや曲刀の使い方を教えてくれたのは親父だった。名はトラグディ。俺とは違って寡黙《かもく》な男で、母がどんな人だったのかさえ話してくれなかった。

親父は愛想の悪い男だったから、芸人にはまったく向いてなかった。そんな男の唯一の取《と》り柄《え》。それが馬の調教だった。彼の手にかかればどんな暴れ馬も赤ん坊のように大人しくなった。彼が芸を仕込んだ馬は観客の大歓声や鳴り物の音にも、決して動じることがなかった。

それが彼の運命を分けることになるんだから、人生、何が起こるかわかったもんじゃないよな。

あれは忘れもしない、俺が六つの時だ。

毎年四月《ニーサン》の終わりに行われる豊穣祭《ほうじょうさい》は、旅芸人にとって最高の稼ぎ時だ。俺の一座もケナファ領の交易町サウガに陣取り、様々な曲芸を披露していた。

その祭りにケナファの領主が遊びに来ていた。一座が披露した一糸乱れぬ馬達の演技を見て、彼はいたく感心し、「あの馬を調教した者を呼んでこい」と命じたそうだ。

その領主がエズラ・ケナファ。十諸侯の一人であり、ケナファ騎士団を率いる団長であり、十諸侯騎士団をまとめる大将軍でもあった。流民である俺達にしてみたら、空に浮かぶ光神サマーアと同じくらい遠い存在——のはずなんだけど、彼は当時から、才能さえあれば身分にかかわらず重用《ちょうよう》する実力主義者だった。ゆえに親父も流民という身分にもかかわらず、ケナファ騎士団の軍馬の調達と調教という大役を仰《おお》せつかったというわけだ。

ケナファ領内各地で生まれた馬は毎月一日、市場で競《せ》りにかけられる。いろんな市場を見て廻り、筋のいい馬を買い求め、軍馬として調教する。それが親父の役目だった。

定職にありつけただけでも流民にとっては破格の好待遇なのに、さらに親父は小屋まで貰った。厩舎《きゅうしゃ》のすぐ隣にあって、いつも馬糞の臭いが漂っていたけど、風雨にさらされることもなく、毎晩乾いた寝台で眠ることが出来るのは、正直すごく嬉しかったな。

さて、あんまり自慢話が続くのも厭味《いやみ》だろうから、ここでちょっと話題を変えて、ケナファ領の話をしようか。

ご存じの通り、ケナファ領はネアバ山脈とナハーシャ山脈の間に位置している。森林や高原が領土のほとんどを占めているが、高地にあるため水源に乏しく農耕には向かない。ケナファの領民達は牛や羊を飼い、それで生計を立てている。家畜の皮や骨から服や道具を作る者や、肉や乳を保存食に加工する者もたくさんいた。

代々それで生きてきたから、干し肉や乾酪《ジブナ》の質もいいし、職人達の腕もいい。革靴を買うなら、ちょっと高くてもケナファ製をお勧めするね。あれはとにかく保ちがいい。旅芸人としてサマーア神聖教国を歩き廻った俺が言うんだから間違いないよ。

それと、忘れちゃいけない。

ケナファといえば、やっぱり馬だ。

ケナファ産の馬は足が速くて持久力もあるうえに、頭が良くて勇敢だ。これほど軍馬に向いている品種は他にない。調教されてない馬は突然の物音や光に怯《おび》えるため、戦場では役に立たない。でもケナファ馬は生まれつき剛胆なうえ、物音や光にも動じないよう訓練されている。名のある調教師が仕込んだケナファ馬は、一頭で屋敷が買えると言われるくらいの貴重品だ。だから騎士と呼ばれる連中は、こぞってケナファ馬を手に入れたがった。

とはいえ高価なケナファ馬を得るためには、それなりの功績を挙げなきゃならない。騎士の仕事はサマーア神聖教国を守ることだ。戦役ともなれば、最前線に立って戦うのは当たり前。そこで手柄を立てれば褒賞《ほうしょう》として馬や土地が貰える。

けどイーゴゥ大陸が統一されてからは、そうそう大規模な戦争なんて起こらない。だから騎士団の主な仕事は領内の治安を守ることだった。窃盗、暴行、放火、殺人などなど。領地で発生した様々な事件を調査し、犯人を捕まえるのも騎士団の役目だ。

団員達は交替で領内を巡回し、治安維持に努める。その対価として領主からは報酬が貰えた。自分の家や土地を持たない下級騎士達は城内にある宿舎に住み、共同で生活を送っていた。

ケナファ騎士団の居城であるサウガ城は、交易町サウガを見下ろす丘の上にあった。流行《はやり》の瀟洒《しょうしゃ》な城郭じゃなくて、無骨な要塞城だ。

広い敷地を囲む城壁。それを取り囲む深い濠《ほり》。正面には跳ね橋がかかっていたけど、それが巻き上げられたところを見たことがない。橋はいつも下ろされたまま、町から通ってくる職人や作業人は門楼番《もんろうばん》の騎士に挨拶するだけで、気楽に出入りすることが出来た。

その城壁内、外郭には厩舎や作業場、下働きの者達の家などがある。騎士達の訓練場や、ちょっとした馬場もある。俺の家は厩舎の隣にあって……と、これはさっき話したか。

内郭にはケナファ侯の住居がある大塔をはじめ、ケナファ騎士団の団員達が住む宿舎があった。内郭の四隅には見張りの円塔があって、ケナファ家の紋章である翼を描いた旗が誇らしそうにはためいていた。

実を言うと、ケナファ侯の領主屋敷はここではなく、北部の都市コーダにあった。でもケナファ領の領主は、騎士団の団長も兼ねていたため、一年《サナ》のほとんどをこのサウガ城で過ごしていた。

このケナファ侯エズラ・ケナファという人が、これまた変人でね。十諸侯に名を連ねる大貴族のくせに、平民と同じ木綿《クトン》の服を着て、団員達と一緒に大食堂で食事をする。そのせいか、ケナファ騎士団には風変わりな規律があった。

ケナファ騎士団は自薦他薦問わず、領内各地から腕自慢の男達が集まった。あくまでも実力主義だから、平民や奴隷階級からのし上がってきた者達も多い。だからケナファ騎士団では姓を名乗らず、互いを名前で呼びあう。ここでは家柄なんて関係ない。己の力がすべてだ。

だからこそ流民の俺でも、簡単に城に馴染むことが出来たんだろう。俺の腕を見込んだ士隊長が、愛馬の蹄鉄《ていてつ》打ちを頼みにきたりしてね。で、その報酬として俺は剣を習った。曲刀を使えば、すでに向かうところ敵無しだったけど、俺も年頃の男の子だったからね。敵国の蛮刀を振り回すのはどうも良くない。やっぱり騎士が持つ直剣の方が格好いい。そう思ったわけだ。

また自慢かと言われそうだけど、俺はさほど努力しなくても、すぐに直剣の使い方を覚えてしまった。槍も弓も格闘も、なんとなく遊んでいるうちに一人前以上の腕前になってしまった。

そうなると、またつまらなくなってしまう。贅沢《ぜいたく》な悩みだと言われそうだけど、けっこう切実なんだ。何をやっても簡単に出来てしまうってことは、何をやっても張り合いがないってことなんだから。

俺が腕を上げたものだから、騎士達は剣の相手をしてくれなくなった。ただの馬丁、しかも白皙《はくせき》の美少年に負けたとあっちゃ、騎士の名折れだろうからね。

おかげで俺は退屈をもてあまし、暇さえあれば調教と称して遠乗りに出かけた。馬に乗って風を切って走っている間だけは、煩《わずら》わしいことも忘れられた。退屈な今も、物憂《ものう》い未来も、すべて忘れることが出来た。

そんな俺のお気に入りは、九月《アイルール》に生まれた葦毛《あしげ》の子馬だった。そいつは俺にとてもよく懐いていて、俺の行くところにはどこへでもついて来たがった。朝、俺が厩舎に入っていくだけでフンフンと鼻を鳴らす。それがまた可愛くてね。本当はいけないことなんだけど、俺はその馬をこっそりハザイードと呼んでいた。

ハザイードが生まれた翌年の十月《テシュリーン》のことだ。雨期の晴れ間に、俺はハザイードを厩舎から連れ出し、乾いた藁《わら》で体を拭《ふ》いてやっていた。

と、その時。内郭の方から二人の女がやって来るのが見えた。一人は妙齢の貴婦人で、もう一人はまだ小さな少女だった。

二人を見て、唖然としたよ。

後で知ったことだけど、その貴婦人はハウファ・アルニールだった。彼女はケナファ侯の重鎮であるアルニール伯の一人娘で、昨年身寄りを亡くし、ケナファ家に養女として引き取られていたんだ。この時の俺はそんなことは露とも知らず、ただただハウファ様の美しさに圧倒されてしまった。

抜けるように白い肌は外縁《がいえん》山脈の万年雪のよう。まっすぐな黒い髪は闇夜のよう。ほっそりとした鼻筋に、美しい弧を描く眉。その瞳は蒼輝晶《そうきしょう》のように神秘的な紫紺《しこん》色をしていた。

自己弁護のために言っておくけど、俺は女を見る目にはそこそこの自信がある。旅芸人として各地を回っている間に、美形で人気の商売女から深窓の令嬢まで、いろんな種類の美女を見てきたからね。だからハウファ様がただの美人なら、これほどまでには驚かなかった。

彼女は美しいんじゃない。美しすぎたんだ。

あの肌の下に流れているのは赤い血じゃなくて、キラキラと輝く時空晶《じくうしょう》なんだと言われても、信じられる気がしたよ。

「その馬が、去年生まれた葦毛の子？」

そんな声に、俺はようやく我に返った。

浮き世離れした美人の側で、一人の少女が眼をキラキラさせながら俺を見上げている。

質素ながらも上品な木綿《クトン》のドレス。背中で束ねた黒い髪。幼いながらも品の良い顔立ち。どこにでもいそうな貴族の子に見えた。

けど、その目は青かった。

ぞくっとするほど深い青だった。

俺は自分の立場も忘れて、その瞳に見入ってしまった。目が逸《そ》らせなかった。これほど美しい青を、俺は今まで見たことがなかった。

「ねぇ、その子が私の馬？」

押し黙っている俺を、その子は不審そうに睨んだ。貴族ならではの尊大さが透けて見える態度に、俺はようやく自分の調子を取り戻す。

「去年生まれた葦毛の子馬は、確かにこの馬だけですが――」そこで言葉を切り、少し意地悪く笑って見せる。「貴方の馬だったとは初耳ですね。というか、貴方。馬に乗れるんですか？」

「乗れないわよ」

少女は威張って、小さな胸を反《そ》らした。

「だから練習しに来たんじゃない」

「我《わ》が儘《まま》言ってごめんなさい」

そう続けたのは、怖いほど美しい貴婦人だった。その声は鈴を鳴らすように心地よく、砕け散る硝子《ガラス》のように危うく響く。

「昨日はこの子の六歳の誕生日だったの。それでエズラ様が贈り物として、馬を下さると仰《おっしゃ》ったの」

そんな話は聞いてません――と言いたかったけど、こちらはただの使用人だ。貴婦人に口答え出来る立場じゃない。俺が黙っていると、少女が無遠慮に俺の袖を引っ張った。

「ねぇ、この子、名前は何ていうの？」

「名前は――」

ハザイードと答えかけ、俺は言葉を飲み込んだ。

「ありません」押し殺した声で答えた。「貴方の馬なら、貴方が名づけるのが筋でしょう」

少女は顎に手を当て、わずかに首を傾《かし》げた。その仕草を見て、不覚にも可愛いとか、思ってしまった。

「そうねぇ」

「良い名前が思いつかないわ」

少女が言った。考え始めてからまだ数秒も経《タニャ》っていない。おいおい、なんて短気な子なんだ。

「何かいい名前をつけてよ。たくさんの馬を見てきたお前なら、素敵な名前も知ってるでしょう？」

この子は馬鹿なのか。それとも呆れるほど奔放《ほんぽう》なのか。畏《かしこ》まっている自分が阿呆に思えてくる。

「馬は大切な財産です。俺みたいな使用人に、大事な馬の名づけを任せちゃダメですよ」

「でもお前はこの子の育ての親でしょう？　育ての親に名前をつけて貰って何が悪いの？」

俺は驚いて、少女の顔を見つめた。

そして彼女が本気でそう思っていることを知り、思わず苦笑してしまった。

「ハザイードという名はどうですか？　『幸運』って意味です」

「それ、いい！」

少女は満面に笑みを浮かべた。そしていきなり俺の手を取り、ぶんぶんと振り回す。

「それじゃ、私をハザイードに乗せて！」

「だ、ダメです！」

俺は慌てて彼女の手を振りほどいた。

「ハザイードはまだ人を乗せる訓練をしてません。鞍も手綱もつけていないし——」

「でもお前がついていれば大丈夫でしょう？」

「いいえ。ハザイードは賢い馬ですが、馬は馬です。人間の考える通りに動いてくれるとは限りません」

俺は頑として突っぱねる。すると少女は祈るように両手を合わせ、じわじわと俺ににじり寄った。

「ちょっとだけ。ほんのちょっと背中に腰掛けるだけ。それだけならいいでしょう？」

「私からもお願いします」

涼やかな声で貴婦人が言った。彼女は少女の両肩に手を置き、微笑みながら俺を見つめる。

「この子、馬に乗るのが楽しみで、昨夜はほとんど眠れなかったくらいなの」

空怖ろしいほどの美人にそこまで言われたら、断れるわけがない。

「じゃ、少しだけ。腰掛けるだけですからね？」

渋々了解すると、少女はぱあっと表情を輝かせた。

「ありがとう！」

「ただし乗ったら動かないこと。腹を蹴ったり、首にしがみついたりしちゃいけません。あと決して俺の手を放さないこと。約束出来ますか？」

「約束する！」少女は再び俺の手を握り、ぶんぶんと振り回しました。「お前の言うとおりにする！」

やれやれ、こうなったら仕方がない。

「動かないで」

俺は少女の細い腰を両手で支え、ひょいとその体を持ち上げた。そしてハザイードの背にちょんと座らせてやる。ハザイードはちょっと嫌そうに身じろぎしたけど、それでも大人しく立っている。俺は少女の腰から手を放し、その両手を握った。

「うわぁ、高いのね」

うっとりとした顔で少女は周囲を眺めた。初めての騎乗だというのに、怖がる様子は微塵《みじん》もない。彼女はハザイードの耳元に口を寄せ、そっと囁《ささや》いた。

「よろしくね、ハザイード？」

ブルルッとハザイードが首を振った。その拍子に、黒髪の少女はバランスを崩す。

「きゅわ……」

馬の背から滑り落ちてきた彼女を、俺は慌てて抱き止めた。けど勢いは殺しきれず、少女を抱えたまま、後ろ向きに倒れる。打ちつけた背中に激痛が走り、一瞬、息が詰まった。

「どうしよう、ごめんなさい！」

少女の声が聞こえた。

目を開くと、目の前に大きな青い瞳があった。俺の腹の上に馬乗りになるというとんでもなくはしたない格好で、少女は心配そうに俺の顔を覗き込んでいる。

「大丈夫――？」

大丈夫じゃない。それでも俺は体を起こした。背骨が悲鳴を上げたけど、正直それどころじゃない。

「大丈夫ですから、俺の上から降りて下さい」

「あ、ごめんなさい」

少女は立ち上がった。先程までのお転婆《てんば》っぷりはどこへやら、しゅんと肩を落としている。

不覚にも、また可愛いと思ってしまった。

俺は立ち上がると、両手の埃を払ってから、俯《うつむ》いている彼女の頭をぽんぽんと叩いた。

「心配いりません。ハザィードはちょっと驚いただけ。貴方のこと、嫌っているわけじゃありません」

少女は顔を上げ、大きな青い瞳で俺をじっと見つめた。

「お前の名前、まだ聞いてなかったわ」

「俺はアーディン。調教師トラグディの息子です」

「アーディン――」

青い瞳がキラキラと輝く。その眼差《まなざ》しは真正直に、痛いほどの尊敬の念を訴えてくる。

「お前、すごくて格好いいわ！」

俺にとって、それは聞き慣れた言葉だった。

なのに、なぜか動揺してしまった。頰《ほお》が熱くなり、顔が赤くなるのが自分でもわかる。

「私はイズガータ。イズガータ・ケナファよ」

少女もまた頰を染めながら、俺に右手を差し出した。俺がその手を握ると、彼女は笑った。

眩《まぶ》しさを感じるほど素直な笑顔だった。

「私、お前のことが好きになっちゃったみたい！」

それが俺の生涯の主《あるじ》となる、イズガータ・ケナファァとの出会いだった。

イズガータはコーダにあるケナファ家の屋敷で乳母や召使いに育てられた。そして六歳になった時、かねてからの約束通り、父エズラが住むこのサウガ城へと移ってきた。ハウファ様は彼女の教育係としてついてきたのだそうだ。

イズガータとハウファ様。この二人の出現に、サウガ城はお祭り騒ぎになった。

イズガータは父親に似て怖いもの知らずで、毎日サウガ城内を駆け回った。台所に顔を出してつまみ食いをしていたかと思うと、見張り塔の旗の下で口笛を吹いていたり。かと思えば門楼番の騎士と話していたり、厩舎までハザイードに会いに来たり。使用人達は「イズガータ様は一人じゃない。外郭に二人、内郭に二人、城壁のあたりにも一人潜んでいらっしゃるに違いない」と呆れながら話していた。

ハウファ様はイズガータに行儀作法や読み書き、この国の歴史なんかを教えていた。けどイズガータは一時もじっとしていられない娘だったから、ハウファ様は毎日、イズガータを捜す羽目になった。

「イズガータ様を見かけませんでしたか?」

そう言いながら城内を歩き回る彼女に、若い騎士達はこぞって手伝いを申し出た。

ケナファ騎士団は六つの隊に分かれていて、医療活動を主とする第六士隊《シャハル》以外の五つの士隊が、六日《ヤウム》交替で領地の見回りに出る仕組みになっていた。だから一カ月働いた後には、六日間《ヤウム》の休暇が与えられる。若い騎士達は嬉々としてサウガの町まで飲みに出かけたり、花の館に通ったりするのが常だった。

けどイズガータとハウファ様が城に来てからというもの、奴らはハウファ様の手足となって城内を駆け回るようになった。大声を上げてイズガータを捜し回るようになった。

でもイズガータは決して見つからなかった。十諸侯の一人娘が、貴族の中の貴族であるケナファ家のご令嬢が、馬糞臭い厩舎の飼い葉桶《かいばおけ》に隠れているなんて誰が考える？

黒い髪のあちこちに藁屑をつけたまま、イズガータは俺が働く様子を飽きもせずに眺めていた。

「お前の髪、色が薄くて、まるで飼い葉みたいね」

「微妙に誉めてませんよ、それ」

「そう？　でも私は好きよ」

飼い葉桶の上に座り込み、頬杖をつきながら、イズガータは不思議そうに言った。

「ねぇ、なんでお前は私を摑まえようとしないの？」

鋤《すき》で汚れた藁を掻き出しながら、素っ気なく俺は答えた。

「イズガータ様を捜すのも摑まえるのも、俺の仕事じゃありませんからね」

「アーディンって、やっぱり変わってる」

「イズガータ様ほどじゃありませんよ」

「どういう意味よ、それ」

青い眼が俺を睨む。

俺は知らんぷりをして仕事を続ける。

「けど、どうして逃げるんです？　ハウファ様のこと、嫌いなんですか？」

「ううん」イズガータは首を横に振った。「ハウファのことは大好き。綺麗だし、いい匂いがするし、優しいいし。きっとお母さんって、こんな風なんだろうなって思う」

そこで彼女は俯き、小声でつけ足した。

「私がまだ小さい頃に死んじゃったから、お母さんのことはよく覚えてないけど」

イズガータの母親は、彼女がまだ二歳にもならないうちに流行病で亡くなったと聞いた。エズラは後妻《めと》を娶らなかったから、ハウファ様が館に引き取られた時には、ちょっとばかり噂になったものだ。

「俺も母の顔を知りません」

イズガータを見ないようにしながら、俺は言った。

「顔だけじゃない。名前も知らないんです」

「まあ……そうなの」

イズガータは深いため息をついた。彼女らしくない仕草に顔を上げると、イズガータは俺を見て、にこりと笑った。

「じゃ、私達、おんなじね？」

胸の奥がちくりと痛んだ。

なぜなのかは、わからなかった。

この時、俺はまだ八歳。この歳の子にしては驚くほど聡明で利発な子供だったけど、それでも俺達は同じじゃないってことに気づくには、まだまだ幼すぎたんだ。

冬が来て、年が明け、雨期を経て、また夏が巡ってきた。俺は二匹の犬を伴い、厩舎の馬達を丘に連れ出した。人に慣れた馬達はつかず離れずの距離を保ちながら、大人しく草をはんでいる。

何かあれば賢い二匹の犬が知らせてくれる。俺は丘の上に立つアタフの大木の根元に座り、新緑に覆われた丘とケナファ馬の群れをぼんやりと眺めていた。

昼を少し過ぎた頃。サウガ城から一騎の馬が走って来るのが見えた。それは立派な葦毛馬に成長したハザイードだった。騎乗しているのは言うまでもない、長い黒髪を馬の尻尾のように結い上げた、極めつきのじゃじゃ馬だった。

ハザイードは一気に丘を駆け上り、俺の側までやってきた。イズガータはハザイードから降りると、手早く鞍と手綱を外した。その首を優しく叩き、「お前も行っておいで」と囁く。ハザイードは嬉しそうに首を振ると、トコトコと駆け出し、多くの馬に混ざって新鮮な草をはみ始める。

イズガータは俺の隣、大樹の根元にすとんと腰を降ろした。両手を頭上に突き上げ、嬉しそうに伸びをする。

「あ〜、生き返る〜！」

「また抜け出してきたんですか？」

呆れたというように、俺は肩をすくめて見せる。

「ハウファ様もお気の毒に」

「きちんと書き取りは終わらせてきたわよ！」

　黙って城を抜け出してきたことに変わりないのでは……と思ったけど、言わないでおくことにした。

「そうそう、いいものを持ってきたの」

　イズガータは乗馬服のベルトに吊した袋を探り、薄紙の包みを取り出した。薄紙を広げると、二つの睡蓮《すいれん》が現れる。薄紅色をした可愛らしい砂糖菓子だ。

「あ、壊れちゃってる」

　残念そうにイズガータが呟いた。彼女の言うとおり、一方の砂糖菓子は花片《はなびら》が割れている。イズガータは逡巡《しゅんじゅん》したあげく、崩れていない方の花を俺に差し出した。

「はい、どうぞ」

　俺は菓子とイズガータを交互に眺めた。

「貰っていいんですか？」

「だってお前の分だもの」

　なんでそんな当たり前のことを聞くんだというように、イズガータは首を傾げる。

「ひとつはアーディンにって、今朝ハウファがくれたの」

　ということは、イズガータが城を抜け出すことを、ハウファ様は見越していたんだな。

「じゃ、ありがたくいただきます」

　そう言ってから、俺はニヤリと笑った。

「でも、そっちの崩れてる方でいいです」

図星だったらしい。イズガータの頬がさっと赤くなった。

「余計なことは言わなくていいのッ！」

彼女は俺の手に、崩れていない方の砂糖菓子を押しつけた。そして自分はふくれっ面のまま、砕けた花片を口に運ぶ。

「お腹に入っちゃえば形なんて関係ないもん」

少しずつ砂糖菓子を囓《かじ》っては、

「甘〜い、おいし〜い」

うっとりと眼を細める。

そんな彼女を見ているだけで、なんだか温かい気分になってくる。俺は「いただきます」と言って、砂糖菓子をぽいっと口の中に放り込んだ。

「あーっ！」

イズガータが絶叫した。

「もっと大切に食べなさいよ！」

「らって、くるひらっらもっらいらいれひょう」

「何て言ってるか、わかんない！」

俺は右手で口を押さえ、ちょっと待てと左手を突き出した。時間をかけてゆっくりと砂糖菓子を舌の上でとろかす。その甘みを堪能《たんのう》した後、改めて口を開く。

「だって、崩しちゃったらもったいないでしょう？」

「――あきれた」

そう言いながらも、イズガータは愉快そうに笑った。

俺達は大樹の幹にもたれて座り、黙って丘を眺めた。丘には一面に新芽が芽吹き、緑色のうねりとなって地平線まで続いている。美しい季節。穏やかな光景。これで天に時空晶さえなかったら最高なのにな。

「ねぇ、アーディン」

丘に目を向けたまま、イズガータが言った。

「青空を見たことがある？」

「ありませんね」

「お前はここに来る前、いろんな領地を旅して廻っていたんでしょう？」

「ええ、でもこいつは──」と言って、頭上を指さす。「外縁山脈の向こう側まで続いているんです。だからイーゴゥ大陸を出ないと、青空は見られないんですよ」

「そうなんだ」

イズガータはがっかりしたように頬杖をつく。

「じゃ、他の領地の話をして。ザイタ領には外《と》つ国《くに》の人がいるってホントなの？」

「ええ、本当です」

俺は旅の間に見聞きした、各地の話を披露した。

イーゴゥ大陸の中心には六人の大主教が治める聖教会直轄領があり、その周囲を十諸侯の領地が取り囲んでいる。デーブラ領の港町にはセーヴィルで作られた剣や盾を売る店が並んでいる。時空鉱山が多いネツァーの領民は裕福で、食べ物がとても美味《おい》しい。

聖教会直轄領エトラヘブの北にある森は死影《しえい》が出るから入っちゃいけない。聖教会直轄領の山道にはたいてい山賊が出る。神聖騎士団の奴らは山賊から賄賂《わいろ》を貰って見て見ぬふりを決め込む。もっと酷い奴になると、一緒になって旅人や商人を襲ったりする。

その点、ケナファの領民は恵まれている。領主は領民の意見にも耳を傾けてくれるし、騎士団が端々にまで目を光らせているから治安もいい。だからケナファ領の交易地には全国から大勢の商人が集まる。

「サウガが賑《にぎ》わっているのには、ちゃんとわけがあるんですよ」

「ふうん……父上ってすごい人なんだ」

寂しそうにイズガータが呟く。俺は横目で彼女を盗み見る。彼女は遠くの地平を眺めている。

「父上は私に『お前が男だったらな』って言うの。私だって詩を朗読するより、馬に乗って走っている方が好き。刺繡《ししゅう》をするより剣を振っている方が楽しい。でも私は女だから、騎士にはなれないんだって」

イズガータは天を見上げ、灰色の時空晶を睨んだ。

「光神サマーアは不公平だわ」

俺も天を覆う時空晶を見上げた。

そして、わざと戯《おど》けた口調で言った。

「じゃ、旅に出ましょうか？」

「──え？」

「騎士になるのは無理でも、渡りの剣士にならなれますよ。国も身分も捨て、己の剣だけで道を切り開く。そういう生き方も格好いいと思いませんか？」

本気で言ったわけじゃない。ほんの冗談だ。

なのに、彼女は笑わなかった。

笑わずに、真剣な眼差しで俺を見つめた。

「お前、渡りの騎士になるつもりなの？」

「いずれはそうなりたいと思ってますが――」

「なら、その時は私も連れて行きなさい」

彼女は本気だった。

本気でそう言っていた。

「わかりました」

俺は立ち上がり、左胸に拳を当てて、騎士風のお辞儀をしてみせた。

「このアーディン。馬丁の身分を捨て、渡りの剣士となる時には、必ずやお嬢様を攫《さら》いに参ります」

実際にそんなことをしたら首を刎《は》ねられる。イズガータはケナファ家の血を引く一人娘。やがては高貴な血筋の者と結婚し、家を継がなければならない。

そんなことはわかっていた。

わかっていたからこそ願わずにはいられなかった。

このまま時が止まってしまえばいいのに、と。

子供の頃の思い出は砂糖菓子のように甘い。

幸福な日々は砂糖菓子のように脆《もろ》い。

それが終わった日のことを俺は決して忘れない。


サマーア神聖教国の政《まつりごと》は十諸侯が集まる領主院と、サマーア聖教会の頂点に立つ六大主教達による神聖院によって行われる。そこでどんな話し合いがなされているのか。俺は知らない。けど、想像することは出来る。

十諸侯の土地には、聖教会を守るという名目で神聖騎士団が駐留している。奴らは飲んで暴れて領民を傷つけ、店を壊す。でも土地の領主が神聖騎士団を裁くことは出来ない。神聖騎士団は聖教会の兵隊であり、光神王の兵隊だからだ。

十諸侯よりも聖教会の方が格が上。それは政でも同じだ。十諸侯が無理を通そうとすれば、必ず釘を刺される。

十諸侯の一人であるエズラ・ケナファは、自分の意見をゴリ押しするような人じゃない。けど譲れないところは決して譲歩しない頑固親爺でもあった。エズラは十諸侯騎士団を統《す》べる大将軍で、民にも人気があったから、神聖院も彼に対しては強く出られなかった。

だからこそ、聖教会はエズラを恐れた。

イーゴゥ大陸がサマーア神聖教国として統一される前、十諸侯の先祖はそれぞれの国の王だった。彼らは初代光神王アゴニスタ一世との戦に敗れ、その傘下に入った。大陸を平定したアゴニスタ一世は十諸侯達に土地の管理を任せたが、彼らが反乱を起こすのを防ぐため、彼らの娘を王城内の後宮に住まわせた。つまり、人質をとったわけだ。

この風習はすでに風化している。けど今でも十諸侯の中には、光神王の覚えめでたくなることを願い、見目好《みめよ》い娘を養女として召し上げた後、後宮へと差し出す者もいた。

エズラはこの風習を嫌っていた。

でも今回ばかりは断ることが出来なかった。

なぜなら、これは『処罰』だったからだ。

ケナファ領に隣接する聖教会直轄領エトラヘブ。それを統治する六大主教エトラヘブ卿ラカーハ・ラヘシュは、エズラに「娘を差し出せ」と言ってきた。

「三年前、鬼《サナ》の発生により滅びたケナファ領アルニール。鬼《グル》が発生したのは、影使い狩りを怠《おこた》ったケナファ侯の責任だ。かねてからケナファ侯は影使い達を保護しているという噂を聞くが、侯は影使い達に反乱を起こさせるつもりなのではあるまいか。もし違うというのなら、光神王への忠誠の証《あかし》として娘を差し出せ」というのが奴らの主張だった。

これはケナファ侯の権威を削《そ》ごうとする謀略だ。抗《あらが》えば光神王への叛意《はんい》有りとして処罰される。一人娘のイズガータを後宮に取られてしまったら、ケナファ家の血筋は絶えてしまう。どちらに転んでもケナファ家は追い詰められる。

この窮地を救ったのは、ハウファ様だった。

「私が光神王の元へ参ります」と彼女は言った。

養女とはいえ、ハウファ様はケナファ家の娘。聖教会が押しつけてきた難題をすり抜けるには、彼女を差し出すのが最上の策だった。

自分の身代わりとしてハウファ様が後宮に行くことを知ったイズガータは、炎のように怒り狂い、「行っちゃ嫌だ」と泣き叫んだ。それでもハウファ様の決意は揺るがなかった。涙にくれるケナファ騎士団の若者達を残し、彼女はサウガ城を出て行った。神籍《しんせき》を得るためエトラヘブ卿ラカーハ・ラヘシュの養女となり、その後、光神王アゴニスタ十三世の第二王妃となった。

身寄りのない地方領主の娘が、王妃として王城に迎え入れられる。常識的に考えるなら、名誉なことだと喜ぶべきなんだろう。けど、サウガ城は静まり返った。まるで喪に服しているみたいだった。

それをひっくり返したのは、やっぱりイズガータだった。彼女は父親と騎士団の前で「私は必ずハウファを取り返す」と誓い、「それまで私は女を捨てる」と言って、長い髪を切ってしまった。

彼女が本気であることを知ったエズラ・ケナファは、娘の躾《しつけ》にも騎士団の掟を適用した。つまり本気で騎士になりたければ、実力で登ってこいと言ったんだ。

イズガータはエズラの従者となり、他の騎士見習いと一緒になって剣の鍛錬を始めた。

で、俺はというと、正直迷っていた。イズガータと一緒にいれば退屈しなくてすむ。けど騎士になるというのは面白くない。有事の際、騎士は光神王のために働かなきゃならない。俺にとって光神サマーアは頭上を覆う鬱陶《うっとう》しい時空晶でしかなかったし、能ナシのくせにやたら威張り散らす聖職者達も神聖騎士団も大嫌いだった。その頂点に立つ光神王のために、命を捧げるなんてとんでもない。願い下げだよ。

そんな俺を、厩舎まで説得しに来た人がいた。

エズラ・ケナファ大将軍、その人だった。

「あの跳ね返りも、お前には懐いているようだな」

イズガータがいつもそうしていたように、飼い葉桶に腰掛けて、エズラは切り出した。

「お前はそこらの騎士よりも腕が立つ。その気になれば、私を超えることだって出来るだろう」

「お世辞は結構」

俺がまだ旅芸人の一座にいた頃、『この子に勝てたら一ディナル』の勝負に勝って、俺から一ディナルを巻き上げてみせたのは、このエズラ・ケナファ大将軍ただ一人だ。

「それで、俺に何の用です？」

仕事の手を止め、俺はエズラと向かい合った。

エズラは居住まいを正し、イズガータと同じ青い眼で、じいっと俺を見つめた。

「アーディン、イズガータを守ってくれんか？」

「そんなにお嬢様が心配なら、騎士団なんかに入れなきゃいいじゃないですか」

「駄目と言われて引き下がる娘か、あれは？」

「そんなこと言っていると、嫁の貰い手がなくなりますよ？」

「私もそう言った。だが言い返されたよ。十八歳までにモノにならなければ大人しく結婚する。それまでは自分の好きにさせろ……だそうだ」

ああ、イズガータが言いそうな台詞《せりふ》だ。啖呵《たんか》を切る様子が目に見えるようだ。

「それにあの娘には剣の才がある。もちろん本人の努力次第ではあるが、本当に騎士になってみせるのではないかと、私はひそかに思っている」

「親馬鹿ですね」

「ああ、まったくな」

俺の失礼な発言をからりと笑い飛ばし、エズラは続ける。

「あれはなかなか魅力的な娘だ。男所帯に放り込めば、不埒《ふらち》な真似をしようとする者が出ないとも限らない。とはいえ、騎士団では力がすべてだ。私が特別に目をかけてやることは出来ん」

まあ、確かに。何よりイズガータ本人が、それを良しとしないだろう。

「だから、俺に彼女を守れと？」

エズラは頷いた。

「お前が騎士になることを拒んでいることは承知している。が、こんなことを頼める相手はお前以外におらんのだ」

そう言って、彼は頭を下げた。

「頼む、アーディン。娘を守ってやってくれ」

大貴族であるケナファ侯が、流民である俺に頭を下げる。相手がもっと俗物だったなら、痛快に感じたかもしれない。けどエズラが相手じゃ居心地悪い。俺はエズラを好いていたし、尊敬もしていたから。

「わかりました」

というわけで、俺は騎士を目指すことになった。

予想外だったのは、あの寡黙な親父が大反対したことだった。「騎士になるなど許さん」と言い、「お前がケナファの騎士になったら親子の縁を切る」とまで言った。

お笑いだ。切るも切らないも、俺達に親子の絆《きずな》なんて存在しないも同然じゃないか。

「馬しか愛せない男が俺の人生に口出しするなよ」

そう言い捨てて、俺は厩舎の側の小屋を出た。

ケナファ騎士団の騎士見習い達は、宿舎の一階にある大部屋に押し込められる。一番下っ端の彼らは誰よりも早く起き出して、掃除や洗濯、剣や甲冑《かっちゅう》の手入れなど、雑用をこなさなきゃならない。

けどイズガータと俺はエズラの従者ということになっていたから、大塔にあるエズラの私室の隣に専用の小部屋が与えられた。大部屋よりかはマシだけど、俺はイズガータと同じ部屋で寝起きしなくちゃならなくなった。

そこで俺は二つの寝台の間に衝立《ついたて》を立てた。

「これから右は俺の領地。左側は貴方の領地です。お互いの領地は不可侵ということにしましょう」

俺の提案に、イズガータはむっとして言い返した。

「余計な配慮は無用だ。私は女を捨てたんだ。こんな衝立などいらない」

「貴方のためじゃない。俺のためです」

俺は自分の両肘を抱き、しなをつくって見せた。

「俺って罪作りな色男ですからね。貴方だって俺の裸を見たら、きっと襲いかかりたくなりますよ？」

「だ、誰が襲うか！」

「――本当に？」

「当たり前だ！」

「じゃ、絶対に覗かないで下さいよ？」

「覗くもんか！」

　ふざけているわけじゃない。俺のためというのも半分は本音だ。イズガータの裸を見たら理性を保っていられるかどうか。正直、俺には自信がない。彼女を守ると約束した俺自身がそんなことをしでかしたら、間違いなくエズラに殺される。エズラは寛大な人間だけど、所詮は貴族だ。いざとなったら俺を斬《き》り殺すことぐらい、何とも思わないだろう。

　利用されていることを承知しながら、言うなりになるのは気持ちのいいもんじゃない。けど俺は俺なりに納得もしていた。だってイズガータの側にいれば、退屈だけはしなくてすむじゃないか。

　騎士見習いとなった俺は、始終イズガータの側に張りついて、彼女を見守った。

　騎士団の恥になるからあまり大きな声では言えないけど、ケナファ騎士団の見習い達はまだ餓鬼で、騎士道精神も持ち合わせていなかった。イズガータがエズラの娘だと知っていても、彼女にちょっかいを出そうとする者は後を絶たなかった。

　彼女の着替えや水浴びを覗こうとする奴らなんかはまだ可愛い方だ。格闘訓練の最中に胸や尻を揉む程度も黙認した。けど歯止めが利かなくなって彼女の服を引き裂いた奴は、手が滑ったふりをして剣の柄《つか》で鼻柱をへし折ってやった。

そんな俺のことを、女の腰巻きだの下僕だの言う奴は大勢いた。

「その通りですよ」と俺は言い返した。「けど、俺に勝てないあんたらは、女の腰巻き以下ってことですね？」

実際俺は、騎士見習いの中では誰よりも強かった。だから負け犬達が何を喚《わめ》こうが一向に気にしなかった。

けど一度だけ、失敗してしまったことがある。

作業場の脇にある通用口。階段を下れば濠に面した洗濯場に出る場所で、俺は五人の騎士見習い達に捕まった。

「イズガータは貴族の娘だ。お前みたいな流民とは住む世界が違うんだよ」

そう喚いたのは、ケナファ家の遠縁に当たる小領主の息子だった。実力もないくせに、いつも偉そうにふんぞり返っていやがる、いけ好かない奴だった。

いたんだよ、昔は。ケナファ騎士団にもそういう奴が。もう名前も覚えてないけど。

そいつは貧乏村出身の騎士見習いを買収し、味方につけていた。手下の四人に俺を取り押さえさせ、意気揚々と言ってのけた。

「俺が諦めさせてやるよ」

奴は木戸に向かおうとした。折り返し階段を下った先の洗濯場ではイズガータが水浴びしている。奴が何を企んでいるのか、すぐにわかった。

今のイズガータならあんな奴、片手で叩き潰してみせるだろう。でも当時のイズガータはまだまだ未熟で、あんな阿呆にも簡単に押し倒されてしまいそうに思えた。

行かせるわけにはいかない。そう判断した俺は、右腕を摑んでいる奴の鳩尾《みぞおち》に右肘を叩き込んだ。同時に左足を後ろに振り上げて、左腕を摑んでいた奴の股間《こかん》を蹴り上げる。体を半回転させ、俺を押さえつけようとした奴の腹に膝蹴りをお見舞いし、もう一人の鼻に拳を叩き込む。

騎士見習いが習う格闘技は関節技とか絞め技とかばかりだったから、こういう下町仕込みの喧嘩には誰もついてこられない。

あっという間に四人が倒れた。

立っているのは俺と——馬鹿が一人。

「な、なにをするッ！」

「何って、売られた喧嘩を買ったんですよ」

俺がニヤリと笑ってみせると、止せばいいのに、そいつは剣を抜いた。刃を潰した訓練用の剣。それでも充分に殺傷力はある。

奴は剣を突き出した。俺が怯《ひる》むと思ったんだろう。生憎《あいにく》、俺は見かけほどヤワじゃない。剣先が頰をかすめても、俺は瞬《まばた》きさえしなかった。そのまま突進して奴の顎に頭突きをぶちかました。

「ぐふ……ッ」

奴は呻《うめ》いて、あっけなく剣を取り落とした。俺は剣を遠くに蹴り飛ばしてから、ふらつく奴の顔面に、遠慮なく拳を叩き込んだ。

「た、たすけて……！」

奴は仰向《あおむ》けに倒れ、悲鳴とも泣き声ともつかない声で喘いだ。俺はその腹に馬乗りになって、なおも奴を殴り続けた。彼の顔はみるみるうちに腫れ上がり、バタイモのようにボコボコになった。手下の四人が「もう止めろ」だの「死んじゃうよ」だの叫んだが、もちろん無視した。

俺は立ち上がると、もはや身動きすらしなくなった馬鹿の襟を摑んで、木戸まで引きずっていった。木戸を開き、階段の最上段に立つと、そこから真下の濠へ奴を投げ落とした。

一瞬の静寂。

そして、派手な水音。

手下の一人が慌てて人を呼びに行き、奴は濠から引き上げられた。が、それ以来、奴の姿を見たことはない。再起不能になったとか、廃人になったとか、噂話は耳にしたけど、興味なかったんで詳しくは聞かなかった。

力がすべてのケナファ騎士団でも喧嘩は両成敗。俺は懲罰房送《ちょうばつぼう》りになった。懲罰房の暗闇で、俺は思い返していた。

意識のない人間を水に投げ落としたらどうなる？　普通は死ぬ。それはわかっていた。だから激高《げっこう》して、我を見失っていたわけじゃない。ただ見せしめにこいつを殺しておけば、もう誰もイズガータには手を出さないだろう。そう思っただけだ。

まぁ、結果的には殺し損ねたわけなんだが、とりあえず目的は達したと言えるだろう。

それよりも気になったのは、イズガータの反応だった。どうして喧嘩になったのか。理由は彼女にも伝わっているだろう。俺に庇《かば》われたことを知ったら——あのイズガータのことだ。きっと嵐のように怒り狂うに違いない。

だが懲罰房から出された俺が部屋に戻っても、イズガータは何も言わなかった。それはそれで結構なことなんだが、すさまじい大嵐を覚悟していただけに、肩すかしをくらった気分だった。

でも彼女は、何も感じていなかったわけじゃなかった。

それ以降、イズガータは誰よりも長く剣を振るい続け、男でも悲鳴を上げる厳しい鍛錬を黙々とこなすようになった。毎夜、衝立の向こう側から呻き声が聞こえた。全身の筋肉が悲鳴を上げて、眠れないでいるんだ。

「冷やした方がいいですよ」

衝立の向こう側に、俺は声をかけた。

答えはない。呻き声はいつしか嗚咽《おえつ》に変わっていた。いたたまれなくなって、俺は寝台から身を起こし、下履きを突っかける。

「水を汲《く》んできますね」

「アーディン」

余計なことをするなと怒鳴られるのを覚悟しながら、俺は彼女を振り返った。

イズガータは寝台の上に半身を起こし、青く光る目で俺を見ていた。

「私に曲刀の使い方を教えてくれ」

怒りを抑えた声で、彼女は言った。

「曲刀は直剣に較べ、腕力を必要としないと、前に言っていただろう？」

「そう、ですが――」

俺は言葉を濁した。

直剣は基本的には突くか殴るための武器だ。攻撃力はあるが、扱うには相応の腕力を要する。その点、曲刀は斬り裂くための剣だ。刃が弧を描いているから相手の体に刺さりにくい。直剣に較べれば力もいらない。

「曲刀は相手の懐に飛び込んで、急所を掻き斬るための武器です。使いこなすには相当な度胸と技術が必要になります」

「わかっている」

「それに曲刀は敵国デュシスで開発された武器です。誇りある騎士が使う得物じゃない」

「わかっていると言っているだろう！」

悲痛な声が部屋の中にこだまする。

「そんなことに構ってなどいられない！」

ああ、やっぱり。彼女は俺に庇われたことを屈辱だと思っているんだ。自分自身を守れない己に腹を立てているんだ。

「俺があの馬鹿を叩きのめしたのは、奴が俺のことを『流民』と呼んだからです。俺は売られた喧嘩を買っただけ。貴方には何の関係もありませんよ」

イズガータは何も言わなかった。

彼女を傷つけないような言葉を選びながら、俺は続けた。

「俺は騎士になります。貴方の代わりに騎士になって、ハウファ様を奪い返してみせます。そう誓ったら――イズガータ。貴方、騎士になるのを諦めてくれますか？」

その答えは、冷ややかな笑い声だった。

「どうかしているぞ、アーディン」

研ぎ澄まされた刃のように、鋭く冷たい声。

「お前は私の奴隷でも下僕でもない。そこまでお前にして貰う理由などどこにもない」

「じゃあ、俺は貴方の騎士になりましょう。貴方の命に従い、俺がハウファ様を奪還しましょう」

そんな真摯《しんし》な申し出を、イズガータは鼻で笑い飛ばした。

「私のような無能者に仕えようとはな。アーディン、お前、いつの間にそんな安い男に成り下がった？」

これには、さすがの俺もカチンと来た。

「俺は――」

言い返しかけ、そこで言葉に詰まった。

俺は――なんだ？　俺は今、何て言いかけた？

貴方のためになら何でも出来る？

貴方が傷つく姿を見たくない？

そんな、馬鹿な！

「私のためになら、お前は何のためらいもなく手を汚す。そんなお前に、お前一人に手を汚せと、私が言うとでも思ったか？」

いつの間にか、イズガータが俺の前に立っていた。

「同情でお前の忠誠を得ようとは思わない。私は強くなる。お前を従わせても見劣りしないくらい強くなる。私は必ず、お前に忠誠を誓わせるに足る領主になってみせる」

爛々《らんらん》と輝く蒼輝晶。その瞳に、俺は飲まれた。

思わず跪《ひざまず》きそうになる衝動を懸命に堪《こら》える。

「そのためには手段など選ばない。敵国の武器であろうが、人から揶揄《やゆ》されようが、それが私の力となるのなら迷うことはない」

イズガータは嗤《わら》った。もはや少女とは言えない、けど淑女のものでもない、力強くも歪《ゆが》んだ嗤い。

「ここでは力がすべて。そうだろう？」

かなわないと思った。

きっと、生涯、この人にはかなわない。

俺は努力することを知らない。何がそこまで彼女を駆り立てるのかもわからない。だからこそ、腹の底がザワザワする。これほどまでに熱く激しく夢を見ることが出来る彼女が、妬《ねた》ましいほど羨《うらや》ましい。

「わかりました」

頷く以外に、俺に何が出来ただろう。

「曲刀の使い方を教えましょう」

その翌日から、特訓が始まった。

速さを身につけるには足腰を鍛えるしかない。俺はイズガータに徹底的な走り込みを強要し、重い荷物を塔の上へと運ばせた。騎士見習いが騎士見習いを鍛錬するなんて、掟破りもいいところだ。けど、誰も何も言わなかった。ここでは力がすべて。過程なんかどうでもいい。ただ強くなりさえすればいいんだ。

俺は、親父がくれた曲刀を彼女に貸した。曲刀の刃は薄い。直剣と斬り結んだら刃が折れる。相手の攻撃は避けるしかない。速さで力を圧倒し、急所を突くしかない。騎士の甲冑は固く、曲刀では突き破れない。狙うのは接合点だ。顎の下から首を薙《な》げば、致命傷を与えられる。脇下や胸当ての下からは心臓が狙える。肘の内側や手首をやれば攻撃力を奪える。足のつけ根、膝の裏側、足首を突けば動きを封じられる。

乾いた砂が水を吸収するように、イズガータは技を習得していった。速さが身につくにつれ、その攻撃力は増していった。どんなに力強い一撃でも、当たらなければ意味がない。彼女は相手の剣をかいくぐり、一撃で急所を叩いた。まるで相手の動きを読むかのように。

彼女の急成長を、俺は感嘆と畏怖《いふ》をもって眺めた。

いるんだ、こんな女が。

エズラの言ったとおりだった。イズガータには天賦《てんぷ》の才がある。半年《サナ》も経たないうちに、彼女は曲刀をモノにした。

もう誰も彼女にちょっかいを出そうとはしなかった。あの馬鹿を半殺しにして以来、騎士見習い達は俺を恐れ、近づくことさえしなくなっていた。その上、イズガータの心配もしなくていいとなると、今度は暇で仕方がない。

そんな中、俺に勝負を挑んでくる奴がいた。

ラファスというその阿呆は、騎士見習い達の中でも、俺の次に強いと言われている男だった。まだ十五歳だというのに熊《ドゥップ》のようにデカかった。何を喰ったらここまで大きくなれるんだろう。感心する以前に呆れてしまう。

ラファスはいつも力に任せに戦斧《せんぷ》を振り回した。実に効率の悪い、頭の悪い戦法だった。懐に入ってしまえば簡単に急所を狙える。練習試合は当然俺の全勝だった。

けど奴は何度敗れても、足腰立たなくなるほど叩きのめされても、連日俺に挑みかかってきた。とことん頭が悪いらしい。勝利を三十回積み重ねたところで俺は呆れ果て、彼に尋ねた。

「いい加減、諦めたらどうです？」

後頭部に一撃を受けて昏倒《こんとう》していたラファスは、のっそりと起き上がった。

「……ヤだね」

「あんたの戦い方は乱戦向きです。一騎打ちじゃ俺に勝つのは無理ですよ」

「そんなのわかってるさ」

ラファスは血の混じった唾を吐き、正面から俺を睨んだ。

「オレは故郷の弟や妹達と約束したんだ。この国で一番強い騎士になるってな。オレは嘘つきにゃなりたくねぇ。だから騎士見習いのお前なんかに、負けるわけにはいかねぇんだよ」

予想外の答えだった。

ちょっと感動してしまった。

俺は家族愛とは無縁の人間だったから、こういう奴には弱いんだ。

「じゃ、これからも遠慮なく叩きのめしますよ?」

俺は冷笑しながら剣を構えた。ラファスは戦斧を持ち上げ、にやりと笑った。

「望むところだ」

そんなわけで、俺は連日、ラファスをとことん殴り倒した。足腰立たなくなった彼を治療院に運ぶのが、俺の日課になった。

サウガ城の内郭にある治療院では、怪我をした騎士の手当てだけでなく、病気に苦しむ領民達の診療も行っていた。無料で診察が受けられるため、領内各地から大勢の患者が詰めかけてくる。当然、いつ行っても大賑わいだ。

「ホントに君は私の仕事を増やしてくれるねぇ」

そう言いながら、嬉々としてラファスを手当てするのはトバイットだった。彼はすでに騎士の称号を得ていたが、馬には乗らないし、剣も槍も持たない。彼は医療を専門とする第六士隊の一員だった。まだ二十代半ばだというのに、第六士隊の副隊長を務めるほどの才人だった。

その知識は医療や薬草だけに留まらず、驚くほど多岐にわたっていた。

けど……正直、尊敬は出来ない。

「それにしても、君は実に正確に人間の急所を狙ってくるねぇ」

悲鳴を上げるラファスを押さえつけ、傷を縫合しながら、トバイットは楽しそうに話しかけてくる。

「君とは一度、効率のいい致命傷の与え方について、ゆっくりと語り合いたいものだ」

「お断りします」

「おや、つれないな。なんなら私の体で実践してくれてもいいんだよ？」

「イヤだって言ってるでしょうが」

「何を照れているんだろう、この子は」

「うるさい、変態」

こんな変人達が後のケナファ騎士団を率いていくことになるなんて、誰が信じるだろう？

が、それはもう少し先の話だ。


俺が十六歳、イズガータが十四歳の時、その事件は起こった。

ことの起こりはトゥーラ領を荒らし回る強盗団の出現だった。そいつらは外縁山脈に潜み、夜になると小規模な時空鉱山を襲った。その動きは神出鬼没で、足取りがまったく掴めないのだという。

トゥーラ侯は山狩りを決意した。でもトゥーラ領は山と森に囲まれていて、十諸侯の中でも特に貧しい。外縁山脈の裾野《すその》に広がる森をくまなく捜索するには時空晶も人手も足りない。

そこでトゥーラ侯は援軍を求めることにした。トゥーラは東の領境を接するツァピール領と繋がりが深い。トゥーラ侯も出来ることなら、所縁《ゆかり》あるツァピール侯に助けを求めたかったに違いない。

けどこの時、ツァピール家では当主であるラータ・ツァピール侯が病死し、まだ年若いエシトーファが家督を継いだばかりだった。しかもそれを潔《いさぎよ》しとしない騎士団との間でゴタゴタが続いていて、他領に救援を差し向ける余裕などなかった。

てなわけで、ケナファ騎士団に応援要請が回ってきたというわけだ。

エズラ・ケナファの指示で、第二士隊と第三士隊がトゥーラ領に派遣されることになった。良い機会だからと、見習いである俺やラファスやイズガータも、第二士隊に加わることになった。

確かにこれは好機だ。ここでいい仕事をして見せれば、騎士に叙任されるのも夢じゃない。

トゥーラ騎士団の居城であるディラ城で、俺達は強盗団に対する説明を受けた。奴らは夜の闇に紛れてやってきて、小さな時空鉱山を選んで襲い、外縁山脈の麓《ふもと》に広がる森へと去っていく。その逃走経路を辿っても、馬の足跡はふっつりと消える。日夜森を観察しても、煮炊きの煙さえ見当たらない。

かくなる上は手分けして森に分け入り、奴らの根城を探すしかない。どうか手を貸してくれ――というのが彼らの依頼だった。

俺とイズガータは第二士隊の第一小隊に編入された。見習いである俺達二人を含めた十人の小隊を率いるのは、シャロームという騎士だった。

このシャローム、若手騎士の中ではおそらく一番の剣技の持ち主だった。気のいい彼は、以前から暇を見つけては、俺やラファスの相手をしてくれた。

「あんた達なら実戦でも充分に役に立つわね」

言っておくが、シャロームは筋骨隆々《りゅうりゅう》の大男だ。なのになぜか女言葉を華麗に操る。本人いわく、「男女の平等を目指すためよ」とのことだった。が、どんな崇高な理由があったとしても、気持ち悪いものは気持ち悪い。彼に男色の気はないとわかっていても、ドスの利いた声が女言葉を発するたびに背筋が薄ら寒くなる。

シャローム率いる第一小隊は、被害に遭った村のひとつに向かった。深い森を抜ける道は細くて頼りない。牛車の轍《わだち》がなければ、見失ってしまいそうだった。

馬で半日《ヤウム》ほど進んだ所に、問題のガバルム村はあった。総勢三十人ほどしかいない小さな村だ。彼らは山の斜面にある洞窟に潜り、屑のように小さい時空晶を掘って、細々と暮らしていた。

村長の話では、強盗団が現れたのは六日《ヤウム》前の夜。奴らは村人達を傷つけることなく、時空晶だけを奪って逃げたらしい。

「といっても、ここで採れる時空晶などたかが知れております。盗られたのは五十ディナルほどです」

そうだろうな。村の様子を見れば、たいした稼ぎにならないことは容易に知れる。となると、強盗団がこの村を襲った理由がわからない。

わからないと言えば、村人達を生かしておいた理由もわからない。こんな山奥にある村だ。他の村と交流する機会も少ないだろう。村人達を皆殺しにしてしまえば、強盗団の存在は当分の間、外に漏れることはなかったはずだ。

「どんな奴らでした？」

シャロームが余所《よそ》行きの言葉遣いで尋ねる。

「顔は見ましたか？　彼らの使っていた武器とか、背格好とかに何か特徴は？」

「男ばかり十五人から二十人ほどでした。覆面で顔を隠しておりましたので、人相はわかりません。格好はまちまちで、甲冑を着ている者もいれば、農奴みたいな襤褸《ぼろ》を着ている者もおりました。気づいた時には取り囲まれておりまして、私達は村の中央に集められました。そこで隊長格の大男が私に剣を振りかざし、命が惜しければ時空晶を出せと脅《おど》したんです」

その証言は、すでにディラ城で聞かされていた。シャロームは質問を続けていたけど、新たな収穫はありそうになかった。俺は村長との会話に興味を失い、何か手がかりはないかと村を見回した。

時空晶を掘りに行っているらしく男達の姿は見えない。だが小屋の入口には一人の娘が立っていた。目が合うと、もの言いたげな顔をする。なかなか可愛い子だ。こんな山村に置いておくのはもったいない。

俺がウインクすると、彼女はわずかに顔をほころばせた。つまらない村長の話を聞いているより、もっと有益な話が出来そうだ。俺は騎士団連中に気づかれないよう、そっとその場を離れた。忍び足で彼女に近づき、扉の陰に身を隠す。

「こんにちは」

とっておきの微笑みを浮かべ、俺は娘に向き直った。

「俺はアーディンといいます」

「――アーディン？」

「そう。君の名前は？」

「私、ペーラ」頰を染めて、娘は答えた。「アーディン、貴方、仲間？」

「トゥーラ騎士団かって意味なら、違いますよ」

「いつ来る？　次は？」

トゥーラ騎士団が？

それとも俺が……かな？

「今後のことは俺にもわからないなぁ」

途端、ペーラの顔に失望の色が広がった。

「帰りたい」

呻くように彼女は言った。その灰色の瞳から涙が滑り落ちる。

「帰りたい。故郷に。もういや。ここは」

時空鉱山で働く者には出稼ぎも多い。その大半は貧しい農家の子供達だ。彼女も働きに出された一人なんだろう。この村における彼女の役割を考え、俺は暗い気持ちになった。

その時、外から俺を呼ぶ声が聞こえた。

「アーディン、どこへ行った！　出発するぞ！」

イズガータの声だ。しかもかなり怒っている。

俺はペーラの手を握り、手の甲にキスをした。

「ごめん。力になれなくて」

後ろ髪を引かれる思いで身を翻《ひるがえ》し、外に出る。

「作戦行動中だぞ！　何をしていた！」

眦《まなじり》を吊り上げて叫ぶイズガータに、俺はへらへらと笑ってみせる。

「せっかくなんで村人達と交流してました」

「ふざけるな、この軟派男！」

すでに馬上の人となっているイズガータは、俺の背後に視線を向ける。つられて振り返ると、ペーラが小屋の入口に立っていた。俺は彼女に手を振ってから、自分の馬に飛び乗った。

俺達はガバルム村を離れ、強盗団の足跡を追った。腐葉土《ふようど》にはくっきりと蹄《ひづめ》の跡が残っている。村長の証言通り、十五から二十騎はいるだろう。その足跡は小川に突き当たり、そこで途絶えた。

「奴ら、このあたりの地理に詳しいみたいね」

山賊や盗賊は土地を捨てた流民のなれの果てだ。この盗賊団、元々はトゥーラ領民だったのかもしれない。だとしたら、村人達を殺さなかった理由もわからなくはない。

俺達は川の上流に向かった。ケナファ馬を駆り、川の浅瀬を走りながら、両岸に足跡はないかと目をこらす。が、何も発見できないまま、俺達は池に突き当たった。周囲を囲む岩肌からは清水が湧き出し、池へと流れ込んでいる。どうやらここが源泉らしい。

「ここまで足跡がなかったってことは、強盗団の奴ら、下流に向かったのね」

シャロームはそう言い、天を見上げた。森の木々の合間から、陰鬱な時空晶が見える。

「村まで戻っている時間はなさそうだし、今日はここで野営しましょう」

森の中で一夜を明かすのは、腕に覚えのあるケナファ騎士団にとっても危険なことだった。

騎士達は影断ちの剣を持っている。けど見習いである俺は普通の直剣しか持たされていない。

イズガータが吊しているのは例の曲刀だ。強盗が相手ならともかく、これじゃ死影とは戦えない。

そこで俺達は薪《たきぎ》を集め、野営地を取り囲むようにして幾つもの火を焚いた。あとは夜通し、この火を守り続ければいい。死影は光を嫌う。余程のことがない限り、焚き火の輪の中には入って来ない。

干し肉と乾パンで簡単な夕食を取った後、二人の見張りを残し、騎士達は岩の上に横になった。俺とイズガータもそれに倣《なら》った。革紐の結び目が背中に当たって、最初は少し気になったけど、それでもすぐに眠りに落ちた。

その深夜、ヘンな臭いで目が覚めた。

この臭い、前にも嗅いだことがある。ラファー領デルタの裏町、ゴミ溜めみたいな貧民窟に漂っていた甘ったるい香り。

そう、これは魔煙草《タフディール》だ。善人にも悪人にも等しく、快楽の夢と安らかな眠りをもたらす禁断の魔煙草《タフディール》――

起きなければ。

そう思いこそすれ、体は眠りを欲して動かない。まだ眠い、眠らせろと主張する瞼《まぶた》を無理矢理こじ開ける。

薄霧のような煙が漂っている。どうやら周囲の焚き火に魔煙草《タフディール》を投げ込まれたらしい。煙を吸った見張りは、案の定、眠りこけている。

「起きろ！」

俺は立ち上がり、横になっている騎士達を蹴り起こした。普段なら一瞬で目を覚ます騎士達も、朦朧《もうろう》としたように頭を振っている。

俺は外衣の裾を引き裂き、川の水で濡らしてから口元を覆った。同じものを作り、手早く騎士達に配って廻る。

「濡らした布で鼻と口を覆え！　この煙を吸うな！」

森の奥に青白い灯火が揺れた。

まずい。あれは光木灯《こうぼくとう》の明かりだ。

「敵襲だ！」

俺が叫ぶと同時に、木々の間から男達が姿を現す。その数、二十。さては件《くだん》の強盗団かと思いきや、彼らは曲刀を握っていた。みな覆面で顔を隠しているが、目の色までは隠せない。色の薄い青、青灰色、薄水色の瞳。それに曲刀。

「こいつら、デュシス人だ！」

男達が無言で斬りかかってくる。その動きは素早く、統率されている。

まだ魔煙草《タブディール》の影響から覚めきっていないケナファの騎士達は防戦一方だった。さすがの俺もイズガータを守るだけで手一杯。周囲の状況を確認している余裕はない。

攻撃をかいくぐって突き出される曲刀。それを直剣の柄でへし折りつつ、手甲《てっこう》で相手の鼻を折る。仰《の》け反《ぞ》った相手の喉を斬り裂く。鮮血が雨のように降り注ぐ。

「うおおおおお……ッ！」

獣の咆哮《ほうこう》のような声がした。目の端にシャローームの姿が映る。彼は自慢の大剣を振り回し、デュシスの男達を次々と斬り倒していく。

デュシス語らしい怒号が飛び交い、攻撃がシャロームに集中する。

馬鹿が。背中がガラ空きだ。

「イズガータ！」

すぐ後ろに立っている彼女に叫んだ。

「お前の後ろは俺が守る。シャロームの掩護《えんご》に回れ！」

イズガータは頷いた。身を翻し、シャロームを囲んでいる男達の背に斬りかかる。

蹴散らされた焚き火が火の粉を巻き上げる。揺らめく炎に入り乱れる人と影。黒々とした森を背景に、鮮やかな赤い血が吹き上がる。

この乱闘がどれほど続いたのか。はっきりとは覚えていない。実際には、ほんの数分間《ダキカ》の出来事だっただろう。でもこの時には、何時間《サーア》も続いたように思えた。

デュシス語の叫びが聞こえ、敵は一人、二人と身を翻し始めた。覆面姿の男達が森の中へと消えていく。傷つき倒れた味方にとどめを刺しながらの退却だった。

俺達にそれを追跡する余裕はなかった。立っているのはシャロームと俺だけ。それも剣を杖がわりにして、ようやく立っている有り様だった。

強《こわ》ばった指を無理矢理開き、剣を手放すと、俺はその場に膝をついた。足が、腕が、震えている。恐怖とも高揚ともつかない何かが、腹の奥で、どす黒い炎を上げている。

むせ返るような血の臭い。数歩先にイズガータが座り込んでいる。吐き気を堪え、俺は立ち上がった。

「無事ですか、イズガータ？」

答えはない。彼女は目を見開き、曲刀を握ったまま震えている。その髪も甲冑も血で真っ赤だ。俺は手早く彼女の状態を調べた。小さな切り傷はあるが、大怪我はしていない。

俺は安堵《あんど》の息を吐いた。こんな所でイズガータを死なせたら、エズラに言い訳が出来ない。

周囲では騎士達が死影よけの火を焚き直していた。誰しもが少なからず傷を負っていた。中には地に伏したまま動かない者もいる。

手伝わなければと思いながらも、俺はイズガータの側を離れられなかった。彼女の横に座り、彼女の頭を胸に引き寄せる。

「散々な初陣《ういじん》でしたね」

俺が呟くと、腕の中で、彼女はかすかに頷いた。

この夜襲で二人が軽傷を負った。深手を負ったアスーレは、夜明けを待たずに息を引き取った。

倒した敵は十二人。その中には撤退する味方にとどめを刺された者もいた。覆面を剝《は》ぐと、白い顔が現れた。着衣はサマーア神聖教国のものだったが、髪の色や瞳の色からして、この者でないことは明らかだった。

それを見て、ある考えが脳裏に閃《ひらめ》いた。

俺はシャロームを摑まえ、彼に言った。

「ガバルム村にいたペーラという娘。あの娘の目の色はこの国の人間にしては珍しい灰色でした。それにあの娘は『次はいつ来る？』と言い、『故郷に帰りたい』と言っていました。おそらく彼女が待っていたのはデュシスからの援軍で、それが来れば自分は故郷に帰れると思っていたんです」

そう考えれば、覆面の男達がなぜ俺達の居場所を知っていたのかも説明がつく。俺達が村を出て、どこに向かうか。あの村にいた人間なら容易に想像出来たはずだ。

「ガバルム村の住人は、みんなデュシス人だったんですよ。こっそりとイーゴゥ大陸に上陸したデュシス人が閉鎖的な山村を襲い、村人達を皆殺しにし、それに成り代わったんです。強盗団に襲われたと言ったのは、納める時空晶がないことを疑われた際の言い訳でしょう。奴らの目的は時空晶じゃない。サマーア神聖教国侵攻の足がかりとなる砦の確保です」

シャロームは頷いた。

「奴らだって馬鹿じゃないわ。間を置けば、ガバルム村から引き上げてしまう。となると、ただちに攻め込んだ方がいいんだろうけど――」

彼はそこで言葉を切り、一同の顔を見回した。

大小の差はあれど、傷を負っていない者は一人もいない。アスーレは死に、ハカムとバルアドは剣を持てるような状態じゃない。まともに戦えそうなのは、俺とイズガータを含めた七人だけだ。

シャロームは顔をしかめ、四角い顎を擦《こす》った。

「この数で戦うのは、圧倒的に不利ね」

「でも応援を呼んでいる暇はありませんよ」

「やろうぜ、シャローム。アスーレの弔《とむら》い合戦だ」

騎士の一人ハディードが言った。他の騎士達も、それに同意する。

「今なら、奴らだって手負いのはずだぜ？」

「そうねぇ」

シャロームは腕を組んで考え込み、何を思ったのかイズガータに目を向ける。

「どうしたらいいと思う？」

イズガータは血に汚れた顔を上げた。もう震えてはいない。その青い眼は怯えることなく、まっすぐにシャロームを見つめている。

「彼らが私達を襲ったのは、私達に真相を摑まれたと思ったからだ。おそらくはアーディンが、そのペーラとかいう村娘に接触したためだ」

イズガータは俺を睨んだ。

それを見て、シャロームは苦笑する。

「おかげで有益な情報が摑めたんだから、アーディンの女癖の悪さも邪険には出来ないわね」

イズガータは何か言いたげな顔で俺を睨んでいたが、再びシャロームに目を戻した。

「アーディンが立てた仮説が正しかったとしても、私達は余所者だ。トゥーラ侯に真相を伝え、信用を得るには、どうしても証人が必要になる。ここは無理をしてでもガバルム村に戻り、生き証人を押さえるべき……だと思う」

「うん、やっぱりそうよね！」

シャロームは嬉しそうに笑い、イズガータの肩をぽんと叩いた。

そして俺達に向き直った時、彼の顔に、もう笑顔はなかった。

「ガバルム村に戻るわよ！」

　俺達は簡単な食事を済ませ、夜が明けると同時に出立した。

　昨夜の戦闘で馬の半数がやられてしまったので、一頭に二人の騎士が乗る。こんな状態で馬を疾走させたら、あっという間にへばってしまう。が、村はそれほど遠くない。足の強いケナファ馬なら走りきれるはずだ。

　灰色の光神サマーアが白い光を反射する正午近く、俺達はガバルム村に到着した。そこでは村長をはじめ、昨日は姿を見せなかった男達が馬車に荷物を積み込んでいた。彼らの服は血と泥に汚れ、腕や足に傷を負っていた。間違いない。昨夜、俺達を襲った連中だ。

　彼らは俺達を見て驚いたようだった。取り繕《つくろ》うことは無理だと判断したらしい。荷物に隠していた曲刀を抜き、俺達に斬りかかってくる。

　圧倒的多数を相手にしても、ケナファの騎士は怯まなかった。昨夜の疲れをものともせずに剣を振るい、次々に敵を薙ぎ倒す。力がすべての掟に恥じない戦いっぷりだった。昨夜だって魔煙草《タフディール》を使われての不意打ちでなければ、あんなに苦戦はしなかっただろう。

　一時間《サーア》ほどで勝負は決した。降服した男達と、家に隠れて震えていた女達を捕虜にし、俺達はディラ城へと帰還した。

　拷問にかけられることを恐れた女達は次々と口を割った。こっそりと上陸を果たしたデュシス兵は、外縁山脈の小さな村を襲い、そこに住み着いた。強盗団など最初から存在しなかった。彼らの目的はサマーア神聖教国内に密偵を送り込むことだったんだ。

　彼女らの証言を元に、デュシス人の拠点となっている他の村々にも騎士団が送り込まれた。

第一小隊は誰もがどこかしらに傷を抱えていたから、戦闘には参加せず、ディラ城で休養をとることになった。

俺はほとんど無傷だったから、出来れば外に出たかった。城に残りたくなかった。理由は一つ。デュシス人達の処刑に立ち会いたくなかったからだ。

男達は殺され、女達は奴隷として売られていく。それが戦争の常だった。

肩に奴隷の焼き印を押され、手枷《てかせ》を塡《は》められたデュシスの女達が、荷馬車へと引きずられていく。トゥーラ領の人々は彼女達に石を投げつけ、嘲笑し、唾を吐きかけた。浴びせられる罵《ば》声《せい》の中、俯いて歩く女達。その中にはペーラの姿もあった。

遠くに俺の姿を見つけたらしく、彼女は涙ながらに叫んだ。

「アーディン！」

「思ったのに。貴方、仲間だと！」

トゥーラ領の人々がぎょっとしたように俺を振り返る。そして俺の外衣に縫い取られたケナファの紋章を見て、怪訝《けげん》そうに首を傾げる。

俺の髪は色の薄い枯草色。俺の目は色の薄い青灰色。サマーア人のほとんどは本物のデュシス人を見たことがないから、指摘されることは滅多にないけど、俺の容姿はサマーア人よりデュシス人に近い。しかもアーディンというこの名前には『歌う』という意味があるという。もちろんデュシスの言葉で、だ。

俺は流民の出だ。この体にどんな人種の血が流れているかなんて俺自身にもわからない。けど俺はサマーア人だ。今回だってサマーア人として、ケナファ騎士団員として、当然のことをしただけだ。

なのに、とてつもなく気分が重い。

俺はペーラに手を振り、「さよなら」と呟いた。そして彼女に背を向けて、城内に戻った。

無性にイズガータの顔が見たかった。彼女の声が聞きたかった。慰めて貰いたいわけじゃない。いつも通り、たわいのない話をしてくれるだけでいい。

イズガータは先日の戦いで左手を負傷し、部屋で休んでいるはずだった。でも彼女は部屋にはいなかった。俺はディラ城の使用人達に、彼女を見なかったか尋ねて廻った。

女騎士は目立つ。俺はすぐ彼女を捜し当てた。

イズガータは城の裏手にある馬場にいた。見慣れた背中が厩舎の陰にうずくまっている。

声をかけようとして——俺は凍りついた。

イズガータは馬を洗うためのボロ布で、剝《む》き出しにした手足を擦っていた。

先日の戦いからすでに十日《ヤウム》が経過している。染みついていた血もすっかり洗い流されている。それでも彼女は嗚咽を堪えながら、力任せに肌を擦り続けている。

俺は殴られたような衝撃を受けた。見てはいけないものを見てしまった気がした。

忘れるはずがない。

なのに、いつの間にか忘れていた。

イズガータは女なんだ。綺麗に着飾って、美味しい物を食べ、よんどころない身分の若者と恋の駆け引きに興じていてもおかしくない、貴族の娘なんだ。

その時、イズガータが振り返った。俺に気づいた彼女はボロ布を投げ捨て、立ち上がる。

「──見ていたのか？」

険しい顔で詰問《きつもん》する。

俺は彼女に歩み寄り、ボロ布を拾い上げた。

「ごめんなさい。見ちゃいました」

イズガータは下唇を噛み、上目遣いに俺を睨んだ。

かと思うと、その顔がくしゃりと歪む。

「戦は──怖い」

嗚咽混じりの、呻くような声。

「殺される覚悟も……殺す覚悟も出来ていたはずなのに……私はなんて弱い人間なんだ」

何と言ったらいいのか、わからなかった。

声を殺して泣き続けるイズガータを、俺は無言で抱き寄せた。

腕の中に彼女の温もりを感じる。それだけで胸につかえていた重石《おもし》が溶けていく気がした。

俺は黙って、彼女の背中を撫で続けた。


トゥーラ領での功績によって、俺とイズガータは騎士に叙任されることになった。

念願かなって騎士となった後も、イズガータは気を緩めることなく、見習い時代よりもさらに厳しい鍛錬を己に課すようになった。がむしゃらに走り続けるその姿は、まるで自分の中にある弱さを振り払おうとするかのようだった。

十七歳になる頃には、イズガータは騎士団の中でも一目置かれる存在になっていた。曲刀はもちろん、直剣の腕も格段に上がった。俺を相手に曲刀では五本に一本、直剣でも十本に一本、勝ちを奪うほどだった。この時、俺はすでに騎士団最強と呼ばれていたから、俺に勝てるイズガータは騎士団でも一、二を争う騎士になったということだ。

世の中にはこの俺のように天賦の才能を持つ者がいる。あのラファスのように天才を凌駕《りょうが》しようと鍛錬を積み重ねる努力家もいる。

そして天賦の才を持ちながら、並々ならぬ努力を積み重ね、奇跡と呼ぶに相応《ふさわ》しい高みに登り詰める者がいる。

それが彼女、イズガータ・ケナファだった。

長い間、第一士隊の士隊長を務めていたディラヤが引退を決め、生まれ故郷に帰った後、後任に指名されたのはイズガータだった。

実を言うと、エズラは俺を推してくれたのだけど、俺の方から断った。士隊長ともなれば、部下達の生活管理から相談相手までこなさなきゃならない。そんな面倒なことは願い下げだ。だから士隊長はイズガータに譲って、俺はちゃっかりと副隊長の座を手に入れた。

そして、翌年の八月《アーブ》。

イズガータは次の階段に足をかけた。

四年《サナ》に一度、サマーア神聖教国の王都ファウルカでは、光神王が主催する馬上武術大会が開かれる。各騎士団から名うての騎士が選出され、その誇りをかけて御前試合を行うのだ。

十の諸侯騎士団と六つの神聖騎士団から選び出された十六人の代表者。これらが一騎打ちを行い、勝った者が二回戦に進む。いわゆる勝ち上がり戦だ。ルールは簡単。相手を馬上から叩き落とした方が勝ちだ。武器は自由。防具も自由。優勝者には思うままの褒美が与えられる。

エズラはこの大会を三連覇し、それからは出場を辞退するようになった。その後、ケナファ騎士団からは第一士隊長が出るのが習わしになっていた。優勝するためには百戦錬磨の猛者《もさ》と戦い、四回勝ち抜かなきゃならない。それは女であるイズガータにとって、体格的にも体力的にも厳しいはずだった。

しかしそこはイズガータのこと。こんな好機を他者に譲るはずがない。彼女は武術大会に参加するためサウガ城を出て、王都ファウルカに向かった。

俺は王都までの道案内を買って出た。イズガータは「必要ない」と言ったけど、もちろん無視した。こんなお祭りを目にする機会なんて、滅多にあるもんじゃない。

俺達は街道を北に向かい、エトラヘブ聖教会直轄領を抜け、シャマール直轄領に入った。

王都に来るのは久しぶりだった。街の中心には小高い岩山があり、その上には光神王の居城が鎮座している。王城の城壁は相変わらず無駄に白くて、鐘楼《しょうろう》もまた無駄に高く聳《そび》えている。門楼前にある広場には、即席の闘技場が作られていた。その周囲には食べ物や土産物の出店が立ち並び、大変な賑わいになっている。

「さあ、張った張った！」

賭け師が威勢のいい声を張り上げる。「一番人気はツァピール騎士団のカバル・クーバー。一・二倍だよ。さあ、一儲《もう》けしてみねぇか！」

「私は何倍だろう？」

馬の手綱を引きながら、イズガータが興味深そうに呟いた。隣を歩いていた俺は背伸びをし、賭け師の持つ黒板を見た。

「十二倍……ですね」

「そんなに期待されてないのか、私は？」

「というか、期待通りの大穴ですね」

「まぁいいさ」

　イズガータは鼻で笑うと、俺を見上げた。

「あとで私の札を何枚か買ってこい。賭け事は好きじゃないが、大穴を当てた時空晶で、みんなに土産を買って帰ろう」

　周囲はお祭り騒ぎだったけど、実際に闘技場に入れるのは、ほんの一部の貴族だけ。閉め出された庶民は櫓《やぐら》を覆う布をこじ開け、そこから競技の様子を覗き見るしかない。

　大会当日、観客席は着飾った紳士淑女で埋め尽くされた。その観客席のさらに上、一段高い場所に白い玉座が据えてある。いかにも特等席という作りだ。おそらく王族のための貴賓《きひん》席なんだろう。

　合図の喇叭《らっぱ》が勇壮に吹き鳴らされ、闘技場に十六人の代表騎士が入場してくる。

　彼らが横一列に並ぶのを待って、再び喇叭の音が響いた。観客達がいっせいに立ち上がり、揃って頭《こうべ》を垂れる。俺は観客席の下、馬場を取り巻く柵の後ろ側に立ち、顔を上げて玉座を睨んだ。

　貴賓席に人影が現れる。中央の玉座に座ったのは一人の男。白金《はくきん》の髪、細面《ほそおもて》の白い顔、どこを見ているのかわからない青い眼、赤い口元に浮かぶ歪んだ微笑み。

それが光神王アゴニスタ十三世だった。卑しい身分の者がその御姿を見たら、目が潰れてしまうと言われる現人神《あらひとがみ》だ。

その現人神を直視しても、畏怖も恐怖も感じなかった。光神王と祭り上げられていても、所詮はただの人間だ。そう思い、鼻先で笑い飛ばそうとした時——

突然、吐き気がこみ上げてきた。

まるで腐った死体を見た時のような、圧倒的で暴力的な嫌悪感。胃の腑がひっくり返りそうになり、俺は慌てて視線を逸らした。

光神王の後からやって来たのは白い女だった。長い黒髪を複雑に結い上げ、純白のドレスを纏《まと》っている。

それはハウファ様だった。

記憶の中の姿に較べ、少し痩せてしまったように思う。白い顔は硬く強ばり、唇も血の気を失っている。だが、それでも、彼女は美しすぎるほど美しかった。

ハウファ様の右隣に一人の子供の姿が見えた。父親と同じ白金の髪を持つ白い子供。あれはハウファ様の息子、第二王子アライス殿下だろう。

貴賓席に現れたのはその三人だけだった。第一王妃パラフ・アプレズ・シャマールも、その息子である第一王子ツェドカ殿下も姿を見せない。ツェドカ殿下は病弱で滅多に人前に現れないという。どうやら噂は本当らしい。

「いずれ劣らぬ猛者達よ。よくぞ集まった」

光神王の声に、人々はますます深く頭を垂れる。

「光神サマーアと我らが祖国を守るため、各々が磨いてきた技量。この場でとくと披露するがよい」

それを合図に馬上武術大会が始まった。

イズガータの最初の出番は、第三試合だった。

「西側、ケナファ騎士団イズガータ・ケナファ！」

触れ役が、高らかに彼女の名を告げる。

イズガータが現れると、闘技場には揶揄の声が飛び交った。彼女は白い木綿《クトン》のシャツの上に袖無し外衣を着て、硬革で作られた肩当てと胸当てをつけている。下腿《かたい》には革のズボンと硬革製の長靴をはいたきり、防具らしい防具は着けていない。

「なんだ、まともな防具も着けてないじゃないか」

「帰れ帰れ、女の出る幕じゃあない！」

「逃げるなら今のうちだぞ！」

嘲笑が湧き起こる。

けど、イズガータはまったく動じなかった。

「東側、ゲフェタ騎士団ミルハ・アカルバ！」

アカルバは、ラファスとどっこいどっこいの大男だった。ぴかぴかに磨き上げた銀の甲冑に身を固めた彼は、鼻息荒く巨大な槍を振り回した。そしてその切っ先をイズガータに向け、割れ鍋を叩くような大声を張り上げた。

「せめてもの情け。一撃で決めて進ぜよう！」

答える代わりに、イズガータは直剣を抜いた。

「ハアッ！」

アカルバが馬の腹を蹴った。血の気の多そうな馬が土煙を巻き上げ、正面から突っ込んでくる。一方、イズガータはまったく動かなかった。二代目ハザイードの鼻面をアカルバに向け、緩く剣を構えている。

二頭の馬が、まさにすれ違おうとした瞬間――

「うおおオッ！」

アカルバが猛烈な突きを繰り出した。

イズガータが怯んで仰け反れば、そのまま落馬する。それを狙っての攻撃だ。

だがイズガータはただの女じゃない。彼女は仰け反るどころか、必要最低限の動きしかしなかった。

つまり、ひょいと首を横に傾げたのだ。

それだけで槍は彼女にかすりもしなかった。大技をかわされ、前のめりになったアカルバの後頭部を、イズガータの直剣が痛打する。

くあぁぁぁん！　という小気味いい音。

アカルバの兜《かぶと》が飛び、くるくると回って地に落ちた。駆け抜けた馬の背から巨体がずり落ち、地面に投げ出される。

後頭部を強打され、アカルバは失神していた。

「勝者、イズガータ・ケナファ！」

闘技場司が宣言する。

意外な結末に、場内がどよめいた。

イズガータは兜を取ると、涼やかな顔で光神王に一礼した。次の試合に向けて一時退場する。

俺は馬場を囲んだ柵の一部を開き、こちらに向かってやってくる人馬を待機所へと招き入れた。

「楽勝でしたね」

俺が声をかけると、イズガータは冷静な声で答えた。

「当たり前だ」

その言葉は嘘じゃなかった。

イズガータは強かった。彼女は勝った。二回戦の相手であるシャマール神聖騎士団の騎士ディナーエも、ほんの数秒《タニヤ》でカタをつけた。三回戦の相手デブーラ騎士団の騎士リーグは、俺の目から見てもかなりの手練《てだれ》だった。それでもイズガータが勝利した。

とんでもない番狂わせに観客の熱狂が膨れあがる。もう揶揄の声は聞こえない。イズガータの活躍に、今や誰もが釘づけとなっていた。

決勝戦の相手は例の一番人気、ツァピール騎士団のクーバーという男だった。

彼の得物は諸手剣《もろてけん》だった。元々諸手剣は歩兵用の大剣で、その大きさも重さも尋常じゃない。実際、彼が構えた諸手剣は小柄な女性の背丈ほどもあった。馬上で扱うに適した武器とはとても思えない。

しかも騎士クーバーはイズガータを侮《あなど》らなかった。彼は左胸に拳を当て、馬上ながらも騎士の礼をした。

「いざ、お手合わせ願おう！」

「応！」

二人は同時に馬を駆った。力強い蹄の音が闘技場に響き渡る。二騎がすれ違う。かん高い剣戟の響き。二回、三回、刃が打ち合わされるたび、白い火花が飛び散る。

俺は思わず身を乗り出した。

このクーバーという騎士、ただ者じゃない。

彼は諸手剣の棒鐔《ぼうつば》を左手で摑み、まるで短槍を操るように楽々とそれを振り回した。左手を軸に、右に左に、素早く剣先が入れ替わる。間髪を容れず繰り出される重い斬撃《ざんげき》。腕力の劣るイズガータには分が悪い。

これは負けるかもしれない。

知らず識《し》らずのうちに、俺は拳を握りしめていた。

冷や汗が背を流れ落ちる。今さらのように後悔の念が湧き上がる。こんなことなら無理を言ってでも、俺が出場しておくんだった。

形勢の不利を悟ってか、イズガータはいったん馬を引いた。クーバーは深追いせず、馬場の中央に馬を止めて待っている。イズガータは馬の鼻先を巡らせ、クーバーに向けた。

そこで彼女は直剣を投げ捨てた。かと思うと、馬の鞍に結びつけていた長短二本の曲刀を引き抜く。右手に長い曲刀を、左手にナイフのような曲刀を握り、それらを交差させるようにして構える。

「なんだ、あれは……」

観客席から非難の声が聞こえた。それもそのはず。曲刀は敵国デュシスの武器だ。体裁を気にする騎士が手にする得物じゃない。クーバーでさえ兜の面頬《めんぼお》を上げて、驚いたように彼女を見ている。

「行け、イズガータ！」

俺は柵によじ登り、身を乗り出して叫んだ。

「国も身分も関係ない。俺達には力がすべて。力こそがすべてだ！」

その声が届いたかのように、イズガータは馬の腹を蹴った。手綱は握らず、鐙《あぶみ》にかけた足だけで馬を操る。馬術に長《た》けたケナファ騎士団の得意技だ。

クーバーは面頬を戻して身構えた。二頭の馬がすれ違う直前、クーバーは諸手剣を突き出した。それは正確にイズガータの胴を狙っていた。

一秒《タニヤ》にも満たない中で繰り出された妙技。

避けられない。

そう思った瞬間、イズガータは右手の曲刀でその剣先を受け止めた。曲刀の刃は薄い。重い攻撃を止めることは出来ない。案の定、曲刀の刃が折れた。だがクーバーの剣もわずかに向きを変える。イズガータは折れた剣を捨て、手綱を握ると、ギリギリまで体を倒した。彼女の脇腹を剣先がかすめる。その直後、イズガータは一気に上体を起こし、左手に握っていた曲刀でクーバーの馬の脇腹を薙いだ。

ぶつり、という鈍い音。イズガータの一撃は、鞍を固定していた革帯を断ち断っていた。

クーバーの体は鞍ごと空《くう》に投げ出され、どうっ……と音を立てて地に落ちた。

闘技場は水を打ったように静まりかえった。

誰もが目を疑い、息を潜め、成り行きを見守っている。

イズガータは手綱を引いて馬を止め、曲刀を鞘《さや》へと戻した。馬を降り、ハザイードの首を労《ねぎら》うように叩く。兜を脱いで鞍に置くと、まだ地面に倒れているクーバーに歩み寄る。

「良い勝負でした」

そう言って、イズガータは手を差し出した。

クーバーは上体を起こし、二、三回頭を振ってから、彼女の手を借りて立ち上がった。

「イズガータ様こそ、素晴らしいお手並みでした」

兜を脱いだクーバーは、右手の拳を左胸に当て、深々と頭を下げた。

「カバル・クーバー、完敗いたしました」

ここにきてようやく闘技場司が右手を挙げた。

「勝者、イズガータ・ケナファァァ!」

人々は夢から覚めたかのように歓声を上げた。

手を叩き、口々にイズガータの名を叫ぶ。

「イズガータ!」

「イズガータァ!」

「イズガータ・ケナファァ!」

熱狂した人々は立ち上がり、足を踏みならし、盛大な拍手を送った。観客席を支える柱がギシギシと軋《きし》む。今にも崩れ落ちてきそうだ。

その時、光神王が立ち上がった。

イズガータもクーバーも、その場に片膝をついて頭を垂れる。闘技場を揺るがしていた大歓声は立ち消え、一瞬にして静寂が訪れた。

「素晴らしい手並みであった」

光神王は右手をかざし、イズガータを祝福した。

「優勝者イズガータ・ケナファ。汝《なんじ》の技量に敬意を払い、願いをひとつ叶《かな》えよう。申し出るがよい」

その言葉に、イズガータは顔を上げた。燐光《りんこう》を宿したような青い眼で、光神王を見上げる。

「私は、次期ケナファ侯の称号を欲します」

女子は政に参加することが許されず、家督を継ぐことも出来ない。イズガータの一言は、その常識を覆《くつがえ》すものだった。

「いいだろう」

光神王は鷹揚《おうよう》に頷いた。

「汝、イズガータ・ケナファにケナファ侯の称号を与える」

異例の言葉に観客席がざわめいた。

応援に来ていた十諸侯騎士団の騎士達からは、どっと拍手が巻き起こった。十諸侯が抱える騎士団は、程度の差こそあれ、ケナファ騎士団と同じ実力主義だ。彼らは素直にイズガータの強さを認め、彼女を尊敬の眼差しで見つめていた。

けど神聖騎士団の連中は違った。奴らは唾を吐き、憎々しそうに彼女を睨んだ。女に敗れるなど恥ずべきことだと考えているようだった。

ここにきて初めて、俺は女性の地位の低さを思い知った。それは流民や庶民階級では見られない、貴族階級特有のものだった。後に知ったことだが、それは光神王の影響だった。代々の光神王は『女は闇に属する』と言い、女を穢《けが》れた存在として扱った。聖教会関係者や貴族達は、光神王のそれに倣ったのだ。


大会が終了した後、イズガータは王城での晩餐会《ばんさんかい》に招かれた。「一緒に来い」と言われたけど、さすがに断った。そんなとこに行っても息苦しい思いをするだけだ。

城の中郭に用意された部屋で葡萄酒《マハル》を飲みながら待っていると、人目を憚《はばか》るようにしてイズガータが戻ってきた。どうやら途中で抜けてきたらしい。

「ずいぶんと早いですね。デザートが口に合わなかったんですか？」

「——違う」

イズガータは房飾りのついた礼服を脱ぎ、身軽な格好になると、窓に足をかけ、後ろ手に俺を招いた。

「行くぞ、ついてこい」

俺達は部屋を抜け出した。

イズガータは先に立ち、壁の隙間をすり抜け、岩壁を登り、王城を奥へ奥へと歩いていく。

やがて野草生い茂る庭に出た。その先に石造りの白壁が見える。

「あれは——？」と俺が問うと、

「後宮だ」イズガータは短く答えた。「ハウファに会いに行く」

どうやって繋ぎをつけたのか、後宮の鉄門扉の前には一人の老女が立っていた。アルティヤと名乗ったその老女はハウファ様に仕える侍女だという。

アルティヤの案内で、俺達は後宮に忍び込んだ。

後宮は光神王の妃達が住む場所だ。光神王以外の男が入ることは許されない。そこを流民出身の俺が歩いているんだから、かなりの冷や汗モノだ。

アルティヤは離れの前で立ち止まった。どうやらここにハウファ様がいるらしい。

イズガータは迷うことなく離れに入った。俺もそれに倣ったが、さすがに寝室までは入れない。手前で足を止めた俺を、イズガータは怪訝そうに振り返る。

「どうした？」

「行って下さい。俺はここで待ってますから」

イズガータは強ばった顔で頷くと、入口の薄布を割って寝室へと入っていった。

「ハウファ――」

イズガータの声が呼んだ。

薄布に、光木灯の明かりが揺れる。

「イズガータ、会いたかったわ」

ハウファ様の声が聞こえた。

二人の声は低く、小さく、何を話しているのかはわからなかった。だがイズガータの声は次第に険しくなり、しまいには言い争うような声になった。彼女はハウファ様を連れて帰ろうとし、ハウファ様はそれを固辞しているようだった。

その時だった。何かが俺の外衣を引っ張った。

何だ？　と思って見下ろすと、それはまだ小さな子供だった。緩やかに波打つ白金の髪、人形のように整った顔立ち、青色にも碧色《みどり》にも見える不思議な色合いの瞳、その肌は白磁器のように滑らかでシミ一つない。

俺の背に隠れ、こっそりと寝室を覗き込みながら、アライス殿下はうっとりと呟いた。

「イズガータ様……」

この子供が光神王の子であることも忘れ、俺はつい微笑んでしまった。

こいつ、一人前にイズガータに恋していやがる。

ほどなくして、寝室からイズガータが出てきた。引き結ばれた唇を見るまでもなく、話し合いは決裂したのだとわかった。そんな彼女に恐れを成したのか、アライス殿下は怯えた兎《アルナブ》のように廊下の奥へと走り去る。

「無駄足だった」

呟くように言って、イズガータは歩き出す。

「え、ちょっと、待って下さい」

俺の声を無視して、イズガータは離れを出て行く。俺はその後を追おうとして――

「アーディン……？」

涼やかな声に足を止めた。

ゆっくりと振り返る。

寝室の入口、薄布の前にハウファ様が立っていた。

「ごめんなさい」

寂しげな鈴の音のような声で、彼女は囁いた。

紫紺《サナ》色の瞳、絹糸のような黒髪、怖ろしいほど美しい女《ひと》。昔から人間離れしていたけど、この十年で、彼女はますます現実から遠ざかってしまっていた。

彼女は何か言いたげな目で俺を見つめた。俺は無言で一礼し、彼女に背を向けた。

そして、そのまま振り返ることなく離れを出た。

何か気の利いたことを言うべきだったと、今は思う。「貴女のせいじゃありません」とか、「気にすることはありません」とか、そんな言葉をかけてあげればよかったと思う。

あれが最後になるとわかっていたら、嘘ぐらい、いくらでもつけばよかった。おかげで今も、ハウファ様の寂しげな声が、耳にこびりついて離れない。


イズガータがケナファ侯の称号を得たことを知ると、エズラは騎士団長を引退し、その職をイズガータに譲ると宣言した。どうやら彼は最初からそのつもりで、イズガータを馬上武術大会に参加させたらしい。今後はコーダの館に戻り、領主の仕事に専念するつもりだと彼は言った。

近年は雨が少なく、牧草が育たなかった。家畜は痩せ細り、乳の出も悪くなり、多くの領民達が貧困に苦しんでいた。頼みの綱である時空鉱山でも、死影の被害が後を絶たない。

「抜本的な改革が必要なのだ」

サウガ城を去る前の晩、俺とイズガータを相手に葡萄酒《マハル》を飲みながら、エズラは呟いた。

「アルニールの悲劇を繰り返すわけにはいかない」

アルニール。それはケナファ領南西部にあったハウファ様の生まれた町。十三年《サナ》前、鬼《グル》を匿《かくま》ったがゆえに滅びた町の名だった。彼が何を思ってその名を呟いたのか。この時の俺にはわからなかった。実際にその話を聞かされることになるのは、もう少し先になってからだった。

翌日、エズラはサウガ城を去り、イズガータは名実ともにケナファ騎士団の団長となった。

エズラの引退を受けて、彼とともに戦ってきた士隊長達が次々と一線を退《しりぞ》いたので、ケナファ騎士団は今までに例のない若返りを見せていた。

イズガータが団長になったため、俺は第一士隊長かつ副団長という肩書きを押しつけられる羽目になった。ラファスは第二士隊を任され、弓矢の名手であるイヴェトは第三士隊の士隊長になり、シャロームは第四士隊の士隊長に抜擢された。あの変人トバイットも第六士隊の士隊長に任命された。

イズガータは精力的に働いた。

あの夜、後宮でハウファ様と何を話したのか。イズガータは教えてくれなかった。

でも彼女は言った。「私は諦めない」と。「ハウファを救うには、この国を変えなければいけないんだ」と。その思いが彼女を突き動かしていた。

瞬《また》く間に四年《サナ》が過ぎた。

聖教会の使者がサウガ城にやってきたのは、五月《イヤル》の十七日のことだった。

謁見室《えっけんしつ》で、使者は言った。

「ハウファ王妃とアライス殿下は光神王に対し、謀反《むほん》を企てた。ハウファ王妃は自害し、逃亡したアライス殿下も追っ手によって殺害された。これは自業自得《じごうじとく》であるがゆえ、ケナファ侯はハウファ王妃の仇《かたき》を討とうなど、露とも考えめさるな」

使者が去った後、イズガータは窓辺に立ち、ぽつりと呟いた。

「なぜ私を頼ってくれなかったんだ」

お前を巻き込まないためだよ、と思った。

けど、俺は黙っていた。

「ケナファ騎士団はこれより一カ月間《シャハル》、喪に服す」

窓の外に目を向けたまま、イズガータは言った。

「全員に、そう知らせてくれ」

俺は頷き、謁見室を出て行こうとした。

「それが終わったら葡萄酒《マハル》を持って来い」

イズガータの声が聞こえた。

「つき合え。今夜は飲むぞ」

彼女は人前では決して涙を見せない。どんなに辛いことがあっても、騎士団の面々にも、父親であるエズラに対してさえも毅然とした態度をとり続けた。

けど本当に泣きたい時は、俺を酒に誘う。

その夜、俺は言いつけ通り、酒瓶を持ってイズガータの私室を訪れた。

何も言わずに、俺達は酒杯を空けた。

追悼の杯だった。

飲みながら、イズガータは呻くように泣き続けた。

イズガータはハウファ様を救い出すために騎士になった。ハウファ様に逃亡を拒まれた後も、彼女を救おうと活動し続けた。

そのすべてが無駄に終わったのだ。

慰めの言葉などあるはずもない。

真夜中を少し回った頃、イズガータは掠《かす》れた声で切り出した。

「後宮までハウファに会いに行った夜のこと、覚えているか？」

「ああ」

「あの時、私はハウファに一緒に逃げようと呼びかけた。けれど、彼女はそれを断った」

俺は無言で頷く。

イズガータは悔しそうに酒杯を握りしめた。

「ハウファは言ったよ。『私はアライスを王にしてみせる』と。そんなこと、出来るわけないのに！」

酒を飲み干し、空になった酒杯を叩きつけるようにテーブルに置く。

「アライス殿下は女だったんだ」

「――――！」

俺は危うく酒杯を落としそうになった。

女は闇に属する。ゆえに光神王の血筋に女は生まれない。そう言われていた。

そんな戯《ざ》れ言《ごと》、信じたことはない。女児が生まれても秘密裏に始末される。ただそれだけのことだと思っていた。けどハウファ様は周囲の目を欺《あざむ》き、現人神である光神王さえ欺いて、女を王子として育てていたのだ。

「ハウファは、アライスを新しい光神王にすると言っていた。それが自分の復讐なのだと言っていた」

涸《か》れかけた涙が再び溢れる。イズガータは空の酒杯を何度も何度もテーブルに叩きつける。

「そんな馬鹿なことをしなくても、私が救い出してやったのに。光神王を倒してでも助け出してやったのに。そのためになら何だってして見せたのに、ハウファは私を信じてくれなかった！」

これ以上叩きつけたら酒杯が割れる。俺はイズガータの杯に葡萄酒《マハル》を注いだ。

「初めてハウファ様を見た時、とても美しい人だと思いました。それと同時に、とても怖い人だと思いましたよ。まるで現実感がなくて、すでにこの世の人ではないような――」

「そんなこと、私だって気づいていた」

イズガータは酒杯をあおり、空になったそれを俺に向かって突き出す。

「彼女は心に闇を抱えていた。だからこそ、助けたかったんだ。もう一度、心から笑えるようになって欲しかったんだ！」

イズガータは幼い頃に母親を亡くし、ハウファ様のことを姉のように慕っていた。けどハウファ様はイズガータの身代わりとなって光神王に嫁いだ。だからイズガータは自分が幸福になることを拒んだ。貴族の娘が当然のように受け入れる幸せを、甘受することを拒んだんだ。

ハウファ様が抱いていた心の闇。それが何なのか、今となっては知るよしもない。彼女は志半ばで自害し、その血を引くアライス殿下も死んだ。

「ハウファ様は己の信念のために戦ったんです。たとえそれが叶わずに終わったとしても、それだけ強い信念を持てるということが、俺には羨ましい」

俺の言葉を聞いたイズガータは、虚を衝かれたように目を見開いた。

「何を言う。お前にだって叶えたい夢の一つや二つあるだろうが？」

俺は笑って見せた。

「ありませんよ」

「お前ほどの実力があれば、立派な騎士になって土地を得て、貴族になることだって可能だろう？」

確かにその通りだ。けど流民出身の俺じゃ、どうあがいたって成り上がりの下位貴族になるのが関の山だ。とてもじゃないが、十諸侯の娘とは釣り合わない。

「貴族になんてなりたくありません。土地に縛られるのは性に合わないですしね」

イズガータは複雑な顔で俺を見つめている。

俺は酒杯を空けた。嘘を誤魔化すため、わざと戯けた調子で続ける。

「夢を見ることが出来ないから、俺は貴方の夢に寄生してるんです。貴方の側にいれば、退屈しないですみますからね」

「私の人生は余興じゃないぞ？」

「わかってます。だから面白いんです」

「そうやって、お前はいつもはぐらかす！」

イズガータは酒瓶を掴み、自分の杯を葡萄酒《マハル》で満たした。

「土地に縛られたくないのなら、なんで多くの女に手を出す？　お前が流した数々の浮き名のこと、私が知らないとでも思っているのか？」

「おや？」俺は首を傾げて見せる。「ばれてましたか」

「あれだけ派手に遊んでいれば、聞きたくなくても耳に入る」

「ははは……俺はモテますからねぇ」

「何を他人事みたいに――」

「一人の女に縛られたくないんですよ」

俺は涼しい顔で言ってのけた。

「こうして一介の騎士に身をやつしていても、俺の心はいまだ自由です。いつかは渡りの剣士になって、世界を見て廻るつもりです」

俺が様々な女と浮き名を流すのは、噂が立つのを防ぐためだ。イズガータはケナファ家の跡取りだ。いつか必ず、どこかの大貴族と結婚しなければならない。そんなケナファ侯の肩書きに、俺のような流民が傷をつけるわけにはいかない。

俺とイズガータの間にあるのは信頼だけ。

それだけで、充分だ。

「そうか……そうだったな」

ため息をつくように、イズガータは言った。

酒杯を空け、空の器を俺に差し出す。

「その時は、私も連れて行けよ？」

彼女は本気だった。

十五年《サナ》前、丘にあるアタフの大木の下で、同じ約束を交わした。

あの時と、同じ目をしていた。


ハウファ様が亡くなられた後、イズガータはふと寂しげな眼差しをするようになった。鍛錬の時、気づけば遠く外縁山脈を見つめている。領地の見回りをしている最中にも、時折ぼんやりと天を見上げている。

そんなイズガータを見るのは辛かった。いっそ本当に騎士の称号を捨て、旅に出てしまおうと思ったのも一度や二度じゃない。身分も土地も捨て、腕だけを頼りに渡りの者として生きていく。それも悪くはないなと、俺は真剣に考え始めていた。

一緒に行かないかと、イズガータを誘ってみようとも思った。今の彼女なら、ついてきてくれるかもしれないと思った。けど俺達はもう子供じゃない。一度それを口にすれば、もう元には戻れない。それが怖かった。

心にぽっかりと空いた空白。クタクタになるまで馬を走らせても、どんなに優しい女と寝ても、誤魔化すことの出来ない空しさ。

今日こそ話そう。心の内を打ち明けよう。旅に出ようと誘ってみよう。

そう思いながら、一年《サナ》が経過した。

そして七月《タムズ》のある夜、俺は手紙を書く決意をした。

一緒に城を出よう。もし答えが否《いな》なら、この手紙を燃やし、翌日から今まで通り振る舞って欲しい。俺も何もなかったことにして、お前の側にいるから。

だが俺は字が書けない。読むのはまだ何とかなるが、書けるのは自分の名前ぐらいだ。騎士団員の多くは第三、第四身分の出身だったから、代筆を頼める相手と言えば貴族階級出身のトバイットしかいなかった。

あの変態医者に代筆を頼むのは心底イヤだったんだが、他に頼れる者もいない。俺は葡萄酒《マハル》の瓶を片手に、深夜の治療院を訪ねた。トバイットは日頃から俺の浮き名をからかい、話の種にしていた。だから俺が代筆を頼んだりしたら、大爆笑するに違いないと思っていた。けど、彼は笑わなかった。人気《ひとけ》のない治療院で、今までに見たこともないような真面目な顔をして、トバイットは言った。

「それは寂しくなるねぇ」

気まずさを感じ、俺は肩をすくめた。

「てっきり笑われるもんだと思ってましたよ」

「私は医者だよ。身近な者の心情に気づかないほどヤブじゃない」

「つまり、俺の心中などお見通しだったということですか？」

「もちろん」

トバイットは威張って胸を張った。謙遜《けんそん》とは無縁の男だとわかってはいるが、それでもあまりいい気はしない。

「まあまあ、そう怒らないでくれ」

言い返そうとした俺を制し、彼は言った。

「騎士団の心身の健康に気を払うのが私の役目だ。だからしてイズガータの心中も察しているつもりだよ」

俺は言葉を飲み込み、トバイットの顔を見つめた。

彼は穏やかに微笑みながら酒杯を空けると、自らおかわりを注ぎ足した。

「私はイズガータが好きだよ。彼女は大変に面白い。常識を常識と思わず、世界をひっくり返そうとしている。そんな彼女と同じ時代を生きられることを、いつも幸運に思ってきた」

「──」

「その一方で、彼女のことを気の毒にも思っていた。イズガータは自ら望んで騎士団長になった。今の自分に誇りを持っている。けれど心のどこかでは、普通に恋をして、愛する者と結ばれたいと望んでいるように思う」

「つまり……何が言いたいんです？」

「だから言っただろう。寂しくなるなぁと」

トバイットは酒杯を置くと、机の引き出しから紙と羽根ペンとインクを取り出した。俺の目の前で、さらさらと手紙をしたためる。書き終わると吸い取り紙でインクを乾かし、丁寧に折りたたみ、俺に差し出した。

「愛する主人と、面白い友人を失うのは残念だがね。人間、自分の気持ちに正直に生きることが一番だ」

俺はそれを受け取った。

「一応、ありがとうと言っときます。けど、俺はあんたの友人になった覚えはありませんよ？」

トバイットは声高らかに笑った。

「やっぱり君は面白い男だ」

「あんたのような変態に言われたくありませんね」

「まあ、それはおいといて――」

トバイットは酒瓶を傾け、俺に杯を空けるよう促した。

「君達の旅立ちを祝い、そして別れを惜しんで、今夜は飲み明かそうじゃないか！」


その翌日、目覚めは最悪だった。

窓の外はすでに明るい。遅参は確実だ。となれば、慌てても仕方がない。俺は顔を洗い、身支度を調え、イズガータへの手紙を懐に収めて部屋を出た。

外郭から内郭へ回ろうと、門楼の側を通りかかった時だった。

「帰れ。ここは輔祭《ほさい》の来るところじゃない」

邪険な声が聞こえた。

見ると、門楼番の若い騎士が威嚇《いかく》するように槍を振り上げている。あれは確か第二士隊の――タクシスとかいったか。

「こらこら、子供を怖がらせてどうするんだ」

そのタクシスを制止したのはレフタという壮年の騎士だった。彼が身をかがめ、目の前の人物と目線を合わせる。

「お嬢ちゃん、どこから来た？　一人かい？」

「ファウルカから来ました」

高く澄んだ声が聞こえた。

「私一人です」

声の主である子供がフードを外すのが見えた。

埃だらけの茶褐色の髪、長旅に薄汚れた肌、でもよく見れば綺麗な顔をしている。まるで人形のよう――って、前にも一度思ったことが……

ああ、嘘だろ？

おい、ちょっと待て！

「私はイズガータ様に会いに来たのです。お取り次ぎをお願いします」

そう言う子供の歳は十二、三。八歳のあの子に会ったのは五年前。計算は合う。

でも、まさか。

あの子は死んだはずだ！

「ハウファの娘が訪ねてきたとお伝え下さい」

娘は凜《りん》とした声で言う。

「イズガータ様にならそれでお解りいただけると思います」

「この餓鬼、何様のつもりだ！」

威嚇するようにタクシスが槍を構える。

その背に、俺は声をかけた。

「大きな声を出さないで下さいよ。頭に響くじゃないですか」

タクシスは振り返り、俺を見て、慌てて敬礼する。

「ア、アーディン副団長。おはようございます！」

「はいはい、おはようさん」

平静を装うため、俺は右手で口を覆い、大きな欠伸《あくび》をしてみせた。

「で、レフタ。朝っぱらから何の騒ぎですか？」

「お言葉ですが、もう昼前です。朝っぱらという時刻ではありませんぞ？」

「わかってます。いやぁ、昨夜は飲み過ぎちゃいましてね。今、起きてきたとこなんですよ」

「たいがいにしませんと、また団長のお叱りを受けますぞ？」

「その団長が原因なんだから仕方ないでしょう？」

「まあ、気苦労はお察しいたしますが……」同情するように呟いてから、レフタは慌てて咳払いをする。「実はこの娘がイズガータ様にお目通り願いたいと申しまして」

「このお嬢さんが？」

俺は少女を見つめた。

俺を見返すまっすぐな瞳。青と碧が入り交じった不思議な色合い。こんな目をした子供を俺は一人しか知らない。胸の奥に渦巻いていた疑惑が、確信へと変わっていく。

目眩《めまい》がした。

なぜだ？

なんで今朝なんだ？

お前、どうして今になって現れたんだ！

「……タクシス」

「は、はいっ！」

「君はこんな可愛いお嬢さん相手に、あんな大声出してたんですか？」

「す、すみません」

「俺でなく、お嬢さんに謝んなさい」

俺は少女に向き直った。動揺を押し隠し、丁寧に頭を下げる。

「俺はアーディン。ケナファ騎士団の副団長です。お嬢さん、イズガータを訪ねてきたそうですね？」

「はい、実は――」

「やめて下さいよ、副団長」とタクシスが割って入った。「こんな子供、イズガータ様の知り合いであるはずがないでしょう？」

「でもこの年の娘としては、ずいぶんしっかりしているじゃないですか。ちょっと薄汚れているけど、こう、品格のようなものを感じませんか？」

「感じませんよ。副団長みたいに路傍《ろぼう》の花にさえ品格を感じていたら仕事になりません」

「芸術を解さないヤツですねぇ。そんなこと言ってるからモルダにフラれるんですよ？」

「そ、それとコレとは関係ないでしょう！」

真っ赤になって叫ぶタクシスを、レフタがまあまあと宥《なだ》める。

やれやれと肩をすくめてみせてから、俺は少女に呼びかけた。

「じゃ、俺がイズガータの所まで案内しましょう」

「本気ですか？」

呆れたようにタクシスは眉尻を下げた。

「余計な手間を取らせるなって、怒鳴られますよ？」

「どうせ遅参の詫びを入れにいかなきゃならないんだし、ついでに怒られてきますよ。大丈夫、何かあっても責任は俺が取ります」

俺はタクシスとレフタの肩を軽く叩いた。

「君達もこの子については他言無用に願いますよ」

「わかりました」

「じゃ、そういうことで……」

俺は歩き出しながら、後ろ手に少女を招いた。

「ついてきて下さい、お嬢さん」

俺は跳ね橋を通り、落とし格子《ごうし》をくぐり抜けた。大塔に入り、廊下を抜け、広間を横切る。

少女は無言でついてくる。

階段を登りながら、これでいいのかと自問する。今ならまだ間に合う。この娘を殺して、葬ってしまえばいい。今ならまだ間に合う。何もなかったことにしてしまえる——

大塔の二階。廊下には点々と光木灯の青白い光が浮かんでいる。心を決められないまま、俺は騎士団長の執務室前に辿り着いてしまった。

木戸の前で足を止め、少女の顔を見る。彼女は緊張に顔を強ばらせ、両手を固く握りしめていた。その青碧の目はわずかな光を反射して、彩輝晶《さいきしょう》のように輝いている。強い意志を秘めた瞳。夢見る者の目だ。

勝てるわけがないと思った。

俺は目の前の木戸をノックした。

「誰だ？」イズガータの声が答える。

「アーディンです」

「ようやく来たか。さっさと入れ」

俺は木戸を開いた。

「遅い」椅子から立ち上がり、イズガータがこちらにやってくる。「第一士隊はお前をおいて巡回に出かけたぞ？」

「さすがでしょう？　士隊長が不在でも動けるよう、日頃からきっちり訓練してますからねぇ」

「偉そうに言えたことか！」

「けど、遅参したおかげで、面白い場面に出くわしましたよ」

俺は少女の肩に手を置いて、前へと押し出した。

「先程この城に着いたばかりです。門楼番のレフタとタクシスには口止めをしておきました。他には誰にも見られてません」

イズガータの青い瞳が驚きに見開かれる。

「──よくやった」

震える声で彼女は言った。

「遅参の罰は帳消しにしてやる。任務に戻れ」

「了解」

俺は部屋を出て行きかけて……振り返った。

「余計なお世話かもしれませんが、言わせて下さい。ケナファ侯としての貴方の立場は理解しているつもりです。けど、ここでは貴方が団長だ。俺も含めケナファ騎士団は全員、貴方の決定に従います」

「何が言いたい？」

イズガータは目を眇《すが》めて俺を睨んだ。

俺はいつもの調子で肩をすくめる。

「貴方のしたいようにしろってことです。たとえ天に弓引くことになっても、俺達は貴方についていきます」

「馬鹿を言うな。私にはお前達を守る義務がある。軽々しい真似など出来ん」

「それは違いますね。俺達は騎士です。戦うことで飯を喰わせて貰ってる。貴方が守るべきは民草《たみくさ》であって、そのために戦うのが俺達の仕事ですよ」

「わかっている」

「いい加減、そろそろ誰かが重い腰を上げてもいい時期だと思うんですけどね」

「わかっていると言っているだろう！」

イズガータの怒声に、少女はびくっと体を震わせた。

しっかりしているように見えても、まだ十三歳の子供だ。彼女の幸せを思うなら、正体を隠したまま一人の娘として生きていくのが一番だろう。

けど、この子はそれを選ばない。かつてイズガータが茨《いばら》の道に足を踏み入れたように、この子も険しい道を行くのだろう。その先にある、手が届くかどうかもわからない、はるか彼方の光を目指して。

「じゃ、最後に一言だけ。ケナファ騎士団の副団長としてではなく、貴方の友人として言わせて貰います」

俺は夢なんか見ない。だから──

「イズガータ、俺を失望させるなよ？」

返事を待たず、俺は部屋を出た。

木戸を閉じ、それに背中を預ける。

そして胸に手を当て、外衣の上から、懐にしまってあった手紙を握り潰した。


その夜、俺はイズガータに呼び出された。

晴れ晴れとした表情で、彼女は言った。

「彼女のことはシアラと呼ぶことにした」

「シアラ、ですか」

なるほど、逆さ読みか。

「ということは、聖教会を敵に回す覚悟を決めたってことですね？」

「ああ」

イズガータはニヤリと笑った。目的を見失い、惚《ほう》けていた最近の彼女とは違う。野心に燃える女の嗤い。イズガータの笑みだった。

「私はあの子を擁《よう》し、光神王を倒す」

ケナファを始めとする十諸侯の一部は、神聖院に反旗を翻す機会を窺っていた。その障害となっているのが、天に浮かぶあの光神サマーアだ。光神王が死ねば、光神サマーアが落ちてくる。それはサマーア人の恐怖の根源だ。だが光神王の血を引く者が旗印となり、自らが新たな光神王となって現政権を打倒すると言えば、その恐怖を凌駕出来るかもしれない。

「それでこそ俺のイズガータです」

ああ、わかっていたよ。あの子をお前に引き合わせれば、こうなるだろうってことぐらい。

「で、具体的に、どうするつもりなんですか？」

「とりあえずは従者として私の側に置く。彼女は騎士になりたいと言っている。騎士になり、光神王に会って、この国の現状を訴えたいんだそうだ」

「なんですか、それ？」

「あの子は親父に認められたいのさ」イズガータは苦い顔をした。「いわゆる愛情の裏返しというやつだな」

「子供ですね」

「まったくだ」

イズガータはふっとため息を吐いた。

「まあいい。光神王の足元まで攻め込むことが出来さえすれば、現人神の喉を掻き斬るのは私がやる」

「だったら、なにも彼女を鍛える必要はないでしょう？　俺達に必要なのは光神王の血を引く者です。別に騎士じゃなくたっていいはずです」

「その通り——なんだがな」

イズガータは肩をすくめて苦笑した。

「私だって諦めさせようとしたんだ。でも、あれは子供の頃の私と同じだ。まるで言うことを聞かない。だから猶予をやった。十八歳までにモノにならなければ、嫁に行かせると言っておいた」

そこで彼女は暗い窓の外へと目を向けた。自分自身に言い聞かせるように呟く。

「私はあの子を信じたい。与えられた玉座に座るだけの人形になって欲しくない。人の上に立つつもりならば、その王座には自分の足で這い上がって欲しい」

俺は昔、イズガータが言ったことを思い出した。

お前だけの手を汚させない。私はお前に忠誠を誓わせるに足る領主になってみせる。

イズガータ……お前、あの子にもそれを求めるつもりか？

「彼女にそれだけの度量があるでしょうか？」

「——賭けるか？」

「賭け事は嫌いでしょう？」

イズガータは答えず、壁に飾られている剣に目を向けた。それはケナファ家に代々伝わるケナファ王の二本の剣だった。従者がかかさず手入れをしているので、年代を経てもいまだ鋭さを失っていない。それは光神王の臣下になっても、魂だけは売り渡さないケナファ家の矜持《きょうじ》そのものだった。

「この一年、あの子《サナ》は影使い達の隠里《かくれざと》に身を潜めていたらしい。そこで影使い達から真実を聞かされ、聖教会が嘘を教え広めていることを知ったそうだ」

イズガータは壁に飾られていた剣を手に取った。

「彼女は不当に虐《しいた》げられる者のない、平等で平和な国を作りたいのだそうだ。たかだか十三歳の小娘が掲げるには、たいした理想だとは思わんか？」

「夢物語ですけどね」

「でも、私は嫌いじゃない」

その刀身を愛しそうに撫でてから、イズガータは剣を壁に戻した。

「平等な国を夢見る王。それを育てることこそが、ハウファの復讐だったのかもしれないな」

ケナファ騎士団に身分の差はない。けど一歩外に出れば、それは厳しい現実として目の前に横たわっている。流民という身分は一生俺について回る。この血のすべてを入れ替えることが出来ないように、別の身分に生まれ変わることは出来ない。

不当に虐げられる者のない平等で平和な国。

それが現実のものとなったら、俺はもう、こんな思いをしなくてすむのだろうか。

翌日、イズガータは自分の従者を務めるデアバとダカールを、シアラに引き合わせた。

デアバはケナファ地方南西部にある農村の出だ。三年《サナ》前までは農家の三男坊として、親兄弟達とともに畑で汗水垂らして働いていた。領地見回りの際、イズガータはデアバの体格の良さに目をつけ「お前、騎士にならないか？」と勧誘してきたのだ。

一方、ダカールの経歴はちょっと変わっている。筋の良い子馬を探して市場を渡り歩く俺の親父が、旅の途中で拾ってきた赤ん坊。それがダカールだ。彼は他の孤児達とともにこのサウガ城で育てられ、八歳の時、エズラの従者となった。その一年《サナ》後、イズガータが騎士団長の職を受け継ぐと、今度はイズガータの従者となった。

単純明快なデアバは、女の子が仲間になることを喜んでいるようだった。いい気にならないよう、後で釘を刺しておく必要がありそうだ。とはいえ、俺達が騎士見習いだった頃に較べ、騎士団の連中の意識はかなり変わった。女を軽んじ、力ずくでモノにしてやろうと目論むような馬鹿も減ってきている。当然といえば当然だ。騎士団を統べる団長が女なんだから。

それでも油断は出来ない。騎士団の連中はシアラの素性を知らない。しかも、この容姿だ。

俺はなるべくシアラから目を離さないよう心がけることにした。

が、自分の任務を放り出すにも限度がある。そこで俺はエズラの真似をすることにした。イズガータの従者の一人であるダカールを摑まえ、彼にシアラの指導と警護を頼んだのだ。

「それは命令ですか」

淡々とした口調で、ダカールは尋ねた。

赤みを帯びた茶色の髪、浅黒い肌、表情のない琥珀色の目が俺を見上げる。

彼は同じ騎士見習い達から、何を考えているかわからないと疎《うと》まれていた。練習試合を行うことも少なかった。でも俺は以前から、ダカールの秘められた腕前と、年齢に似合わない冷静さを買っていた。

「命令じゃありませんけど――」

「なら余所を当たって下さい。僕より適任な者がいるはずです」

「俺は君にお願いしたいんです」

俺の言葉に、ダカールはわずかに首を傾げた。

「そんなにシアラの身が心配なら、騎士団になんか入れなければいいじゃないですか」

「その通りなんですが、ああ見えて彼女、なかなか頑固でね。詳しくは言えませんが、こちらにも複雑な事情がありまして、彼女にはそれなりのモノになって貰いたいんです」

首を傾げたままダカールは何も言わない。納得出来ないんだろう。仕方なく俺は説得を続ける。

「先程も言いましたが、彼女は魅力的です。男所帯の騎士団に放り込めば、悪戯《いたずら》しようとする者が出ないとも限らない。でも騎士団では力こそすべて。俺やイズガータが特別に目をかけてやることは出来ないんです」

「僕には関係のないことです」

「でもデアバはあの通りだし、他に頼める相手がいないんですよ」

ここもエズラの真似をして、俺はダカールに頭を下げた。

「お願いです。彼女を守ってやって下さい」

ダカールはしばらく考え込んでいた。

が、何を思ったのか、無表情にこくりと頷いた。

「わかりました。僕の手が及ぶ限り、彼女を守るよう努力します」

ダカールは忠実にその言葉を守ってくれた。従者としての仕事をシアラに教えるだけでなく、鍛錬の最中にも影法師のように彼女につき添ってくれた。

それでも……予想していたことではあるけど、シアラの剣の腕前はまったく向上しなかった。子供の頃から少しは剣を握ってきたらしいが、その剣技ときたらまるでお遊戯だった。騎士としてはもちろん、その見習いとしても及第点にはほど遠い。

彼女は背も低かったし、体つきも華奢《きゃしゃ》だった。なのに身に余るような大剣を、力任せに振り回そうとする。立派な騎士になりたいという思いが強すぎて、正攻法以外の道を模索することさえ頭にないようだ。

シアラは努力し続けた。鍛錬にかける時間と情熱は、かつてのイズガータに勝るとも劣らなかった。けど現実は残酷だ。騎士見習い相手の練習試合でも、一勝も出来ないまま、あっという間に一年《サナ》が過ぎた。

そんなある日、イズガータが俺を呼び出した。

部屋を訪ねていくと、彼女は俺に曲刀を突きつけた。それは彼女が騎士見習いだった頃に使っていた訓練用の曲刀だった。

「懐かしいですね。いったいどこから掘り出してきたんです？」

「城の武器庫にしまっておいた」

「物持ちいいですね」

「軽口はいい」

イズガータは曲刀を俺に押しつける。

「シアラに曲刀の使い方を教えてやれ」

「特別扱いはしないんじゃなかったんですか？」

「私の名は出すな」

十八歳までにモノにならなきゃ嫁にやるとか何とか言いながら、本当はイズガータもシアラに騎士になって欲しいんだな。

「いいですけど、騎士にとって曲刀は邪道ですよ？　あの頑固娘が素直に受け取るとは思えませんが」

「そこはお前の得意とする口先で丸め込め」

「うわ、無茶を言いますねぇ」

確かにシアラは魅力的だ。その容姿はもちろん、物怖じしない性格も、自分の否を認める素直さも、彼女の魅力のひとつだ。騎士になるためにはどんな苦労も厭《いと》わない。泣き言ひとつ漏らさない。王城育ちにしては性根が据わっている。イズガータと同じく俺もシアラを応援したいと思うし、手を貸してやりたいとも思う。

でも——

葛藤《かっとう》がなかったと言えば嘘になる。

一度は断たれたイズガータの夢。それにシアラは火をつけた。彼女が現れたことで、イズガータは再び走り出してしまった。考えても仕方がないとわかっていても、考えずにいられない。もし、もう一日、シアラの到着が遅れていたら？　俺はイズガータを連れ出すことが出来たかもしれない。

「仕方がない」

俺はため息をついて、笑ってみせる。

「あまり頼りたくはないけど、あの変態に口を利いて貰いましょうかね」

シアラは治療院の常連だった。鍛錬の後には、どこかしらに傷を負っているからだ。あの変態医師もシアラを気に入っているようだったし、彼女もトバイットには何かと相談を持ちかけているようだった。彼から話して貰えば、シアラも曲刀を使うという邪道を受け入れてくれるかもしれない。

俺が相談を持ちかけると、トバイットは快くそれを引き受けてくれた。

「わかった。私から彼女に話してみよう。ずいぶん背も伸びたし、筋肉もそれなりについてきたし、曲刀を教えるには丁度いい頃合いだ」

「丁度いいって……さてはあんた。手当てするふりをしながら彼女の寸法、目測してましたね？」

「そこは『手当てのついでに』と言って欲しいな」

「この変態医師」

俺の悪態に、トバイットは鷹揚に笑って見せた。

「シアラは強くなるよ。彼女の筋肉は細いが、とてもしなやかだ。重たい物を振り回すのには向かないが瞬発力を秘めている」

「はいはい」

もう何とでも言ってくれ。

「しかし、君はそれでいいのかい？」

俺はトバイットの顔を見た。

そうか、彼は知っているんだ。シアラが現れた間の悪さを。あともう一日、彼女の到着が遅れていれば、俺は今とは別の人生を歩んでいたかもしれないということを。

「それでいいのかって――」

肩をすくめながら、俺は両手を肩の高さに持ち上げて見せた。

「何のことです？」

トバイットは眉を寄せた。が、すぐに惚《とぼ》けたように首を傾げる。

「おや、何だったかな。忘れてしまったよ。いやはや歳は取りたくないもんだね」

まだ三十代半ばのくせに、よく言うよ。

「ああ、そうだ。代わりと言っちゃなんだが、イズガータに彼のことをお願いしてくれないかな？」

「彼――ダカールのことですか？」

以前から、トバイットはダカールを第六士隊に欲しがっていた。なかなか実力を見せたがらないが、ダカールはかなり腕が立つ。こう言っては何だが、後方支援である第六士隊に回すにはもったいない。

「あの子は心に闇を抱えている」

珍しく真顔でトバイットは言った。

「前線に立たせたら、あの子は壊れてしまうよ」

確かに一理あるかもしれない。ダカールは騎士になるには神経が細すぎるきらいがある。

「一応、伝えておきます」

そう答えて、俺は治療院を出た。

その数日後《やウム》、トバイットから連絡があった。

「君から技を教わるようシアラに話しておいたよ。うん、彼女もまんざらではなさそうだったぞ?」

だといいんだが。

俺は曲刀を手に、城壁の裏手にある洗濯場に向かった。昼間は町から働きに来た女達で賑わうこの場所も、陽が落ちた後は誰も寄りつかない。それは今も昔も変わらない。人目につかず汗を流すには絶好の場所だった。

階段は真っ暗だった。俺は左手を壁に置きながら、ゆっくりと階段を下っていった。何度か折り返すと、水音が聞こえてきた。どうやらまだ水浴びの途中らしい。驚かせちゃいけない。俺はその場で足を止め、彼女が登ってくるのを待つことにした。

「私が弱すぎるのだ」

囁き声が聞こえた。

それはシアラの声だったが、思い出したのはイズガータのことだった。初めて人を斬り殺した後、体を何度も拭《ぬぐ》いながら、自分の弱さを嘆いたイズガータ。思えば今のシアラは、あの時のイズガータと同じ歳だった。

「こんな私が騎士になるなど、所詮は叶わぬ夢なんだろうか？」

「そんなこと言っちゃ可哀相ですよ？」

つい、そう答えてしまった。

下の方から息を飲む気配がする。

「あ、アーディン副団長？」

「しまった」俺は自分の頬を叩いた。「黙ってるつもりだったんですけどねぇ」

そんな軽口にもシアラは乗ってこない。俺は階段の縁から右手を出し、ひらひらと振って見せた。

「早く服を着て下さい。誰かに見られたら俺が脱がしたと思われてしまう」

「――え？」

明らかに、ギクリとした気配が伝わってくる。

なんだ、そんなことを気にしていたのか。

「やだなぁ。いくら君が可愛くても、イズガータの秘蔵っ子に手を出すほど、俺は命知らずじゃありませんよ？」

「そ、そうなのですか？」

「ということは、本当に疑ってたんですね？　うわ、ショックだ」

俺は大袈裟《おおげさ》に天を仰ぎ、階段に腰を降ろした。

一分《ダキカ》もしないうちに、服を身につけたシアラが姿を現した。彼女が安心して近づけるよう、俺は膝を抱えて座り込み、膝頭に額《ひたい》を乗せる。

数段下から、シアラが尋ねた。

「何をしてるんですか？」

「イジけてるんです」

「は？」

「ひどいなぁ。シアラは俺のこと、そんな風に見てたんですね」

「すみません」彼女はぺこりと頭を下げた。「先日、トバイット士隊長に変なことを言われましたので、それで妙に意識してしまって——」

「トバイットが？」

あの変態医師。どんな話をしやがったんだ？

「さては、またあることないこと、俺の悪口言いくさりやがったんですね？」

「そうではなくて、私が勝手に誤解をして——」

「おや、ずいぶんと変態医師の肩を持つじゃないですか？」

「トバイット士隊長は良い方です。いつも私の相談に乗って下さいますし——」

「相談に乗る？　変態話につき合わされてるだけでしょう？」

「それはそうですが——」

「ほら、やっぱり」

「いいえ、トバイット士隊長は良い方です。少々理解しにくいですが、独特な魅力をお持ちです」

「独特な魅力ねぇ？」

なるほど、モノはいいようだ。

「アレはただの変態ですよ。君の体をきっちり目測して、『頃合いだ』とか言うんだから」

俺は立ち上がり、持っていた曲刀を差し出した。

「これはデュシスの兵隊が使う刀で、曲刀といいます。明日からこれを使ってみて下さい」

シアラは俺を見上げた。その顔には苦悩と葛藤が浮かんでいる。強くなりたい。けど卑怯な手は使いたくない。自分だけが特別な扱いを受けるわけにはいかない。そんな思いがありありと見て取れる。

「――受け取れません」

目を伏せて、シアラは答えた。

「私は一介の騎士見習いです。特別な剣を用意していただくわけには参りません」

「やっぱり、そうきましたか」

この娘、太刀筋も正攻法の大真面目なら、考え方もクソ真面目だ。だから上手く言っておいてくれと頼んだのに、トバイットの役立たずめ。

俺は右手で前髪をかき上げ、指の間からシアラを見つめた。

「君って、名乗りを上げている間にバッサリ斬られて、真っ先に死ぬタイプですよね？」

反論しようとシアラが口を開きかける。が、それよりも早く、俺は言葉を続ける。

「前にも言いましたよね？　ケナファ騎士団では力がすべてだと。戦いは勝たなきゃ意味がない。正攻法で攻めたからって、勝たなきゃ誰も誉めちゃくれませんよ？」

シアラはぐっと唇を引き結んだ。青碧の目が上目遣いに俺を睨む。

そんなもの、痛くも痒くもない。

「とはいえ、君のそのまっすぐさ、俺は嫌いじゃありません。出来ればこのまま大事に見守っていたいくらいです。けど、こちらにもいろいろと都合があってね。君の成長を悠長に待ってる時間はないんです。だから――あえて言わせて貰います」

俺は曲刀を差し出し、凄みを利かせた声で告げた。

「勝つためだ。手段を選ぶんじゃない」

シアラは俯いた。きりり、と歯を食いしばる音がする。

葛藤する彼女を見下ろしながら、俺は心の中で呟いた。なぁ、もう努力など止めてしまえよ。

「私には無理だ」と言って泣けばいい。すべてを放り出したって誰もお前を責めはしない。重荷を降ろして、楽になってしまえよ。

「お借りします」

低い声が答えた。と同時に左手が軽くなる。シアラが曲刀を受け取ったのだ。

俺はため息とも笑いともつかない息を吐いた。

どうして夢を追いかける奴っていうのは、ギリギリの土壇場に追い詰められてもなお踏ん張ろうとするんだろう。まったく、俺には理解出来ないよ。

シアラは曲刀を鞘から抜いた。そして、その軽さに驚いたようだった。片手で曲刀を振り回した後、困惑気味に俺を見上げる。

「これでどうやって戦うのですか？」

「見ての通り、曲刀は刃が弧を描いているんで、直剣のように突いたり殴ったりするのには向きません。けど、こうやって——」

俺は彼女の手から曲刀を受け取り、それを鞭のように振った。薄い刃が空《くう》を薙ぎ、ひゅんっという音を立てる。

「敵を斬り払うには最適な形をしています。振り回すのにそんなに力はいらないし、上手く使えば、刃が相手の体に食い込んで外れなくなることもない」

俺は曲刀を返しながら、小声でつけ加えた。

「実はこれ、イズガータが自分の訓練用に作らせたモノなんです。今は平時だからイズガータも紋入りの直剣なんか吊してますけど、彼女が最も得意とする得物はこの曲刀なんですよ」

「はい、覚えていま——」と言いかけて、シアラは慌てて自分の口を塞いだ。

覚えている——？

ああ、そうか。彼女は見ていたんだ。

六年前《サナ》に行われた馬上武術大会の決勝戦で、見事な勝利を収めて見せた、あのイズガータの勇姿を。

「隠さなくてもいいですよ」

苦笑しながら俺は言った。

「君の正体はわかってるし……って、ほら、あの後、後宮で一度会ってるでしょう？」

「えっ？　そ、そう、でしたか？」

「覚えてないんですか？　俺の背中に隠れて、イズガータを見つめていたじゃないですか？」

「あ……」

シアラは驚きに目を見張り、口元を押さえた。

「あああ、あの時の――！」

この驚きよう。どうやら俺のことはまったく眼中になかったらしい。

「イズガータしか見てなかったたってことですね？」

「す、すみませんッ！」

シアラは曲刀を抱いたまま、深々と頭を下げる。

俺は肩をすくめた。

「ま、わかりますよ。あの時のイズガータはとても格好良かったですからね」

そう言って、俺は片目を閉じ、シアラが抱く曲刀を指さした。

「イズガータだって、最初から強かったわけじゃない。だから君も、もうちょっとだけ頑張ってみて下さい」

シアラは目を輝かせ、力一杯頷いた。

「はい！　頑張ります！」

ああもう、本当に、イヤになるね。

こいつは馬鹿で愚直でクソ真面目で、救いようもないほど不器用で、俺やイズガータみたいな特別な才能もないくせに、なんだってこんなにキラッキラしていやがるんだろう。

こいつさえ現れなければ、イズガータは俺についてきてくれたかもしれないのに。こいつさえいなければ、彼女を俺のものにすることだって出来たかもしれないのに。正直言って、このまま濠に沈めてやりたいとさえ思うのに——

そんな顔されちゃ、突き放せないじゃないか。


その後、俺はちょくちょくシアラを誘い出し、曲刀の使い方を教え込んだ。その甲斐あって、シアラは少しずつ腕を上げていった。けどイズガータとは違い、彼女は普通の女の子だ。どんなに鍛練を積んでも、他の騎士見習いにさえ、なかなかかなわなかった。

シアラは諦めなかった。失敗を恐れなかった。不可能を可能に変えようと努力し続けた。夢を追う者達が持つ暑苦しいほどの熱意。打たれても打たれても立ち上がる、ふてぶてしいまでの強さ。それは子供の頃から天才と呼ばれ、さほど苦労もせず騎士になり、努力することを知らない俺には、決して持ち得ないものだった。

シアラの熱意は他の連中にも伝染した。ケナファの騎士達ばかりでなく、サウガ城で働く者達はみんなシアラを応援した。誰もが「シアラは立派な騎士になる」と信じて疑わなかった。

曲刀を使い始めて三年《サナ》もすると、見習いの中で一番の実力を持つダカールからも、三本に一本は取れるようになった。まだまだ騎士と呼べるほどの腕前じゃなかったが、イズガータは満足そうだった。彼女は頻繁にエズラと書簡を交わすようになった。目には見えなくても、何かが始まるのだという予感は、サウガ城全体に満ち満ちていた。

その命令が下ったのは、シアラが十七歳になった年の八月《アーブ》。俺が率いる第一士隊はデアバとダカールとシアラを含む十五人の騎士見習いを伴って、ケナファ領南西部にあるアルニールに赴《おもむ》いた。

アルニールは二十二年《サナ》前、鬼達《グル》に襲われて全滅した町だ。近郊に大きな時空鉱山があり、ここ数年《サナ》はその復興作業が行われていた。長年放置された時空鉱山は荒れ放題で、死影の数も半端じゃない。それを退治し、鉱山で働く者達が安心して作業に従事出来るよう整備すること。それが俺達第一士隊の――表向きの任務だった。

アルニールにはすでに二百人あまりの人間が住んでいた。鉱山の一部では時空晶の採掘も再開されている。俺は小隊ごとに命令を出した。第一と第二は家屋の修繕と街道の整備。第三と第四は時空鉱山で働く者達の警備。残る第五と第六小隊は、まだ未整備の坑道の整備につかせた。

部下達がそれぞれの仕事場所に向かったのを確認した後、俺は旧アルニール邸で、この町を統括している男に会った。

「はじめまして、俺はクナスといいます」

クナスは四十半ばほどの男だった。以前は時空鉱山で鉱夫をしていたというだけあって、背が高く、体格もいい。まさに働き盛りという感じがする。

俺は自己紹介し、彼と握手してから、早速話を切り出した。

「で、第七士隊の仕上がり具合はどうです？」

「いきなりだなぁ」クナスは苦笑した。「エズラ様から、アーディン様は喰えない人だと聞かされていたけれど、本当にその通りだ」

「俺を喰ったら腹を壊しますよ？」

俺はニヤリと笑って見せた。

「それと、俺に『様』はいらない」

「そうだった。ケナファ騎士団では力がすべて——だったな」

クナスは俺に椅子を勧め、自らの手でエブ茶を運んできた。その後、向かいの椅子に腰掛け、彼が率いる『第七士隊』の話を始めた。

「現在のアルニールには俺を含め、百四人の影使いがいる。実際に戦力として使える者は八十名あまり。今のところ、主な仕事は坑内の死影を払うことだ。俺が言うのも何だが、結構上手くやっていると思う」

来るべき光神王との戦いに向けて、エズラは以前から、影使いを戦力として使おうと画策してきた。けれど最初の計画は失敗に終わった。それが二十二年《サナ》前、アルニールの悲劇だ。

だから今回はもっと周到に準備が推し進められた。ケナファ領に駐在する聖教会の司教を買収し、アルニールへの不可侵を約束させた。その上で、外つ国にいる渡りの影使いを捜し出し、時空晶を積んでこの地に招き、影に憑《つ》かれた者達の教育を頼んだ。

そうやって作られたのが、本来ケナファ騎士団には存在しないはずの第七士隊、影使いの部隊だ。その第七士隊の仕上がりを確認すること。それが今回の、裏の任務だった。

「ところで——」

報告が一段落ついたところで、クナスが木箱を俺に差し出した。中には細く巻いた葉煙草《スィガーラ》が並んでいる。

「これもアルニールの特産物のひとつでね。よければ一つ、試してみないか?」

「いただきましょう」

俺は葉煙草《スィガーラ》を一本取り、その一端を噛み切った。それを口に咥《くわ》えたまま、火種を貰おうと立ち上がった時——生ぬるい風が頬を撫でた。

「——！」

葉煙草《スィガーラ》の先に、火が灯った。

「驚いたかい？」

クナスは椅子に座ったまま、ニヤニヤしながら俺を見上げている。彼の葉煙草《スィガーラ》にも、きちんと火がついている。

俺は葉煙草《スィガーラ》を手に持ち、火のついた先端を眺め、再び椅子に座り直した。煙を深く吸い込み、葉煙草《スィガーラ》の焦げ臭い風味を愉《たの》しむ。

「なるほど、これは便利ですね」

紫煙を吐き出してから、俺は言った。

「自称影使いに会ったことは何度もありますが、実際に影を使役するところを見たのは初めてです」

「これくらいは朝飯前。ほんの十秒間ほどの時空《タニヤ》を費やすだけですむ」

「もっとすごい技も使えるってことですか？」

「ああ。岩を吹き飛ばしたり、はるか遠くの様子を眺めたり、別の地に瞬時に人や物を運ぶことだって出来るが、大技を使えば、その分の時空を消費する」

そう言って、クナスは肩をすくめた。

「オレは幾つに見える？」

「四十歳――ぐらい？」

「二十五だ」

　つい、目を見張ってしまった。

　俺より年下には、とても見えない。

「影使いは時空を消費する。普通の人間よりも、はるかに早く年をとる。俺は若くして故郷を追い出され、自棄《やけ》になっていろいろと無茶したからさ」

　自嘲気味にクナスは笑う。

　彼の言うとおり、この国では、影使いは石をもって追われるのが常だ。それには同情するが、ここは俺も譲れない。いざ戦になれば、最前線に立つのは俺達十諸侯騎士団だ。斬られて死ぬか、突かれて死ぬか、ろくな死に方が出来ないのは俺達も一緒だ。

「騎士団に加わる限り、影使い達にはその力を遺憾《いかん》なく発揮して貰わなきゃなりません。皆さん、その覚悟は出来ていますか？」

「もちろんだ」とクナスは頷く。「影使いであることがばれたら俺達は殺される。けどエズラ様は、俺達が安心して暮らせる国を作ると約束してくれた。一度は落としかけたこの命。理想の国を作るためなら、惜しいとは思わないぜ」

　理想の国――か。

　外に漏れることを防ぐため、第七士隊の存在は一部の者にしか知らされていない。けど、もしシアラがこの話を聞いたら、どんな顔をするだろう。彼女が理想とする世界。影使いや流民達を含め、すべての者達が虐げられることなく、安心して暮らせる世界。それに向けて着々と準備が整いつつあることを知ったら、あの子はなんて言うだろうか。

「さて、堅苦しい話はここまでにして――」

クナスは立ち上がった。四十半ばに見える顔に、子供のようにやんちゃな笑みが浮かぶ。

「一杯やろうぜ」

まだ昼間なのに？　とか、部下が働いているのに？　なんて無粋《ぶすい》なこと、俺が言うと思うか？

「いいですね」と答え、俺が酒杯を受け取った時、遠くからカーン、カーンという音が聞こえてきた。

「警鐘だ」

クナスの顔に緊張が走る。

「鉱山で何か起こったらしい」

彼がそう言った時にはもう、俺は影断ちの剣を持って走り出していた。外に出ると、時空鉱山の方角から鉱夫達がわらわらと逃げてくるのが見えた。

人の波に逆らい、俺は鉱山の入口へと走った。そこではケナファ騎士団の騎士達が、逃げまどう鉱夫達の誘導に当たっていた。近くにいた第四小隊長のアリアンを摑まえ、俺は尋ねる。

「状況は？」

「第二坑道の奥で死影が大量発生した模様です」

「あ、そう。じゃ、第四小隊は引き続き鉱夫達の誘導に当たって下さい。それと手空きの奴らに、ありったけの光木灯を集めて第二坑道に運び込むよう伝えて下さい」

「了解です！」

俺は鉱山へと足を踏み入れた。すぐ後を、光木灯を掲げたクナスがついてくる。

「気をつけろ、第二坑道にゃ枝が多い」

「ええ、わかってます」

やがて第二坑道への分岐点に出た。小部屋ほどの空間に、第六小隊の騎士達がいる。どの顔にも不安と焦燥の色が濃い。

「あと何人残ってます？」

「鉱夫達は全員逃がしました」

騎士の一人タリフが答える。「けど、第二坑道に入ったヒヨコが三人、まだ出てきません。今、ヤルタ小隊長とラズが捜しに行ってます」

第六小隊のヒヨコ達――デアバとダカールとシアラのことだ。冗談じゃない。奴らはまだ影断ちの剣を持ってないんだぞ。

「無理するなって言ったのに」

タリフが不安そうに呟く。彼は手に松明《たいまつ》を持っていた。その足下、第二坑道への出入口には溝が掘られ、油が張られている。いざとなったらこれに火をつけ、死影を追い払う。それでも死影が押し寄せて来て、どうにもならなくなった場合は、同じ溝にはめ込まれている岩扉を転がして坑道を塞ぐ。どこの時空鉱山にも見られる死影よけの仕組みだ。

「死影が溢れてきそうになったら、迷わずにここを閉めなさい。いいね？」

そう言い残して、俺は第二坑道に入った。

すぐ後ろにクナスが続く。来るなと言いかけて——やめた。影使いの技を見るいい機会だと思ったし、何しろ相手は死影だ。いざとなったらシアラだけでも連れて逃げて貰うしかない。死影は光を恐れる。坑道に途切れることなく光木灯を並べていけば、死影を追い払うことが出来る。

だが第二坑道はまだ未整備だった。光木灯も数えるほどしか置かれていない。

警鐘が坑道に反響する。耳障りなほどやかましい。その音源に向かって俺は走った。

「警鐘はその先だ」

光木灯を掲げてクナスが叫ぶ。黒々とした岩肌、その先に人影が見える。必死に警鐘を鳴らしているのはダカールだった。

「ダカール！」

俺は彼に駆け寄り、その手から木槌《きづち》を奪い取った。

「ここはもういいから、君は逃げなさい」

「……いやです」

恐怖に喘ぎながらもダカールは首を横に振った。蒼白な顔で俺を見上げる。見慣れた無表情じゃない。初めて見る、必死の形相だ。

「奥にまだ、シアラとデアバが残っています。どうか僕も……僕も連れていって下さい！」

畜生、そんな顔するなよ。俺は必死な人間に弱いんだ。

足下に転がっていた光木灯を拾い上げ、俺はそれをダカールに渡した。

「わかった、一緒に来なさい」

「――こっちです！」

ダカールの案内で、俺達は側道に入った。

側道の調査は後日、第二坑道の整備が終了してから行う。そう言ってあったはずなのに、このクソヒヨッコどもが。なんだってこんな危険な場所に入ったりしたんだ！

心の中で悪態をつきながら、俺はシアラの無事を祈った。幾度となく彼女の死を願ってきた俺が、今さらその無事を祈るなんてお笑いだ。けど俺はもう、腑抜けたイズガータは見たくないんだよ。

前方から、甲冑の軋みが聞こえてきた。荒い息遣いと乱れた足音。誰かいる。生きている。

「誰だ？　無事か！」

「ふ、副団長……ッ」

俺の誰何《すいか》に、か細い声が答える。

暗闇の中から現れたのは第六小隊のラズだった。その背にヤルタを背負い、右脇にも一人抱えている。デアバだ。俺が駆け寄ると、ラズは力尽きたように座り込んだ。

「デアバがやられて……それを助けようとしてヤルタも……」

「シアラは！」

俺はラズの肩を揺さぶった。

「シアラはどうした！　やられたのか！」

「奥に残ってる。自分が死影を防ぐからって――」

最後まで聞かずに、ダカールが走り出した。

「馬鹿！　一人で行くな！」

俺はクナスに負傷した三人を頼み、影断ちの剣を抜いて、ダカールの後を追った。

「ダカール！　どこです！」

夜目は利く方なんだが、あたりは真っ暗で何も見えない。クソ、これじゃ死影に襲って下さいと言っているようなもんだ。

「ダカール、シアラ！　返事しなさい！」

俺は手探りで先に進んだ。

前方に明かりが見えた。光木灯の弱々しい光に照らされて、二人の姿がぼんやりと浮かび上がる。坑道の一部がぐんと狭くなっている。床には油が満たされた溝。坑道に仕掛けられた安全弁だ。そこにシアラが立ち塞がっていた。その隣ではダカールが、光木灯をかざしている。

二人の前、坑道の奥は真っ暗だった。

いや——違う。真っ暗に見えるほど、死影が押し寄せてきているんだ。

死影は軋むような声を上げながら、刃と化した手を伸ばしてくる。それをシアラが両断し、ダカールが光木灯で焼き落とす。見事な連携だ。けど二人とも息を切らし、すでにフラフラになっている。

俺は二人に駆け寄った。

「お疲れさん」

少し手荒くシアラの肩を引いた。よろめく彼女と、素早く立ち位置を入れ替える。

「ダカール、シアラを連れて逃げなさい」

「でも――」

「ここは俺が何とかします。早く行きなさい」

その言葉に怒りを覚えたかのように、死影達がギチギチ、ミチミチと不気味な軋みを上げる。

（**逃ガスナ……**）

（**温カイ血ヲ逃ガスナ……！**）

死影の腕が次々と突き出される。斬っても払っても死影の数は増すばかりだ。このままでは早々に押し切られる。

「ダカール、早く行け！」

「副団長をおいていけません！」俺の背後で頑固娘が叫ぶ。「副団長が死んだらイズガータ様が悲しみます。それくらい私にだってわかります！」

「やかましい、さっさと逃げろ！」

ああもう、こいつは馬鹿だ。救いようのない大馬鹿だ。俺ではイズガータに夢を見せてやれない。あいつに夢を見せてやれるのはお前だけ。あいつが走るためには、シアラ、お前が必要なんだよ！

（**逃ガサナイイイイイ……！**）

死影の一部が外へと溢れ出てくる。熱も厚みも持たない死影が俺達の頭上へ背を伸ばす。それを叩き斬り、俺は叫んだ。

「命令だ、ダカール！　殴っても昏倒させてでもいい。この馬鹿娘をここから連れ出せ！」

「――お断りだね」

低い声が聞こえた。その瞬間、目の前に炎が上がった。

炎に炙《あぶ》られた死影達が耳障りな悲鳴を上げる。黒い壁のように押し寄せていた死影達が、暗闇を求めて散り散りに退散していく。

外衣の裾に火がつきそうになり、俺は慌てて飛び退いた。床の溝、油に火がついている。燃え上がった炎は俺の腰丈にまで達し、あたりを赤々と照らしている。

なんなんだ？

どこに火種があったっていうんだ？

さっきのクナスじゃあるまいし、火種のないところに突然火がつくなんてありえない！

俺は二人を振り返った。

シアラは何が起こったのかわからないという顔で、呆然と突っ立っている。ダカールは目が合った途端、怯えたように目を伏せた。

それで、わかった。

ああ、そうだったのか。

そういうことだったのか。

「さあ、今のうちに逃げますよ」

俺は二人の肩を叩いた。油はすぐに燃え尽きる。その前に安全圏まで待避しなければ。今ここで、ダカールを問いただしている暇はない。

「無事に逃げおおせたら、君達には命令違反の懲罰を受けて貰いますからね。覚悟しときなさい」

俺達が待避するのを待って、第二坑道は閉じられた。

シアラ達のおかげで被害は二人に止《とど》まった。デアバとヤルタは一命を取り留めたが、彼らの傷は死影の手によるものだった。下手をすれば、このまま影に魂を喰われ、彼らは鬼《グル》と化す。

「大丈夫だ。後は俺達に任せてくれ」

クナスが請け合ってくれた。俺は死影については門外漢だ。二人のことは彼に任せるしかなかった。

夜になって、町はようやく落ち着きを取り戻した。

夕食の後、俺は旧アルニール邸の一室にダカールを呼び出し、事件の詳細を報告させた。

きっかけはデアバが側道に入ったことだった。あのお調子者、城の武器庫から勝手に影断ちの剣を持ち出していたんだ。最初は度胸試しのようなものだったらしい。けど結果として、それが時空晶鉱脈で眠っていた死影の大群を呼び起こした。

「僕はシアラとデアバをおいて一人逃げました。けれどシアラは残り、デアバを守ろうとしました」

淡々とした声でダカールは言う。いつも無表情なその顔に、今日は苦渋《くじゅう》の色が滲《にじ》む。

「僕は仲間を見捨てて逃げました。どんな懲罰も覚悟しています。ですがシアラに罪はありません。彼女を咎《とが》めないでやって下さい」

「あの時はああ言ったけど、本当に命令違反を咎めるつもりはありませんよ。シアラがあそこで踏ん張り、君が素早く警鐘を鳴らさなければ、被害はもっと拡大していました。咎めるどころか表彰ものです」

俺はクナスから貰った葉煙草《スィガーラ》を取り出した。今回は誰も火をつけてくれそうになかったので、テーブルの上の蠟燭《ろうそく》から火を移す。

「ことの次第はわかりました」

俺は紫煙を吐き、踵《かかと》を揃えて直立しているダカールを見上げた。

「君を呼び出したのは、別の理由からです」

「あれは僕がやりました」

問うまでもなく、ダカールは自ら告白した。

「僕の中には影が棲んでいます。でも、その力を使ったのは今日が初めてです」

「俺は影についてはあまり詳しくないけど、影使いは使役する影に時空を分け与えるため、ある程度、その力を行使しなければならないんじゃなかったかな？」

「その——ようです、が」

歯切れ悪く、ダカールは答える。

「それは後天的に影に憑かれた影使いの場合で……僕の場合、それとはちょっと違います」

「どう違うんです？」俺は紫煙を吐き出し、冷ややかな声で言った。「返答は詳しく正確にね。君の進退にかかわることだから」

わかっているというようにダカールは頷く。

「影使いは影に名前を与えることで、主人格と影が混ざり合うことを防いでいます。けれど僕が影に憑かれたのは母の腹の中にいる時でした。当然、影を名づけることなど出来るわけもなく、影は僕の中に溶け込んでしまった。いつも後ろに誰かがいるようなこの感じ——上手く説明出来ないけれど——僕は影であり、影は僕なんです。だから僕が動揺したり、怒ったりすると、それが表に出てきてしまう」

つまりダカールは生まれながらの影使い……影憑きだったわけだ。影憑きが短命であることぐらいは、俺だって知っている。この歳まで狂わず、鬼《グル》にもならずに生き残る例は、かなり珍しいだろう。

「ふぅん……」俺は葉煙草《スィガーラ》の煙を吐き出した。「歳の割に落ち着いていると思ったら、そんな理由があったんですね」

トバイット——あの変態医師め。相変わらず、人を見る目だけは確かだ。奴の言うとおりだった。ダカールの中には、本当に影が棲んでいたんだ。

「今まで上手くやってきました。これからも制御して見せます。だからどうか、みんなには黙っていて下さい。これからも僕を騎士団において下さい」

平伏《ひれふ》さんばかりにダカールは言う。真剣な顔、懇願《こんがん》の眼差し、ピリピリするような悲壮な決意が伝わってくる。

「副団長の言葉通り、僕はシアラを守ってきました。でも、それは義務だからじゃなくて、命令だからでもなくて、ただ僕は——」

「わかってる」

俺は葉煙草《スィガーラ》を暖炉に投げ込んだ。

「それ以上は、言わなくていい」

ダカールは息を飲み、俺の顔を見つめた。

俺が頷いてみせると、彼は今にも泣き出しそうな顔で頭を下げた。

「で、このことは他の誰かに話しましたか？」

最初にダカールを従者に任命したのはエズラで、イズガータはそれを引き継いだ。彼らが知らないとは思えない。

「エズラ様はご存じです」

そこで言葉を切り、少し迷ってから、ダカールは再び口を開く。

「ですからイズガータ様も、おそらくご存じなのだと思います」

「そうか……」イズガータは知っていたのか。なんだ、それなら話してくれてもいいじゃないかと思わなくもない。けど、軽々しく人の秘密を明かさないのもまたイズガータらしい。

「ダカール、君は努力家だし腕もいい。近いうちに騎士に叙任されるでしょう。そうなったら第一士隊《ウチ》に来てくれますかね？」

俺がそう言うと、ダカールは顔を撥《は》ね上げた。

「黙っていて貰えるんですか？」

「君の秘密は俺の胸の内に留めておくと約束します。が、それは君を見逃すということじゃない。君には俺の監視下にいて貰います。もし君が影を抑えきれず、それに飲み込まれてしまったら――」

俺は右手の人差し指で、彼の胸元を指さした。

「俺が君を殺します」

ダカールは無言で頷いた。

「じゃ、これでおしまい」

俺は両手を開いて見せた。

何か言おうとダカールが口を開いた。けど、彼が何も言わないうちに、突然あたりが騒がしくなった。誰かがものすごい勢いで廊下を走ってくる。

「アーディン副団長ッ！」

ノックもせずに扉が開かれる。大音声《だいおんじょう》とともに入ってきたのは言うまでもない、シアラだ。

「なぜダカールだけを呼び出したんです！　命令違反を犯したのは私も一緒です。罰するのなら私も同列にお願いします！」

「ホントに暑苦しい娘ですねぇ」

俺はわざとらしく耳を塞いだ。なおも叫び続けるシアラを無視し、ダカールに向き直る。

「引き続き、彼女のことを頼みます。早いとこ、ここからつまみ出しちゃって下さい」

その後、一カ月《シャハル》ほどかかって俺達は任務を終え、サウガ城に戻った。

デアバとヤルタはアルニールに残してくるしかなかった。デアバに関しては自業自得。命が助かっただけでも幸運と言えるだろう。けどヤルタは、運がなかったとしか言いようがない。第一士隊に戻ることは叶わなくても、彼らがその気になりさえすれば、第七士隊で活躍する日も来るだろう。

今回の功績が認められ、ダカールは騎士に叙任されることになった。その叙任式に参加するため、エズラが久しぶりにサウガ城に戻ってきた。

ケナファ騎士団の叙任式は、サウガ城の大広間で大々的に行われるのが常だった。けどダカールの叙任式はエズラとイズガータ、それに第一から第六までの士隊長だけが参列するという異例のものになった。それを不審に思う者もいなくはなかったが、結局は「内気なダカールを気遣ったのだろう」ということに落ち着いた。彼らは叙任式にともなう宴会が楽しみなだけで、正直な話、退屈な儀式など出ないですむなら、それに越したことはないんだ。

というわけで、食堂では騎士団員達を始め、城で働く者達をも巻き込んだ大宴会が開かれた。大きな酒樽が幾つも運び込まれ、テーブルを埋め尽くすほどのご馳走が振る舞われる。連中が食堂で飲めや歌えの大騒ぎを繰り広げる中、謁見室ではダカールの叙任式が行われた。

イズガータに率いられ、正装したダカールが入ってくる。第一士隊長の俺、第二士隊長のラファス、第三士隊長のイヴェト、第四士隊長のシャローム、第五士隊長のハーシン、第六士隊長のトバイット、それに神妙な顔をしたシアラが見守る中、ダカールはエズラの足下に跪いた。

「ダカール」

厳《おごそ》かな声でエズラが言った。

「これからはケナファの騎士として、ケナファ家に忠誠を捧げると誓うか？」

「はい」

緊張に強ばった声でダカールが答える。

エズラは小さく頷き、腰に下げていたケナファの王剣を引き抜いた。その刃の腹でダカールの右肩、頭、左肩を順番に叩く。

「お前をケナファの騎士に叙任する」

一同が拍手した。複雑な気分を押し隠し、俺もそれに倣った。隣に立っていたトバイットが肘で俺の脇腹をつつき、「彼を第一士隊に引き抜いただろう？　抜け駆けは良くないぞ、抜け駆けは」と囁いたが、もちろん無視した。

エズラに促され、ダカールは立ち上がる。イズガータが彼に影断ちの剣を手渡す。その柄には二対の翼、ケナファ家の紋章が刻まれている。

「今宵はもうひとつ、諸君に大切な話がある」

そう言って、エズラは士隊長の顔を順番に見つめた。ただならぬ気配を感じ、士隊長達の顔が知らず識らずのうちに引き締まる。

「私は常々考えてきた。我らがサマーア神聖教国は、何故こんなに重い空気に包まれているのか。まるで人生を楽しむことが罪であるかのように、人々は笑顔を隠し、俯いて歩く。これは聖教会の圧政のせいなのか。階級社会のせいなのか。それとも貧困のせいなのか。いったい何がこんなにも民達を抑圧しているのか――」

謁見室に、エズラの重々しい声が響く。

「すべての原因は恐怖であると、私は考える。我らが信仰を失えば、天に在りし光神サマーアが落ちてきて、我らを打ち殺すという恐怖。その恐怖が聖教会に力を与え、結果として、現在あるような神聖院による恐怖政治を許すことになってしまった」

誰も何も言わなかったが、部屋にはぴりりと緊張が張り詰めた。

サウガ城には礼拝堂がない。それはなぜか。

ケナファ騎士団の叙任式に司教は呼ばれない。それはなぜか。

ここにいる誰もが気づいていた。

いつかはこんな話を聞く日が来るだろうということを。

「この現状を打破するには、聖教会から権力を奪い、神聖院を廃さねばならない。だが聖教会の頂点に立つのは現人神である光神王。神である光神王に逆らえば、光神サマーアが落ちてくるかもしれない。その恐怖はとても根深いものだ。たとえ我らが打倒聖教会、打倒光神王を唱えたとしても、恐怖に縛られた民達を動かすことは出来ないだろう。となれば残る手段はただ一つ。現光神王アゴニスタ十三世に代わる新たな光神王を擁立し、その者に我らを率いて貰うしかない」

そこで言葉を切って、エズラはシアラを手招いた。末席に座っていたシアラは、バネが跳ねるみたいに立ち上がると、妙にぎくしゃくとした動きでエズラの元に歩み寄る。

「諸君、改めて紹介しよう」

エズラは彼女の肩に両手を置き、士隊長達に向き直らせた。

「シアラとは仮の名前。彼女の本名はアライス・ラヘシュ・エトラヘブ・サマーア。アゴニスタ十三世とハウファ第二王妃の子であり、聖教会が死んだと公表した第二王子であり、存在するはずのない光神王の血を引く王女だ」

驚くべき事実に百戦錬磨の士隊長達も驚愕《きょうがく》する――かと思いきや。

「ええっ、アライス殿下って女だったんだ！」

「やっぱり美少年は薄命なのねって思ってたんだけど……なんだ違うの？」

「死体は見つからなかったようですし、これはどこかで生きてるな？　とは思ってたんですけどねぇ」

「こりゃ愉快だ。すっかり騙された！」

口々に勝手なことを言う。驚いた顔をしているのは第三士隊長のイヴェトと、ダカールぐらいだ。

「アライス殿下が女だったってことも、生きていたってことも、確かに驚くべきことなんでしょうけど――」俺はやれやれと首を横に振る。「シアラがアライス殿下だったってことには、なんで誰も突っ込まないんですか？」

「ああ――」トバイットがぽんと手を打った。「――それもそうだ！」

「でも何となく、ただモンじゃないな～って感じ、してたしねぇ？」

「ああ、やっぱりという感じだよな？」

まったく、こいつらときたら。

顔を真っ赤にしてカチコチになって立っているシアラが――いいか、もうアライスと呼んでも――なんだか気の毒に思えてきた。

「アライス姫」

ありえないほど和やかな雰囲気の中、エズラは真顔に戻って、アライスに向き直った。

「貴方がイズガータを訪ねて見えたと聞いた時、私は貴方を利用することを思いつきました。民を救うため、貴方が先頭に立って下されば重畳《ちょうじょう》。もしそれが叶わぬ場合には、貴方に子を生《な》して貰うつもりでした。ですが貴方は立派な騎士に成長した。貴方の努力と熱意に心から感謝と敬意を表します」

「いえ、と、とんでもないです！」

うわずった声で、アライスは叫ぶ。

「感謝しなければならないのは私の方です。聖教会に発覚したらケナファ家も騎士団も反逆罪に問われるというのに、イズガータ様は私を匿って下さいました。私の我が儘を聞いて、私を騎士見習いにして下さいました。イズガータ様にはいくら感謝しても、したりないくらいです」

これに対し、イズガータは照れたように微笑む。

「利害が一致したのです。もっと劇的に言うならば、ともに戦うべくして出会ったということですな」

「然《しか》り」とエズラは頷いた。彼は再びアライスの肩に手を置き、一同の顔をぐるりと見回す。

「聖教会を打倒し、この国から恐怖を払拭《ふっしょく》するため、私はアライス姫を新たな王にすると誓う。今後、姫を王座に据えるまで、ケナファ騎士団はアライス姫の騎士団とする。諸君、賛同して貰えるだろうか？」

俺を含めた六人の士隊長とイズガータ、そして一瞬遅れてダカールも、右手の拳を左胸に当てた。それは『我が主に命を捧げる』という意味の、騎士の最敬礼だった。

それを見て、エズラはアライスの前に跪いた。

「我らが王よ、我が剣を受け取っていただけますかな？」

「う――」

あらかじめ言いくるめられていただろうに、ここにきてアライスはためらった。彼女は目を閉じ、深い息をつき、それから再び目を開く。

「申し訳ありません。やはり私は、貴方の剣を受けるわけには参りません」

「む――？」

エズラは顔をしかめた。困っているというより、面白がっているような顔だ。

「何故に？　理由をお聞かせ願えますかな？」

「私はどんな者も虐げられることなく、平和に暮らすことが出来る国を作りたいと思っています。でも……私はまだ何もしていません。貧困に喘ぐ民も救っていないし、迫害されている影使い達に安住の地を与えてやることも出来ていません。今の私には、王と呼ばれる資格はありません」

「おやおや、アライス姫は誤解なさっておられる」

エズラは優しく微笑んだ。

「王の資格があるかどうか。それを決めるのは貴方ではなく、国民である我らです。我らは今まで貴方を見てきて、その上で、我が王と呼ぶに相応しいと判断したのです」

「でも今の私には夢しかない。報酬をお約束することも、土地を用意して差し上げることも出来ません」

「ではお約束下さい。その夢を必ず叶えてみせると」

エズラの言葉に、アライスは驚いたように目を見張る。彼女の肩に手を置いて、イズガータが続ける。

「我らにとってはそれだけで充分なのですよ。そもそも騎士の誇りは、時空晶や土地で買えるものではございません」

アライスは俯き、ぎゅっと唇を引き結ぶ。

俺達は見守った。その細い肩を、重圧に震える小さな体を、黙って見守っていた。

ややあってから、何かを振り切るように、アライスが顔を上げた。彩輝晶のような瞳が輝く。

それは己の人生を懸け、何かを成し遂げんとする者の瞳だった。

「この身に流れる光神王の血に懸けて、私は誓います。この命が続く限り、私は決して——決してこの夢を諦めないと」

「その言葉、確かに受け取りました」

エズラはアライスの手の甲に誓いの接吻《せっぷん》をすると、素早く立ち上がった。

「諸君、改革の準備は整いつつある。おそらくは一年《サナ》以内に、日頃の鍛錬の成果を発揮して貰そうことになるだろう。それまでシアラの正体は、諸君の胸の内に留めておくように」

彼は王剣を抜くと、その切っ先を天井に向ける。

「我らの王に！」

イズガータと士隊長達も剣を抜く。

「我らの王に！」

「我らの夢に！」

次々に宣誓の声が響く。

アライスは——曲刀を抜いてそれに応えればいいものを、なぜかずっと顔を伏せていた。

まるで詫びるかのように。

何かをじっと堪えているみたいに。


その後、エズラは謁見室にも夕食を運ばせた。

テーブルに、目にも鮮やかな大皿が並べられていく。山と盛られた焼きたての骨つき羊肉《ガナム》。細切りにした牛肉《ラフム》を薄皮で包んで焼き上げた肉汁の滴《したた》るファティーラ。カリカリに焼いた小麦《ヘター》のパン。豆とトゥーバのマッザ。魚《サマク》のすり身とキノコが入ったとろりとしたシュールバ。色とりどりの果実《アダシャー》で飾られた真っ白なアトバーク。

「うわ、これホントに全部食べていいの？」

「ダメって言っても食べるでしょうが」

無邪気に喜ぶハーシンを、シャロームがからかう。

「いっつも人の二倍は食べるくせに、なんであんた、そんなチビなのかしらね？」

「うるさぁい！　少しぐらい背が高くていい男だからって威張るんじゃない！」

「って、ハーシン。それ、悪口になってませんよ？」

豪勢な食事を楽しむ士隊長達に、エズラは現在の状況を説明し始める。

すでに十諸侯の半数から同盟の誓いを取りつけていること。領内の影使いをアルニールに集め、第七士隊として活用するつもりであること。ケナファ領内にある聖教会に賄賂を摑ませ、場合によっては脅迫して、口を封じていること。

反乱の準備は順調に調っていた。

が、まったく問題がないわけではない。

「一番の難題が――ツァピールだ」

ケナファ領の南にあるツァピール領。ケナファとツァピールの境にはナハーシャ山脈が横たわっている。ケナファ側には多くの時空鉱山があるが、ツァピール側には数えるほどしかない。その覇権を争ってきた経緯もあって、正直な話、ケナファとツァピールの関係は良好とは言いがたかった。

「現在のツァピール侯、エシトーファ・ツァピールは若き頃に文書館にいらした。それゆえ国の歴史に造詣《ぞうけい》が深く、聖教会の発言に多くの偽りが含まれていることにも、すでに気づいておられるようだ。彼は影使い達を領内に囲い、労働力として使う方法を模索していると聞く。が、影使いを領内に住まわせるということは、それだけで重罪に当たる」

その点、我が領も同罪なのだが――と挟みつつ、エズラは続ける。

「腹を割って話せるといいのだが、知っての通り、ケナファとツァピールとは不仲だからな。余程のことがない限り、我らに真実は漏らすまい。我が方としても、どこまで手の内を明かしてよいものやら――」

「父上」イズガータが遮《さえぎ》った。「それに関しては、私に考えがあります」

「ほう、どのような案だ？」

「ツァピール侯に求婚します」

エズラが目を剝いた。ラファスは杯をひっくり返し、シャロームは椅子を倒して立ち上がり、ハーシンは肉を喉に詰まらせ、その背中をトバイットが叩く。あの冷静なイヴェトでさえ、驚きに口を開いたまま固まっている。

俺は――まあ、それほど驚かなかった。

ただ、寂しくなるなと思った。もっと他のことを考えてもよさそうなもんだが、実際、頭に浮かんだのはそれだけだった。

「そ、そんなのダメです！」

立ち上がり、叫んだのはアライスだった。

「だって――だって――イズガータ様は……」

「黙れ」

それ以上言わせないよう、低い声で俺は遮った。

「座れ」

アライスは、何か言いたげな顔で俺を見つめている。

今度は優しく諭《さと》すように、イズガータが言う。

「座りなさい、シアラ」

アライスは下唇を噛むと、ようやく椅子に座り直した。

それを見て、いい子だというように頷くと、イズガータは再びエズラに向き直る。

「エシトーファ様は御歳三十六ですが、いまだ独り身でいらっしゃる。なにか訳あってのこととは思いますが、だからこそ交渉の余地はあると思います」

「だがなぁ……」

半ば呆れたように、エズラは眉根を寄せる。

「ツァピール侯にも相手を選ぶ権利はあろう？」

「大丈夫、断らせません」

イズガータは胸を張る。

「明日にでも、ツァピール侯に会いに行きます」

「まぁ、そこまで言うならば、お前に任せよう」

エズラはそう言って、少しだけ寂しそうに笑った。


翌日、イズガータはツァピール領へと向かった。

供をするのは俺とダカール、それにアライスだけだった。

あまり大人数で向かえば相手の警戒を招く。このぐらいの人数が妥当だろうと俺も思う。

けど、まさかアライスを連れていくとは思わなかった。

途中の宿で、俺はイズガータに尋ねた。

「交渉にシアラを使うつもりなのか？」

「相手の出方次第だな」

涼しい顔で答えた後、イズガータは苦笑する。

「そんなに心配そうな顔をするな。後になって文句を言われないため、顔ぐらいは見せておこうと思っただけだ。軽々しく手の内を明かすつもりはない」

騎馬で二日間《ヤウム》の行程を経て、俺達はツァピール領の中心地であるエダムに到着した。

ツァピール家の館は石造りの重厚な建物だった。さすがは十諸侯の館、歴史と威厳を感じさせる。だが厩舎に馬を引いていく途中、おかしなモノを発見した。見間違いかと思い、近寄ってみる。

黄色い葉の間に、赤く色づいた実がなっている。

間違いない、トゥーバだ。

俺は首を傾げた。十諸侯ともあろう者が、なんで館の庭でトゥーバを作ってるんだ？

「ようこそいらっしゃいました」

屋敷の玄関広間では、館の主エシトーファ・ツァピールが俺達を出迎えた。

ツァピール侯は茶色の髪と茶色の瞳を持つ細面の男だった。神経質そうなその顔は、領主というより学者の趣《おもむき》だ。あらかじめ来訪を知らせる書簡を送っておいたのだが、引きつった笑顔には警戒の色が濃い。いったい何をしに来た？　という気配がヒシヒシと感じられる。

彼の案内で、俺達は館の廊下を進んだ。その壁には歴代ツァピール侯の肖像画が飾られている。

「こちらへどうぞ」

召使いの一人が扉を開き、ツァピール侯が俺達を客間へと誘う。イズガータは礼を言い、先に立って客間に入った。それに続こうとした俺の目の前で、アライスが足を止めた。壁に掛けられている比較的新しい肖像画を、食い入るように見つめている。

「どうしました？」

俺が声をかけると、彼女は慌てて首を振った。

「い、いえ、何でもありません」

ツァピール侯は奥の椅子に腰掛け、イズガータはテーブルを挟んで、その向かい側に座った。俺とダカールとアライスは腰掛けず、イズガータの後ろに並ぶ。

テーブルにエブ茶が運ばれ、召使い達が退席するのを待って、ツァピール侯は口を開いた。

「さっそくですが、ご用件を伺いましょうか。国一番の騎士と誉《ほま》れ高いイズガータ様が、ツァピールのような田舎に何の御用でございましょう？」

親しげな笑顔とは裏腹に、まるで挑みかかるような口調だった。客間には彼一人。けど彼の背後からは人の気配がする。薄壁一枚挟んだ隣室には、護衛の騎士がわんさか控えているんだろう。

それでも、イズガータは落ち着き払っていた。

「長きにわたるツァピール家とケナファ家の不仲を、今こそ払拭したいと思いまして」

にっこりと微笑み、彼女は続けた。

「ツァピール侯。私と結婚して下さいませんか？」

「――はぁ？」

ツァピール侯の顎がかくんと落ちた。狡猾《こうかつ》な作り笑いも、内に秘めた攻撃性も見事に吹き飛んで、育ちのよさそうな坊っちゃん顔を曝《さら》している。

まぁ……無理もない。

「もし了承していただけるのであれば、領境にある時空鉱山のひとつを持参します。お互いの家のためにも、つまらぬ意地の張り合いは私達の代で終わりにいたしましょう」

「お、お待ち下さい」

ツァピール侯は咳払いした。エブ茶を飲み、再び空咳をし、なんとか領主の威厳を取り戻す。

「私はすでに三十六歳です。イズガータ様とはとても釣り合いません」

「なに、私とて今年で二十七。立派な騎士になろうと意地を張っているうちに、立派な行き遅れになってしまいました」

自慢出来ることじゃないだろうに、イズガータは朗らかに笑う。

「エシトーファ様も、奥様を迎えられないのには、何か訳がおありなのでしょう？」

「イズガータ様のような高尚な理由があったわけではありません」

ツァピール侯は顔を強ばらせた。

「私には忘れられない人がいる。それだけです」

「ならば話は早い。これは政略結婚ですゆえ、貴公の御心まで寄こせとは申しません」

無神経なほど明瞭にイズガータは言ってのける。

「いずれは両家の跡継ぎを作らねばなりますまいが、それはまたその時に話し合えば良い」

ツァピール侯は呆れたようにイズガータを見つめ、くつくつと笑い出した。

「イズガータ様……貴方は本当に愉快な方だ」

そう言いながら、少しも笑っていない目で、ツァピール侯はイズガータを見据えた。

「ケナファ侯がよからぬことを画策していらっしゃることは、私も承知しております。率直に申し上げて、私はそれに興味はありません。ケナファ侯の邪魔をするつもりはありませんが、我がツァピールにはツァピールのやり方があります」

テーブルに身を乗り出し、声を潜めて囁く。

「そもそも光神王に万が一のことがあれば、光神サマーアは落ち、この国に暮らす者達を押し潰すのです。何をなさるのも貴方達の勝手だが、我らを巻き添えにするのは止めていただきたい」

おやおや、ずいぶんと迷信深いことを言う。

エシトーファ・ツァピールは国の歴史に造詣が深く、聖教会の発言に多くの偽りが含まれていることにも気づいているようだとエズラは言っていたが、この発言を聞く限り、どうだか怪しいもんだ。

「これは笑止」

俺と同じことを考えたらしい。挑発的にイズガータは嗤った。

「エシトーファ様は、まだそんな迷信を信じておられるのですか?」

押し殺した声で、ツァピール侯は呻いた。白い顔がますます白くなる。本気で何かに怯えているようだ。

「迷信じゃない……!」

ツァピール侯は影使い達を領内に囲い、労働力として使う方法を模索しているという。しかしこれほど信心深い人間が、邪教徒である影使いの存在を容認するとは思えない。明らかに矛盾《むじゅん》している。

ツァピール侯は文書館にいた。あそこには一般に公開されない文書が山のようにある。だとしたら、ツァピール侯は迷信深いのではない。彼は何かを知っているのだ。俺達の知らない何かを。

「そう言い切るだけの根拠をお持ちなのですかな？」

イズガータがすかさず問いかけた。

「光神王は──」

言い返しかけ……だがそれ以上は何も言わずにツァピール侯は口を閉じた。ぐっと顎を引き、今度は用心深く口を開く。

「とにかく、私にはツァピール領とツァピールの領民を守る義務がある。貴方達と手を組むつもりはない」

「その領民の中に影使い達は含まれないのですか？」

イズガータの言葉にツァピール侯の眉が跳ね上がった。彼はテーブルから身を引き、緊張の面持《おもも》ちで居住まいを正す。

「さて、なんのことだかわかりませんが？」

「では何を守ろうとしていらっしゃる？」

イズガータは長年、相手の手の内を読む訓練をしてきた。どんな手練の攻撃も、彼女は容易《たやす》く見切ってしまう。

「数年前、ナダル《サナ》に駐留していたエトラヘブ神聖騎士団を引き上げさせましたね？　何故ですか？」

「妙な勘ぐりはやめていただきたい」

苛立《いらだ》たしげに、ツァピール侯はテーブルを叩いた。

「私とて聞き及んでおりますよ。ケナファ侯は訳あって各地を追われた者を集め、アルニール鉱山を再開発させておられるとか？」

「よくご存じですね。その通りです」

イズガータは挑戦的に嗤う。

「今、彼らは鉱山の警備に当たっております。いずれは我が騎士団に組み込む予定です」

「そう、そこですよ、イズガータ様」

もはや笑顔を浮かべることもなく、明らかな怒りを見せて、ツァピール侯は言う。

「私は彼らを故郷に戻してやりたいだけです。土地を追われ、家族を失った憐《あわ》れな者達を、これ以上、不幸な目にあわせたくないだけなのです」

彼はテーブルに身を乗り出し、イズガータを睨みつけた。

「私は貴方のように、彼らを戦いの道具にするつもりは、ない」

一言一言、区切るようにして言い放ち、ツァピール侯は椅子に座り直した。

イズガータは唇を歪め、小さな声で呟いた。

「エシトーファ様はお優しい」

何とでも言えというように、ツァピール侯は鼻で笑った。

「食事を用意させましょう。今夜はこの館でゆっくりとおくつろぎになって下さい。ですが、ここでのお話は、すべてなかったことにしていただきます」

話は終わったというようにツァピール侯は腰を上げた。

その時——

「あの――」という声が聞こえた。アライスだ。

「エシトーファ様に、ひとつお訊きしてもよろしいでしょうか？」

「勝手に口を利くな。ツァピール侯に失礼だぞ」

余計なことを言うなとイズガータが牽制《けんせい》する。だがアライスは、自分の立場がわかっているのかいないのか、じっとツァピール侯を見つめている。一見、美しく可憐《かれん》な少女に――見えなくもない彼女に、ツァピール侯は心を許したようだ。彼は微笑むと、アライスに向き直った。

「なんですか、お若い騎士様？」

「廊下にあった肖像画なのですが、あの一番新しい絵はどなたでいらっしゃいますか？」

「ああ、あれですか？　あれは私の父ラータ・ツァピールです」

拍子抜けしたように、ツァピール侯は笑った。

「我が父が、どうかしましたか？」

「私の恩人に似ているんです」

アライスは邪気のない微笑みを浮かべた。

「そう言えば、彼はツァピール騎士団にいたことがあると言ってました」

ツァピール侯の顔から血の気が引いた。その体がわなわなと震え出す。彼はアライスに歩み寄り、彼女の腕を摑んだ。

「お前、何を知っている？」

その剣幕に押され、アライスは後じさる。

「何を……って？」

「その人とはいつ、どこで会った。言ってみろ！」

「五年前《サナ》――悪霊《シャダイ》の森で」

「シアラ！」鋭い声でイズガータが遮った。「黙っていなさい」

これ以上言えば正体がばれる。いや、もう遅いかもしれない。少しでも勘の働く者なら、今のアライスの言葉から、容易く彼女の正体を察するだろう。

「その人の名は――名は何といった！」

けどツァピール侯は、別の問題に気を取られていた。

「答えろ！　その人は奥方を連れてなかったか？」

彼はアライスの腕を摑み、乱暴に揺さぶった。鬼気迫るその様子に、アライスは青ざめた。すべてを話すわけにはいかない。しかしツァピール侯に嘘もつけない。頼むからこれ以上、下手なことを言ってくれるなよ、アライス！

「名はオープです。奥様はアイナといいました。身寄りを亡くし、行く当てもなかった私を、彼らは保護してくれたのです」

ツァピール侯は喉の奥で低く呻くと、ようやくアライスを解放した。よろめくように椅子に倒れ込み、両手で顔を覆う。

「イズガータ様――」呻くような声が聞こえる。「これも貴方の戦略なのか？」

「それは誤解です」

やや困惑気味に、イズガータは答えた。

「今の話……私も初めて聞きました」

「つまり貴方は、この騎士は真実を言っていると、そういうんだな！」

ツァピール侯はテーブルを叩いた。怒りに頬を赤く染め、髪を振り乱して叫ぶ。

「だったら、その二人をここに連れてこい。それが叶ったなら、結婚の申し出でも何でも受けてやる。だが出来ないというのであれば、ケナファ侯に叛意有りと、今すぐ光神王に訴え出る！」

「その言葉、ツァピール家の正式な申し出として受け取ってもよろしいですか？」

淡々とした声でイズガータは言い、冷静な眼差しでツァピール侯を見つめる。

「その二人を、ここに連れてくればよろしいのですね？」

「出来るものならな！」

ツァピール侯が吐き捨てる。

イズガータはアライスを振り返った。

「シアラ、アーディンとダカールと一緒に行って、その恩人とやらをここにお連れしろ」

「……出来ません」

アライスの答えに、イズガータは目を剝いた。ツァピール侯が怒りの形相で立ち上がる。

俺は頭を抱えたくなった。この馬鹿娘。自分が何を言っているのか、わかっているんだろうな？

「彼らは影使いです。森を出れば危険にさらされます。私は彼らに約束しました。影使い達が平和に暮らせる場所を見つけて、必ず戻ってくると」

そこで言葉を切り、アライスはツァピール侯に向き直った。そして大真面目な顔で、こう告げた。

「ですから彼らの安全を保証し、彼らが安心して暮らせるよう取り計らうとお約束いただけない限り、彼らをここに連れてくることは出来ません」

ツァピール侯はアライスの顔を凝視した。

アライスも負けじと彼の顔を見つめ返す。

根負けしたのはツァピール侯の方だった。彼はがっくりと肩を落とし、力なく椅子にへたり込む。

「イズガータ様、この娘はいったい何者です？」

「知りたければ、私と結婚することですな」

「まいったな、そうきたか」

ツァピール侯は笑った。毒気が抜けた、諦めにも似た乾いた笑いだった。彼は椅子から立ち上がり、アライスへと歩み寄る。

「オープは私の兄です。二十年前《サナ》、影に憑かれ、奥方のアイナ殿とともにこの地を去りました」

今度は、アライスが驚く番だった。

「オープが……ツァピール侯の兄上？」

「そうです」

頷いて、彼はアライスの手を握った。

「シアラ殿――どうか彼らを連れてきて下さい。もう一度、母に会わせてやって下さい。彼らが影使いであろうと何であろうと、私は彼らを受け入れます。そのために長い間、聖教会の目を欺いてきたのです。このエシトーファ、ツァピール家の名に懸けて、必ずや彼らを守るとお約束します」

その真摯な熱意に打たれたのだろう。

今度こそ、アライスは頷いた。

「わかりました。二人を連れてきます。ありがとうございます、ツァピール侯」


というわけで、俺達はツァピール侯から詳しい話を聞いた後、いったんサウガ城に戻って準備を調え、シャマール聖教会直轄領へと向かった。

イズガータはツァピール家の屋敷に残った。『エシトーファ様と出会い、一目で恋に落ちた』という筋書きだそうだ。

シャマールとエトラヘブの領境にある森林地帯、通称『悪霊《シャダイ》の森』までは、馬を急がせても八日《ヤウム》ほどかかった。人目につかないように街道を外れ、暗く深い森に馬を乗り入れる。

途端、肌寒さを感じた。少し奥に進んだだけで、もう右も左もわからなくなった。馬の首に死影よけの光木灯を下げてはいるが、それでも死影の気配を肌で感じる。

先頭に立って馬を進めるアライスに、俺は声をかけた。

「本当に道がわかるんですか？」

「森での方角の摑み方はオープに教えて貰いました。だから大丈夫です」

自信満々にアライスは答える。やや不安は残るが、隠里の場所は彼女しか知らない。ここはアライスに任せるしかない。俺は手綱を引き、後ろをついてくるダカールの横に馬を並べた。

旅の間中、彼はずっと黙り込んでいた。元から無口な男だったけど、アライスの正体を知ってからはさらに口数が減ったように思う。アルニールでのこともある。心配じゃないと言ったら嘘になる。

「ダカール」

先を行くアライスに聞こえないよう、声を潜めて呼びかける。

「何か気になることでもありましたか？」

ダカールはちらりと俺を見て、すぐにアライスの背に目を戻す。

「偶然だと思いますか？」

「偶然——って、なにがです？」

「シアラがオープという人に助けられたこと」

「そりゃ確かに出来すぎてると思うけど、偶然じゃなきゃ何だっていうんです？」

ダカールは俯き、ぼそりと呟いた。

「永遠回帰」

「んん？　なんだって？」

聞き慣れない言葉に、俺は首を傾げた。

ダカールは顔を上げ、静かに首を横に振った。

「いえ、なんでもありません。忘れて下さい」

「そんなこと言われたら余計気になって、忘れようったって忘れられませんよ」

仕方ないなというように、ダカールは目の前に右手を広げ、ゆらゆらと波のように揺らしてみせる。

「永遠回帰。いわゆる揺り返しのこと。何かが片側に偏《かたよ》ると、それに反抗する力が起こって、全体の平均を図ろうとする現象のことだ」

「むむむ？」俺は首を捻《ひね》った。「学がないんで、さっぱりわかりません」

「いえ……僕の説明が悪いんです」

ダカールは申し訳なさそうな顔をした。

と、その時。いきなりアライスが馬を走らせた。何かを見つけたらしい。俺達は馬の腹を蹴り、その後を追った。

不意に視界が開けた。

森の木々が途切れ、小さな村が姿を現す。茅葺《かやぶ》きの屋根、数軒の粗末な小屋、その前に年輩の男女が立っている。

馬が止まるのも待たず、アライスは馬の背から飛び降りた。

「お久しぶりです、父上！」

ということは、彼がオープ・ツァピールか？

しかしアライスを抱擁する男は、どう見ても六十歳前後だ。エシトーファ・ツァピールとは年が離れすぎている——と思った直後、第七士隊のクナスが言ったことを思い出した。

影使いは時空を消費する。だから普通の人間よりも、早く年をとるのだ。

「母上もお変わりなく」

「お帰り、アライス……」

アライスと抱き合う白髪の老婆。彼女の目に涙が溢れる。皺深い顔をくしゃくしゃにして泣く彼女を見ていると、アライスはここでも愛されていたのだなと思う。

「母上、どうか仲間を紹介させて下さい」

そう言って、アライスは俺達を振り返った。

ようやく出番らしい。俺は馬を降り、彼らに向かって一礼した。

「はじめてお目にかかります。私はアーディンと申します。ケナファ騎士団の副団長を務めております」

「僕はダカールと申します」

俺に倣い、ダカールも礼儀正しく頭を下げる。

「アーディン副団長はイズガータ様の右腕で、私の剣の師匠です」アライスは得意そうに俺達を紹介する。「ダカールは私の同僚で、一番の親友でもあります」

そこで彼女は胸に手を当て、老人達に向かって頭を下げた。

「父上、どうか私達に力をお貸し下さい」

「どのような願いであろうと助力するにやぶさかでないが――」

老年の男は、その厳《いか》つい顔に険しい色を浮かべた。

「この老いぼれに、何を求めようというのだ？」

「その説明は私からさせていただきます」

俺は一歩前に進み出た。

「ですがその前に――ひとつだけ不躾な質問をお許し下さい」

品の良い老婦人の顔に不安の影が差す。彼女を安心させるため、俺はにこりと笑ってみせた。が、逆効果だったらしい。彼女は不審そうに顔をしかめた。

こうなったら仕方がない。とっとと手の内を明かしてしまおう。

俺は老齢の男に向かい、単刀直入に尋ねた。

「貴方は十諸侯ラータ・ツァピールの嫡男《ちゃくなん》オープ・ツァピール様で――そちらのご婦人は、奥方のアイナ様に間違いございませんか？」

「なぜ、それを？」

押し殺した声で老齢の男が尋ね返した。右手に構えた剣を見るまでもなく、ピリピリとした殺気が伝わってくる。この気迫、そう簡単に身につくものじゃない。軽く二桁は斬っている。

この爺さん、ただ者じゃないな。

「ちょっと待って下さい」

俺は目の前で両手を振ってみせる。

「俺達は貴方がたをお迎えに来ただけです。剣を交えに来たわけじゃない」

「そうです、父上」

アライスが老齢の男に駆け寄った。

「先日ツァピール家を訪問した時に、先代のツァピール侯の肖像画を拝見しました。そのお顔は父上にそっくりで――それで私は、父上がツァピール騎士団にいたと言っていたことを思い出したのです。エシトーファ様にそのことを申し上げましたところ、彼は『それは私の兄オープに違いない』と仰ったのです」

「エシトーファが……？」

男の厳めしい顔が緩んだ。

「あの阿呆め、兄のことは死んだと思えと言ったのに、まだ覚えておったのか」

そう呟く彼の顔は、ツァピール屋敷の廊下に飾られていたラータ・ツァピールの肖像画にそっくりだった。

それを確かめ、俺は深々と頭を下げる。

「ツァピール侯は、オープ様とアイナ様のお二人を含めたこの村の住人すべてをツァピールに連れ帰ることが出来たならば、我が主イズガータ・ケナファからの求婚を受けて下さると仰いました。そこで我らはアライスを道案内に立て、皆さまをお迎えに参上した次第です」


その後の話し合いは和やかに進んだ。

この村に隠れ住んでいた影使いは全部で十二人。自分達を受け入れてくれる場所があるのなら、喜んでツァピールに行こうと言ってくれた。

そこで俺達は服を用意し、彼らを商人に仕立ててあげた。ケナファ騎士団の紋章があるので関所も難なく通れたが、それでも十二人《シャハル》の老人を連れた歩行の旅だ。行程は遅々としてはかどらず、ツァピールに戻るまでには一カ月近くかかってしまった。

知らせを受け、ケナファ領とツァピール領の境まで、ツァピール騎士団が出迎えに来ていた。

俺達は十二人の影使いと別れ、ようやくサウガ城に戻った。

一足先に城に戻っていたイズガータが、笑顔で俺達を出迎える。

「で、首尾は？」

「上々に決まってるでしょう？」

「うむ、さすがだな」

イズガータは俺の胸を拳で小突く。それからダカールとアライスに向かい、にこやかに告げた。

「お前達も疲れただろう？　湯を用意させよう。旅の埃を落として、ゆっくり休んでくれ」

その六日後《ヤウム》、エシトーファ・ツァピールからイズガータ宛てに一通の書簡が届いた。そこには流麗な文字で『貴女からの求婚をお受けします』と書かれており、雄山羊を象《かたど》ったツァピール家の紋章印が押捺《おうなつ》されていた。

イズガータ婚約の知らせは、あっという間にケナファ領内に知れ渡った。サウガの町は豊穣祭のような賑わいを見せ、領民達は彼女の婚約を自分達のことのように喜んだ。

イズガータは準備を急がせた。早くしないとツァピール侯の気が変わってしまうとでも思っているようだった。サウガ城にはドレスを仕立てる者や、髪や爪の手入れをする者などが、ひっきりなしに出入りするようになった。

それはそれは慌ただしく一カ月《シャハル》が経過した。

新年を迎えた一月《カヌーン》。婚礼の式はツァピール家のあるエダムで執《と》り行われることになった。滞りなく準備は調い、イズガータはその美しさに磨きをかけ、出立の日は明日に迫った。

その日は朝から火事場のような大騒ぎだった。そんな中、俺はこっそりと城を抜け出した。

馬を駆って丘に登り、アタフの大木の陰に寝転がる。

ツァピール家に嫁いでも、イズガータはケナファ騎士団の団長だ。時々は、このサウガ城にも戻ってくるだろう。けど今までのようにはいかない。もう軽口を叩き合うことも、一緒に飲み明かすことも出来ない。

わかっていた。

いつかこういう日が来るってことは、ずっと前からわかっていたんだ。

「そんなところで寝ていると風邪を引くぞ?」

そんな声がした。来てくれるのではないかと願い、来ないだろうと諦めていた。イズガータがそこに立っていた。

「騎士団長代行が白昼堂々城を抜け出して、昼寝とは呆れたな」

そう言いながら、彼女は俺の隣に腰を降ろした。

「こんなんじゃ、安心して嫁にも行かれないぞ」

「別に、俺はそれでも構いませんけどね」

俺は体を起こし、両手を突き上げて伸びをした。あの日、新緑に覆われていた丘。それも今は冬枯れて、枯草色の丘がどこまでも広がっている。

「イズガータ」

軽い調子で呼びかけた。

「今、俺が求婚したら、婚約を取り消してくれますか?」

一瞬——そう、一瞬だけ。

イズガータは泣きそうな顔をした。

俺はそれを見なかったことにした。

「なんてね、冗談ですよ」

彼女から目を逸らし、再び大地に横になる。

「おや、もしかして本気にしました？」

イズガータは答えなかった。

俺達が黙り込んでいる間にも、風は小枝を揺らし、枯草はさわさわと音を立てる。この季節にしては暖かく、穏やかな昼下がり。おそらくはもう二度とない。イズガータと二人きりの、最後の時間。

「お前だけが私を泣かせてくれた」

イズガータの囁きが聞こえる。

「お前の腕の中にいる時だけ、私はただの娘でいられた」

「いつでも戻っていらっしゃい」俺は薄目を開き、彼女を見た。「歓迎しますよ？」

イズガータは微笑んだ。寂しそうに。お前にもわかっているだろうというように。

「もう戻らなくてすむように、お前に私の心を預けておこう」

イズガータは覆い被さるようにして、俺の唇に唇を重ねた。子供同士のつたないキスではなく、挨拶の軽いキスでもない。噛みつくような、貪《むさぼ》るような、心臓が引き絞られるような熱い接吻《くちづけ》。閉じた瞼の裏に火花が散り、体の芯《しん》が熱くなる。

「そこまで」

俺は彼女を引き離し、立ち上がった。口笛を吹いて馬を呼び寄せ、その背に飛び乗る。

「先に城に戻ってます」

答えを待たず、俺は馬の腹を蹴った。


翌日、イズガータはエダムに向けて旅立った。

長い馬車の列が城から離れていくのを、俺は見張りの塔から見送った。

これは永久の別れじゃない。

だから別れの挨拶は必要ない。

その夜は眠れなかった。何度寝返りを打っても、枕の位置を変えても駄目だった。諦めて上衣を羽織り、俺は葡萄酒《マハル》を持って部屋を出た。階下の治療院に向かう。すでに真夜中近かったが、トバイットならまだ起きているだろう。

案の定、治療院にはまだ明かりが灯っていた。

「トバイット？」

俺は声をかけ、引き戸を開いた。

「一杯つき合って貰えま――」

そこで、絶句した。

「ようこそ、アーディン」トバイットが笑顔で俺を出迎えた。「あまり登場が遅いから、迎えに行こうと思っていたところだよ」

「――って、君達、何してるんです？」

唖然として、俺は尋ねた。

真夜中過ぎの薄暗い治療院、そこにはなぜか、ダカールとアライスがいた。

「何って、宴会に決まってるじゃないか。飲みたい気分なのは君だけじゃないってことさ」

「あんたにゃ聞いてませんよ、変態医師」

「すみません、副団長」

アライスは両手で酒杯をこねくり回す。

「私は酒は得意じゃないって言ったんですが……」

「何を言う。きっと副団長は落ち込んでるだろうから、励ますために何かしたいんですと言い出したのは君じゃ――」

「ごめんなさい。ウソです」アライスが大声で遮った。「飲みます。つき合わせていただきます！」

「そうそう、そうこなくちゃ」

トバイットは彼女の杯に葡萄酒《マハル》を注ぐ。

「さあ、立っていないで君も参加したまえ」

ここまで来て引き返すわけにもいかない。俺は仕方なく、深夜の宴会に加わった。

上機嫌のトバイットと、すでに赤くなっているアライスに挟まれて、ダカールはちびちびと酒を舐《な》めている。

「君が飲んでるところ、初めて見ましたよ」

「普段は飲みませんせん」

ダカールはいつも通り、真面目に答える。

「でも今夜は気になったので」

「ア……じゃなくて、シアラが？」

ダカールは少しだけ首を傾げた。

そして、やはり生真面目に答えた。

「いえ、貴方が」

「おやおや……」俺は苦笑してみせる。「そんなに参っているように見えましたか？」

「そうそう、私の目は誤魔化せないぞ」

絶妙な案配でトバイットが割って入った。

こいつ、見た目ほど酔ってないな？

「忘れることだ」歌うように彼は言う。「今は無理でも、時が経てば忘れられる。忘却だけが心を癒《いや》してくれる。生きていくということは、忘れるということなのだ」

「忘れるなんて無理です！」

叫んだのは俺じゃない。アライスだ。

「ううう……ぐすっ、ひっく」

彼女は顔を歪め、しゃくりあげたかと思うと、大声で泣き始めた。

「イズガータ様ぁ！　どうしてお嫁になんか行っちゃうんですかぁぁ！」

正直、驚いた。

アライスが泣くのを見るのも初めてだ。

「涙には浄化作用があるんだ」

変態医師は腕を組み、したり顔で頷いた。横目で俺を見て、少しだけ辛そうに微笑む。

「泣きたい時は思い切り泣いた方がいい」

「誰が？」俺は鼻で笑った。「あんたみたいな変態医師に涙を見せるくらいなら、自分の首掻き斬った方がまだマシですよ」

「ふふふ、安心したまえ。私はめっぽう酒に弱い。君が泣き叫んで、どんな醜態をさらそうとも、どうせ明日には忘れてしまう」

「よく言うよ。酒に関しちゃ底なしのくせに」

「それでも君にはかなわんよ」

「俺も、イズガータにはかないませんでした」

そう言って、俺は笑った。

そして、イズガータのことを想った。

今、お前はどうしているだろう。一人で飲んでいるんだろうか。一人で泣いているんだろうか。

青い瞳の蒼輝晶。本当は一目見た時から、欲しくてたまらなかった。他者のことなど考えず、連れて逃げてしまいたかった。俺だけのものにしてしまいたかった。

決して叶わないと最初からわかっていた。

生涯唯一つの、俺の、夢。

「私、いつか必ず、イズガータ様みたいな立派な騎士になります」

鼻をぐずぐずいわせながら、酔っぱらい娘がくだを巻く。

「でも寂しいです。イズガータ様がいないと、とってもとっても寂しいです」

シアラは再び泣き始める。青碧色の目から、時空晶のような涙がポロポロとこぼれ落ちる。

それを見て、ふと思った。

ああ、そうか。

こいつ、俺の代わりに泣いてくれているんだな。

「アライス——」

酒杯を口に運びながら、俺は問いかけた。

「君が王になったら、身分を問われることもなく、貴族の子でも奴隷の子でも自由に伴侶《はんりょ》を選ぶことが出来る。そんな国を作ってくれますか？　もちろんすぐにとは言いません。俺達の時代には無理だろうから、百年《サナ》か二百年《サナ》先でいい。俺達の孫の、そのまた孫の時代で構わないから……」

「必ず。私が王になったら——必ず」

「じゃあその時に、もう一度、俺はこの国に生まれてきます」

アライスは真顔で頷いた。必ず必ずと繰り返すうち、堪えきれなくなったらしい。また大粒の涙が溢れ出す。

それを見て、俺は笑った。笑いながら、彼女の髪をくしゃくしゃとかきまわした。

「もう泣かなくていいから、飲みなさい」

「はい」

「てか、泣くか飲むか、どっちかにしなさい」

「――はい」

アライスは涙を拭った。その酒杯に、俺は葡萄酒《マハル》を注ぎ足してやる。

「いただきます」

彼女は杯を頭上に掲げた。

ダカールとトバイットもそれに倣う。

「我らの国に――」

俺も酒杯を掲げた。

告げられなかった想い。俺がそれを口にすることは決してない。俺はお前を引き止めない。

だからお前は望むままに走れ。

それこそが、お前だ。

俺の知っているイズガータ・ケナファだ。

「乾杯」

沈黙の誓いを胸に秘め、俺は葡萄酒《マハル》を飲み干した。

幕間（二）

花が散る。

蒼輝晶《そうきしょう》の花が散る。

薄氷のような花片《はなびら》が、夢売りの掌《てのひら》からこぼれ落ちていく。


ちりん……りん……

りりん……


涼しげな音を立て、花片が床に落ちる。砕けた破片は光の粒となり、薄く漂う霧に溶けていく。

「彩輝晶《さいきしょう》は人の夢――」

まだ眠りの途中にあるような声で、夜の王は呟いた。

「一度花開けば、二度と彼《か》の元には戻らない」

顎を上げ、かすかに首を傾《かし》げる。

「それは本当か？」

王の問いに対し、夢売りは静かに頭《こうべ》を垂れた。

「その通りでございます」

「そうか……」

呟いて、夜の王は天を仰いだ。

視線の先にあるのは闇――

明かりの届かぬ天蓋《てんがい》は、闇に閉ざされて見ることが出来ない。

「もう戻らないのか」

沈黙。

じわりと染み入るような静寂。

白い霧が流れ込み、光木灯《こうぼくとう》の明かりを霞《かす》ませる。夜が満ちたこの広間も、現《うつつ》の夢を見るがごとく、白くぼんやりと霞みはじめる。

それを振り払うように、王は白く繊細な手を振った。

「……続けてくれ」


（第二巻につづく）

本書は『夢の上1　翠輝晶・蒼輝晶』（二〇一〇年九月C★NOVELS刊）
に加筆訂正し、改題したものです。
冒頭の引用は高松雄一編『対訳　イェイツ詩集』（岩波文庫刊）によりました。

地図作成　平面惑星

中公文庫

夢《ゆめ》の上《うえ》

夜《よる》を統《す》べる王《おう》と六《むっ》つの輝晶《きしょう》1

2020年2月25日　初版発行

著　者　多《た》崎《さき》礼《れい》

発行者　松田陽三

発行所　中央公論新社
〒100-8152　東京都千代田区大手町1-7-1
電話　販売 03-5299-1730　編集 03-5299-1890
URL http://www.chuko.co.jp/

DTP　ハンズ・ミケ
印　刷　三晃印刷
製　本　小泉製本

Published by CHUOKORON-SHINSHA, INC.
Printed in Japan　ISBN978-4-12-206836-0 C1193

九条菜月
Natsuki Kujo
ゆら心霊相談所
シリーズ好評発売中！
訳あり
シングルファーザー
×
視《み》えちゃう
男子高校生!?
霊感を持つ高校一年生の尊《みこと》は、なにやら訳ありのシングルファーザー・由良《ゆら》蒼一郎《そういちろう》が営む「ゆら心霊相談所」を手伝うことに。心霊事件に家事にとこき使われるが、蒼一郎の一人娘・珠子《たまこ》のためなら頑張れる!?　ほんわかホラーミステリー！
第1弾　消えた恩師とさまよう影
第2弾　キャンプ合宿と血染めの手形
第3弾　火の玉寺のファントム
第4弾　座敷わらしを連れ戻せ
第5弾　あの世から花束を
イラスト／鳥羽雨
中公文庫

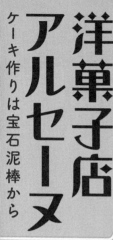

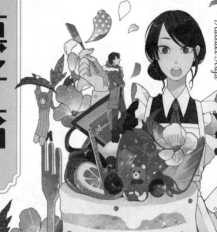

化学探偵
Mr.《ミスター》キュリー
Chemistry detective Mr.Curie Yoshihisa Kita
重版続々 大人気シリーズ 第一弾！
喜多喜久
イラスト／ミキワカコ
もし俺が警察なら、
クロロホルムを
嗅がされたという被害者を
最初に疑うだろう。
STORY
構内に掘られた穴から見つかった化学式の暗号、教授の髪の毛が突然燃える人体発火、ホメオパシーでの画期的な癌治療、更にはクロロホルムを使った暴行など、大学で日々起こる不可思議な事件。この解決に一役かったのは、大学随一の秀才にして、化学オタク（？）沖野春彦准教授——通称 Mr. キュリー。彼が解き明かす事件の真相とは……!?
中公文庫

尊き死たちは気高く香る
死香探偵
DETECTIVE OF DEATH FRAGRANCE
YOSHIHISA KITA
喜多喜久
イラスト／ミキワカコ
さて、現場の謎を
嗅ぎ解こう
じゃないか！
STORY
特殊清掃員として働く桜庭潤平は、死者の放つ香りを他の匂いに変換する特殊体質になり困っていた。そんな時に出会ったのは、颯爽と白衣を翻し現場に現れたイケメン准教授・風間由人。分析フェチの彼に体質を見抜かれ、強引に助手にスカウトされた潤平は、未解決の殺人現場に連れ出されることになり!?　分析フェチのイケメン准教授×死の香りを嗅ぎ分ける青年の、新たな化学ミステリ！
中公文庫

夢の上　六つの輝晶は叶わなかった六人の夢――

夜を統《す》べる王と六つの輝晶《きしょう》

〈全三巻〉

多崎 礼

イラスト／㋐㋷㋜㋣レーター

多崎 礼の本

煌《こう》夜《や》祭《さい》

ここ十八諸島で、冬至の夜、語り部たちが語り明かす「煌夜祭」。今年も人と魔物の恐ろしくも美しい物語が語られる。読者驚愕のデビュー作、ついに文庫化！

叡智の図書館と十の謎

古今東西の知識のすべてを収める人類の智の殿堂。鎖に縛められたその扉を開かんとする旅人に守人は謎をかける。知の冒険へ誘う意欲作！　文庫オリジナル。

イラスト／田中寛崇

中公文庫